ZHONGGUO XIAOSHUO
100 QIANG

中国小说100强（1978—2022）

玻璃唇

孙 频 著

北京联合出版公司
Beijing United Publishing Co.,Ltd.

图书在版编目（CIP）数据

玻璃唇 / 孙频著. -- 北京：北京联合出版公司，2023.9
（中国小说100强）
ISBN 978-7-5596-7112-7

Ⅰ.①玻⋯ Ⅱ.①孙⋯ Ⅲ.①长篇小说－中国－当代 Ⅳ.①I247.5

中国国家版本馆CIP数据核字(2023)第117956号

玻璃唇

作　　者：孙　频
出 品 人：赵红仕
出版监制：张晓冬　范晓潮
责任编辑：夏应鹏
特约编辑：和庚方　郭　漫
封面设计：武　一

北京联合出版公司出版
（北京市西城区德外大街83号楼9层　100088）
北京兴星伟业印刷有限公司印刷　新华书店经销
字数165千字　650毫米×920毫米　1/16　17印张
2023年9月第1版　2023年9月第1次印刷
ISBN 978-7-5596-7112-7
定价：58.00元

版权所有，侵权必究
未经书面许可，不得以任何方式转载、复制、翻印本书部分或全部内容。
本书若有质量问题，请与本公司图书销售中心联系调换。
电话：010-65868687

中国小说100强（1978—2022）丛书

编委会

丛书总策划

张　明　　著名出版人
张　英　　资深媒体人

编委主任

吴义勤　　中国作协副主席
　　　　　中国小说学会会长

编　委

吴义勤　　中国作协副主席、中国小说学会会长
宗仁发　　《作家》杂志主编
谢有顺　　中山大学教授、中国小说学会副会长
顾建平　　《小说选刊》副主编
张　英　　资深媒体人
文　欢　　作家、出版人

总　序

"中国小说100强"（1978—2022）是资深出版人张明先生和腾讯读书知名记者张英先生共同策划发起的一套大型文学丛书。他们邀请我和宗仁发、谢有顺、顾建平、文欢一起组成编委会，并特邀徐晨亮参与，经过认真研讨和多轮投票最终评定了100人的入选小说家目录。由于编委们大多都是长期在中国文学现场与中国文学一路同行的一线编辑、出版家、评论家和文学记者，可以说都是最专业的文学读者，因此，本套书对专业性的追求是理所当然的，编委们的个人趣味、审美爱好虽有不同，但对作家和文学本身的尊重、对小说艺术的尊重、对文学史和阅读史的尊重，决定了丛书编选的原则、方向和基本逻辑。

从文学史的角度来说，1978年以后开启的新时期文学是中国当代文学的黄金时代，不仅涌现了一批至今享誉世界的优秀作家，而且创造了许多脍炙人口的文学经典，并某种程度上改写了20世纪中国文学史的版图。而在中国新时期文学的经典家族中，小说和小说家无疑是艺术成就最高、影响力最大的部分。"中国小说100强"（1978—2022）就是试图将这个时期的具有经典性的小说家和中国小说的经典之作完整、系统地筛选和呈现出来，并以此构成对新时期文学史的某种回顾与重读、观察与评判。呈现在读者面前的这套丛书是对1978—2022年间中国当代小说发展历程的一次全面、系统的整体性回顾与检阅，是中国当代文学经典化的重要成果，从特定的角度集中展示了中国新时期文学在小说创作方面的巨大成就。需要说明的是，与1978—2022年新时期文学繁荣兴盛的局面相比，100位作家和100本书还远远不能涵盖中国当代小说的全貌，很多堪称经典的小说也许因为各种原因并未能进入。莫言、苏童、余华等作家本来都在编委投票评定的名单里，但因为他们已与某些出版社签下了专有出版合同，不允许其他出版社另出小说集，因而只能因不可抗原因而割爱，遗珠之憾实难避免，而且文学的审美本身也是多元的，我们的判断、评价、选择也许与有些读者的认知和判断是冲突的，但我们绝无把自己的标准强加于别人的意思。我们呈现的只是我们观察中国这个时期当代小说的一个角度、一种标准，我们坚持文学性、学术性、专业性、民间性，注重作家个体的生活体验、叙事能力和艺术功力，我们突破代际局限，老、中、青小说家都平等对待，王蒙、冯骥才、梁晓声、铁凝、阿来等名家名作蔚为大观，徐则臣、阿乙、弋舟、鲁敏、林森等新人新作也是目不暇接，我们特别关注文学的新生力量，尤其是近10年作品多次获国家大奖、市场人气爆棚的新生代小说家，我们禀持包容、开放、多元的审美立场，无论是专注用现实题材传达个人迥异驳杂人生经验、用心用情书写和表现时代精神的现实主义作家，还是执着于艺术探索和个体风格的实验性作家，在丛书里都是一视同仁。我们坚信我们是忠实于自己的艺术理想、艺术原则和艺术良心的，但我们并不认为自己的角度和标准是唯一的，我们期待并尊重各种各样的观察角度和文学判断。

当然，编选和出版"中国小说100强"（1978—2022）这套大型丛书，除了上述对文学史、小说史成就的整体呈现这一追求之外，我们还有更深远、更宏大的学术目标，那就是全力推进中国当代文学"经典化"的历程和"全民阅读·书香中国"建设。

从1949年发端的中国当代文学已经有了70多年的发展历程，但对这70多年文学的评价一直存在巨大的分歧，"极端的否定"与"极端的肯定"常常让我们看不到当代文学的真相。有人认为中国当代文学达到了前所未有的高度和水平。王蒙先生在法兰克福书展上就说：中国当代文学现在是有史以来最繁荣的时期。余秋雨、刘再复甚至认为中国当代文学的成就远远超过了现代文学。也有人极端否定中国当代文学，认为中国当代文学都是垃圾。他们认为现代文学要远远超过当代文学，中国当代文学连与现代文学比较的资格都没有。比如说，相对于鲁（迅）、郭（沫若）、茅（盾）、巴（金）、老（舍）、曹（禺）这样大师级的人物，中国当代作家都是渺小的侏儒，根本不能相提并论，两者比较就是对大师的亵渎。应该说，与对中国当代文学的肯定之声相比，对当代文学的否定和轻视显然更成气候、更为普遍也更有市场。尽管否定者各自的角度和出发点不同，但中国当代作家、作品与中外文学大师、文学经典之间不可比拟的巨大距离却是唱衰中国当代文学者的主要论据。这种判断通常沿着两个逻辑展开：一是对中外文学大师精神价值、道德价值和人格价值的夸大与拔高，对文学大师的不证自明的宗教化、神性化的崇拜。二是对文学经典的神秘化、神圣化、绝对化、空洞化的理解与阐释。在此，我们看到了一个非常有趣的悖论：当谈论经典作家和文学大师时我们总是仰视而崇拜，他们的局限我们要么视而不见要么宽容原谅，但当我们谈论身边作家和身边作品时，我们总是专注于其弱点和局限，反而对其优点视而不见。问题还不在于这种姿态本身的厚此薄彼与伦理偏见，而是这种姿态背后所蕴含的"当代虚无主义"。这种"虚无主义"的最大后果就是对当代作家作品"经典化"的阻滞，对当代文学经典化历程的阻隔与拖延。一方面，我们视当下作家作品为"无物",拒绝对其进行"经典化"的工作,另一方面又以早就完全"经典化"了的大师和经典来作为贬低当下泥沙俱下的文学现实的依据。这种不在同一个层面上的比较,不仅毫无意义,而且只能使得文学评价上的不公正以及各种偏激的怪论愈演愈烈。

其实,说中国当代文学如何不堪或如何优秀都没有说服力。关键是要进行"经典化"的工作,只有"经典化"的工作完成了才有可能比较客观地对当代的作家作品形成文学史的判断。对当代的"经典化"不是对过往经典、大师的否定,也不是对当代文学唱赞歌,而是要建立一个既立足文学史又与时俱进并与当代文学发展同步的认识评价体系和筛选体系。当然,我们也要承认,"经典化"问题是一个非常复杂的问题,并不是凭热情和冲动一下子就能完成的,但我们至少应该完成认识论上的"转变"并真正启动这样一个"过程"。

现在媒体上流行一些对于中国当代文学经典化冷嘲热讽的稀奇古怪的言论,其核心一是否定中国当代文学有经典、有大师,其二是否定批评界、学术界有关"经典化"的主张,认为在一个无经典的时代,"经典"是怎么"化"也"化"不出来的,"经典化"是一个实实在在的"伪命题"。其实,对于文学,每个人有不同的判断、不同的理解这很正常,每一种观点也都值得尊重。但是,在"经典"和"经典化"这个问题上,我却不能不说,上述观点存在对"经典"和"经典化"的双重误解,因而具有严重的误导性和危害性。

首先,就"经典"而言,否定中国当代文学早就不是什么新鲜事,对当代文学的虚无主义态度在很多人那里早已根深蒂固。我不想争论这背后的是与非,也不想分析这种观点背后的社会基础与人性基础。我只想指出,这种观点单从学理层面上看就已陷入了三个巨大误区:

第一个误区,是对经典的神圣化和神秘化的误区。很多人把经典想象为一个绝对的、神圣的、遥远的文学存在,觉得文学经典就是一个绝对的、乌托邦化的、十全十美的、所有人都喜欢的东西。这其实是为了阻隔当代文学和"经典"这个词发生关系。因为经典既然是绝对的、神圣的、乌托邦的、十全十美的,那我们今天哪一部作品会有这样的特性呢?如果回顾一下人类文学史,有这样特性的作品好像也没有。事实上,没有一部作品可以十全十美,也没有一部作品能让所有人喜欢。在这个问题上,我们应该明确的是,"经典"不是十全十美、无可挑剔的代名词,在人类文学史上似乎并不存在毫无缺点并能被任何人所认同的"经典"。因此,对每一个时代来说,"经典"并不是指那些高不可攀的神圣的、神秘的存在,只不过是那些比较优秀、能被比较多的人喜爱的作品而已。从这个意义上说,当今中国文坛谈论"经典"时那种神圣化、莫测高深的乌托邦姿态,不过是遮蔽和否定当代文学的一种不自觉的方式,他们假定了一种遥远、神秘、绝对、完美的"经典形象",并以对此一本正经的信仰、崇拜和无限拔高,建立了一整套关于中国当代文学的伦理话语体系与道德话语体系,从而充满正义感地宣判着中国当代文学的死刑。

第二个误区,是经典会自动呈现的误区。很多人会说,是金子总是会发光的。但对文学来说,文学经典的产生有着特殊性,即,它不是一个"标签",它一定是在阅读的意义上才会产生意义和价值,也只有在阅读的意义上才能够实现价值,没有被阅读的作品没有被发现的作品就没有价值,就不会发光。而且经典的价值本身也不是固定不变的。如果一个作品的价值一开始就是固定不变的,那这个作品的价值就一定是有限的。经典一定会在不同的时代面对不同的读者呈现出完全不同的价值。这也是所谓文学永恒性的来源。也就是说,文学的永恒性不是指它的某一个意义、某一个价值的永恒,而是指它具有意义、价值的永恒再生性,它可以不断地延伸价值,可以不断地被创造、不断地被发现,这才是经典价值的根本。所以说,经典不但不会自动呈现,而且一定要在读者的阅读或者阐释、评价中才会呈现其价值。

第三个误区,是经典命名权的误区。很多人把经典的命名视为一种特殊权力。这有两个层面的问题:一,是现代人还是后代人具有命名权;二,是权威还是普通人具有命名权。说一个时代的作品是经典,是当代人说了算还是后代人说了算?从理论上来说当然是后代人说了算。我们宁愿把一切交给时间。但是,时间本身是不可信的,它不是客观的,是意识形态化的。某种意义上,时间确会消除文学的很多污染包括意识形态的污染,时间会让我们更清楚地看清模糊的、被掩盖的真相,但是时间同时也会使文学的现场感和鲜活性受到磨损与侵蚀,甚至时间本身也难逃意识形态的污染。此外,如果把一切交给时间,还有一个前提,那就是对后代的读者要有足够的信任,要相信他们能够完成对我们这个时代文学的经典化使命。但我们对后代的读者,其实是没有信心的。我们今天已经陷入了严重的阅读危机,我们怎么能寄希望后代人有更大的阅读热情呢?幻想后代的人用考古的方式对我们这个时代的文学进行经典命名,这现实吗?我不相信后人对我们身处时代"考古"式的阐释会比我们亲历的"经验"更可靠,也不相信,后人对我们身处时代文学的理解会比我们亲历者更准确。我觉得,一部被后代命名为"经典"的作品,在它所处的时代也一定会是被认可为"经典"的作品,我不相信,在当代默默无闻的作品在后代会被"考古"挖掘为"经典"。也许有人会举张爱玲、钱钟书、沈从文的例子,但我要说的是,他们的文学价值早在他们生活的时代就已被认可了,只不过很长时间由于意识形态的原因我们的文学史不谈及他们罢了。此外,在经典命名的问题上,我们还要回答的是当代作家究竟为谁写作的问题。当代作家是为同代人写作还是为后代人写作?幻想同代人不阅读、不接受的作品后代人会接受,这本身就是非常乌托邦的。更何况,当代作家所表现的经验以及对世界的认识,是当代人更能理解还是后代人更能理解?当然是当代人更能理解当代作家所表达的生活和经验,更能够产生共鸣。因此,从这个角度来说,当代人对一个时代经典的命名显然比后代人更重要。第二个层面,就是普通人、普通读者和权威的关系。理论上,我们都相信文学权威对一个时代文学经典命名的重要性,权威当然更有价值。但我们又不能够迷信文学权威。如果把一个时代文学经典的命名权仅仅交给几个权威,那也是非常危险的。这个危险表现在什么地方呢?就是几个人的错误会放大为整个时代的错误,几个人的偏见会放大为整个时代的偏见。我们有很多这样的文学史教训。在这个问题上,我们既要相信权威又不能迷信权威,我们要追求文学经典评价的民主化、民主性。对一个时代文学的判断应该是全体阅读者共同参与的民主化的过程,各种文学声音都应该能够有效地发出。这个时代的文学阅读,最理想的状态应该是一种互补性的阅读。为什么叫"互补性的阅读"?因为一个批评家再敬业,再劳动模范,一个人也读不过来所有的作品。举个例子:现在我们一年有5000部以上的长篇小说,一个批评家如果很敬业,每天在家读二十四小时,他能读多少部?一天读一部,一年也只能读三百部。但他一个人读不完,不等于我们整个时代的读者都读不完。这就需要互补性阅读。所有的读者互补性地读完所有作品。在所有作品都被阅读过的情况下,所有的声音都能发出来的情况下,各种声音的碰撞、妥协、对话,就会形成对这个时代文学比较客观、科学的判断。因此,文学的经典不是由某一个"权威"命名的,而是由一个时代所有的阅读者共同命名的,可以说,每一个阅读者都是一个命名者,他都有对经典进行命名的使命、责任和"权力"。而作为一个文学研究者或一个文学出版者,参与当代文学的进程,参与当代文学经典的筛选、淘洗和确立过程,更是一种义不容辞的责任和使命。说到底,"经典"是主观的,"经典"的确立是一个持续不断的"过程","经典"的价值是逐步呈现的,对于一部经典作品来说,它的当代认可、当代评价是不可或缺的。尽管这种认可和评价也许有偏颇,但是没有这种认可和评价,它就无法从浩如烟海的文本世界中突围而出,它就会永久地被埋没。从这个意义上说,在当代任何一部能够被阅读、谈论的文本都是幸运的，这是它变成"经典"的必要洗礼和必然路径。

总之，我们所提倡的"经典化"不是要简单地呈现一种结果，不是要简单地对一个时代的文学作品排座次，不是要武断地指出某部作品是"经典"，某部作品不是"经典"，不是要颁发一个"谁是经典"的荣誉证书，而是要进入一个发现文学价值、感受文学价值、呈现文学价值的过程。所谓"经典化"的"化"实际上就是文学价值影响人的精神生活的过程，就是通过文学阅读发现和呈现文学价值的过程。可以说，文学的经典化过程，既是一个历史化的过程，更是一个当代化的过程。文学的经典化时时刻刻都在进行着，它需要当代人的积极参与和实践。因此，哪怕你是一个对当代文学的虚无主义者，你可以不承认当代文学有经典，但只要你还承认有文学，你还需要和相信文学，还承认当代文学对人的精神生活具有影响力，你就不应该否定当代文学经典化的重要性。没有这个"经典化"，当代文学就不会进入和影响当代人的生活，就失去了存在的意义。每一个人，哪怕你是权威，你也不能以自己的好恶剥夺他人阅读文学和享受文学的权利。

从这个意义上说，当代文学的经典化当然是一个真命题而不是一个伪命题。在一个资讯泛滥的时代，给读者以经典的指引是文学界、出版界共同的责任，而这也是我们编辑出版这套书的意义所在。

最后，感谢张明和张英先生为本套书付出的辛劳，感谢北京立丰天文化传播有限公司、北京金圣典文化有限公司的资金支持，感谢全体编委和北京联合出版公司各位编辑，感谢所有对本套丛书的出版给予大力支持的作家和他们的家人。

是为序。

吴义勤

2022年冬于北京

目 录
Contents

玻璃唇____1

鲛在水中央____48

红　妆____132

十八相送____173

异　香____215

玻璃唇

1

　　车开着开着天就黑下来了。

　　夜色像很多只脚印从外面踩踏着车窗，凌乱的，没有分量的，隐形的，都在车窗外拥挤着，喧嚣着。似乎这车里的空间自己独立成了一个世界，外面全是陌生的脚步。渐渐地，脚印越来越多，越来越密，像无数的人挤在空气里，最后，这黑色的脚印把车窗彻底淹没了。

　　夜色从每一寸空气里生长出来，妖冶，茂密。从车窗看出去的一两点灯火就是这黑暗中生长出来的空隙。林成宝抱着孩子，歪着头看着车窗外。孩子啃着自己的一只拳头缩成一团在她怀里睡着了，安静得像颗果实。从沙城到郊区的塘县要三个小时，她从上车后就一直觉得不安，却不知道这不安的源头在哪里。她看着车窗外费力地想着。这不安像一只兽的皮毛擦着她的皮肤过去了又回来，痒而疼。

　　然后渐渐地，这疼一点一点地清晰起来了，她顺着这疼一点一点摸过去，突然明白了，是一双眼睛。是霍明树的眼睛。刚才，霍明树在车站送她和孩子的时候，他站在车外目送着汽车开走。她从车窗里看着他，她看到了他的眼睛。只是，当时她钝钝的，那目光擦着她过去了，没有来得及发生反应。却不知道这目光一路粘在了她身上。她很不安，可是，她自己为什么要不安？

现在她明白了，是那双眼睛不安。

林成宝第一次认识霍明树也是因为这双眼睛，她跟着男朋友去参加他们的同学会。她站在人群中一直觉得身上粘着一双眼睛，这眼睛穿过衣服粘在她的皮肤上，像枚滑腻而锋利的钉子往深里钻。她猛一回头，就遇上了一双眼睛。那双眼睛隔着汹涌的人群像颗河底的石子一样安静清凉地看着她。就是在那一瞬间，她几乎落泪。等聚会散了的时候，她迟疑着最后一个走出了房间。一出门，下午的阳光便像金属一样重重向她砸来，眩晕之下，她满眼只有黑色的人影，一叠一叠地挤在一起，像薄脆的剪纸，浮在空中，都不成人形。她突然就流泪了，她知道，她再也不会遇到那双眼睛了。可是她再一回头，那双眼睛就在她身后。就这样，林成宝扔下交往三年的男友，带着近于私奔的快乐和这个叫霍明树的男人在一起了。

她后来对姑妈说，她和霍明树那次见面始终都没有说一句话，但是她觉得他一直在告诉她，如果我们不在一起，那还有什么意思？男人和女人之间可能就是那一眼两眼的事情，没办法，只一眼，她就从一个男人身边跨到了另一个男人身边，就那么一眼。

发现自己怀孕后，她决定和霍明树领结婚证。她父母说，如果她嫁给这样一个没有工作没有房子什么都没有的男人，以后就不要再回家了，他们就权当她死在外面了。最后他们还是领了结婚证，在沙城租来的一间小屋里生下了孩子。孩子生下不久，霍明树又一次失业，在沙城连房租都要付不出的时候，林成宝想起了自己住在沙城郊区的奶奶和姑妈。她决定带着孩子先去，等霍明树借点钱也过去，郊区消费毕竟低得多，在那里也许可以开个小商店。于是，霍明树把她们母子先送到了车站。

汽车在塘县车站停了下来，像排硬币一样，把林成宝母子薄薄地扁扁地排了出去就无声地开走了。车站看不到一个人影，只有几辆长途客车静静挨在一起，像是在熟睡。林成宝站在那里，就着昏黄的路灯看到自己落在地上的影子臃肿而庞大，像被潦草着新搭起的建筑物，里面住着无数个半生不熟的自己，却都是虚虚的，一推就倒的。

她抱着孩子不辨方向地走了几步，整个塘县对她来说像一个松散的梦境。她熟悉这梦里的只鳞片爪，然而这点痕迹却聚不成人形，只是没有魂魄地游荡在她身体深处。所以当她再一次来到这里时，她发现自己对这个地方是心虚的，没有底气的。她在塘县生活过五年，但那是很小的时候，实在太遥远了。再后来她忙着上学忙着恋爱忙着男人，竟找不出时间来塘县，尤其是在沙城待了几年了都没有找个理由来一次塘县。这是让她最心虚的。

心虚还不可告人。

现在她脚上触着的又是塘县的泥土了。那泥土里的血液在一个瞬间便流进了她的脚心，她才觉得那遥远的五年其实早成了一枚坚硬的佩饰嵌进她的肉里去了，拔都拔不出来。这么多年里，她其实一直都随身戴着它。这多少给了她一点去见奶奶和姑妈的底气。是啊，这十几年里，她不只到过塘县，她从一个地方换到另一个地方，每换一个地方其实就是死一次，她都不知道死了多少回了。一个个自己早死了，有几个死掉的自己是值得埋在记忆深处留着的，比如当年在塘县的自己，因为小，一定是快乐的，自己这么多年里不一直在凭吊小时候那个自己吗？有几个自己仿佛是暴毙在路边的，自己都不愿意去收尸，情愿让她们烂掉。一个自己就是因为长得漂亮,高中就没好好上,更不用说考大学。还有一个自己是因为一个男人连家门都进不得,在这个世界上简直已经被迫成了个孤儿。

她情愿自己留在路边的这些尸体被鸟兽吃掉,吃得不留一点痕迹,但她们的魂魄一直都在,这么多年就这么形影不离地跟着她。

晚上的塘县县城是松的脆的,远远近近的灯光也像是虚拟出来的,林成宝又走了几步,不由得抱紧了怀里的孩子。在这陌生的地方,只有这怀里的孩子是真的,他身上的温度是真的。她紧紧抱着他时,觉得还可以用他的血液取暖。有一个自己的孩子真好,他的血是你的,他的骨也是你的,你把他抱在怀里就像抱着另一个遥远的自己。

一种深不可测的悲伤的温暖。

这时候,几点灯光冲着她射了过来,然后像几只飞蛾一样扑闪着把她围住了。是塘县的摩的司机们,在车站一有乘客下车就会有潜伏在黑暗中的摩的们围上来。她小时候在塘县就经常坐这种摩的,没想到十几年过去了还是这样。就像是回到了一个做了半截的梦里,然而接上的梦境再熟也是陌生的了,像半生的饭需要回锅才能吃。

站在奶奶家门口,她还是不知道该怎么进去。尽管来之前就给奶奶家打了电话,是姑妈接的,可是真的来了,还是觉得进去的理由薄得像手心里的雪,哈口气就会化掉。奶奶家厨房的窗户对着街,做饭的时候窗户就大开着,她站在黑暗的马路上正好对着这扇窗户。

窗户里点着一盏昏暗的灯,蜡黄色的油腻的灯光厚厚地涂满了整间厨房,四十多岁的姑妈正蓬着头在窗前炒菜。她看着这窗户就像看着一张陈年的油画,烟熏火燎的,散发着油哈气,像一个很深的梦里藏着的气息,即使是在黑得伸手不见五指的地方,她也能准确地闻到。是它。这过分的熟稔让她突然觉得无比苍凉,恍如隔世。

一推门，她突然觉得自己那半截子梦明晃晃地落到地上了，屋里的摆设和她小时候在时没有一点区别，二十年过去了却不过像一天。突然走进这汹涌而来的熟悉中，她顿时觉得自己像个落水的人，急于抓住点什么，抓住一条绳子，把自己拴到一头才不至于被淹没。一扭头正看到了躺在床上的奶奶，奶奶就是那条绳子，绳子那头系着她的童年。

　　她冲着奶奶奔了过去。奶奶是个退休的小学教师，十年前因为中风，瘫痪在床，在床上躺了几年全靠姑妈照料。从她小时候起，姑妈就一直和奶奶住在一起。姑妈原来是一家工厂的工人，不知道什么原因，一直没有结婚。后来工厂倒闭，她下岗后就一直待在家里，两个人都靠奶奶的那点退休工资生活。躺在床上的奶奶像被风干过的，似乎一只手就可以把她拎起来。

　　奶奶躺着对她咧了咧嘴，一个走风漏气的笑，她的牙齿掉了几颗。几年时间过去了？她怎么已经老成这样？林成宝不敢再细看奶奶，再细看就觉得自己实在是残忍。眼睛是空的，手里也是空的，她急于抓住点什么塞到奶奶手里，不然中间这十几年的岁月就像一个陷阱，上面看上去毫发未损，下面却是空的，一踩就掉进去了。她伸手就把怀里的孩子递了过去，她手边只有他了。只有他还能拿得出手。一个老人看到孙子大约总是还会有些高兴吧，无论这孩子是怎么来的，都是她生下的。她把孩子抱到奶奶身边，让他和奶奶躺在一起。

　　就像这孩子是她十几年里可以拿回家的唯一成果。

　　奶奶侧起身体，伸出两只胳膊把这孩子抱在了怀里仔细端详着。林成宝像捡到了一点点鼓励，忙说，别人说长得像我，也有人说长得像他爸爸。她一边小心翼翼地说出爸爸两个字，一边悄悄看着奶奶的脸，奶奶却不看她，只顾看孩子。一时间，她恍惚觉得奶奶那张脸正在迅速后退，后退。小时候奶奶曾是她最熟悉的人，因为熟悉反而没有去记那张脸，后来的很多年里，偶尔想起奶奶的时候，是真想不起奶奶那张脸了。现在，这张脸就在眼前了，好比两条夜行的船终于迎面碰上了，一个在这条船上瞥见对面船上正是自己梦寐的那张脸，还没来得及叫唤，那条船已经远去了。这一刹那的接近反而更添了隔世的渺茫。

那一眼之间她明白，奶奶已经不是十几年前的奶奶，就像她自己早已经不是十几年前的那个自己。她们都回不去了，却遇到一起了。她来投奔她曾经的熟悉，其实却是来投奔一种更大的陌生。奶奶一直没有放下孩子，她也没伸手去接，就像两个人之间放着一件兵器，还不知对方的招数，只好按兵不动。

然而最让她恐惧的时刻还是来了，晚饭时间到了。没有比在陌生的地方吃不付钱的晚餐更尴尬的事情了，因为饭的性质含混不清更让人觉得悲凉。姑妈把晚饭端了上来，两个菜，一个炒青菜，一个烧豆皮。馒头，稀饭。家常这东西，软起来是温暖，硬起来却也是暗器，寒光闪烁。多来了两个人，姑妈都没有多添个菜。林成宝坐在桌边看着一白一绿两个菜，只觉得身体里一个很深的地方在作痛，却又不知道具体是哪里。只是，整个身体都在钝钝地往下沉，往下沉。她像站在没顶的水里看着这桌上的晚餐，冰凉，隔世。

姑妈把孩子送到她手里说要喂奶奶吃饭了，她自己喂孩子点稀饭吧。林成宝一手抱着孩子，一手舀起了一勺稀饭，大米粥，她静静地看着那勺子，一粒米一粒米地数着。那勺子里，那团温热的汤里，一共躺着七粒大米，晶莹剔透，她数着数着泪就下来了。原来，一粒米都可以成为施舍。

姑妈在床边喂奶奶吃饭，她在桌边喂孩子吃饭，这复制像一种无声的抵抗。她边喂孩子边问自己，为什么抵抗，就因为从她进来她们就没有问她要住几天，有什么打算？就因为她和孩子来了，她们也不多加一个菜？可是，她就是寄人篱下来了。这程序化的耻辱，她在来之前就想了一千遍一万遍了，她还是来了。就因为，她没地方可去。她把那喂剩的半碗粥倒进了自己嘴里，完了突然扭头向床那边看了一眼。姑妈却正看着她，一触到她的目光就迅速收回去了。然而那目光却像层蛛网一样厚厚地粘在她背上了，冷而粘。她呆呆地看着桌上那只碗，白色的瓷，也是冷而粘。她忽然在心里狂喊起来，我能吃多少？你们以为我能吃多少？

收拾了碗筷，姑妈也坐到了桌子旁，电灯就在桌子上方。她和姑妈坐在桌子旁边，像被这灯光收进了同一件容器里，在促狭的容器里，她们被逼着不得不看着对方的脸。林成宝这时才发现，姑妈真是老了。十几年前姑妈还是个有些古怪的大龄女青年，十几年后她已经被没有男人只有一个老太太的生活摧残成了一个老女人。

林成宝想起姑妈这十来年的时间里都没有工作没有收入，没有男人可以依靠，全靠着老太太的那点退休工资。今天晚上突然闯进来一个人，不，是两个人，要分吃她们的饭，她心里该是多么恐惧。她自己什么都没有，但最起码还有个男人和自己的孩子。眼前这个老女人呢，除了床上的老太太和老太太手中的那点钱，她还有什么？想到这里，林成宝心软下来了，她木木地拍打着怀里的孩子，想哄他快点睡着。

这时候，姑妈忽然开口说话了，语气倒是平淡，没有她想象中的带枪夹棒。姑妈说，有什么打算呢？这句话说出来，简直让林成宝有些感恩戴德。她几乎是诚惶诚恐地赶紧说，孩子他爸现在正在筹钱，筹点钱他就过来找我，这里消费比沙城低多了，在沙城连个房子都租不起。他一来,我们就出去租个店面,开个商店,在店面后面住人,就不用再租房了。他说最多就两个星期,他就过来找我。

她一口气把这话说完,又后悔说得太快了,担心没把意思表达清楚,只好又重复了一句,就两个星期,最多了。她在告诉自己,也在告诉屋里的两个老女人,这是条底线,两个星期就到头了。她不会一直在这儿无休止地赖下去的,她不会一直抢她们的饭的。两个星期以后她就会从这儿搬出去,她们不需要那么没有尽头的恐惧。这最后一句重复理直气壮得近于坚硬,因为太坚硬,她自己先被戳到了,泪就下来了。她慌忙垂下眼睑装着低头看孩子的脸。床上的奶奶终于说话了,怎么能两个人都没有工作呢,你没有工作怎么敢嫁一个也没有工作的男人呢,口口声声喊着要感情,结婚后喝西北风啊?不听大人的话,现在好了。

虽是埋怨,在林成宝听来却像是坐在炉边终于烤到了火。毕竟,老太太把话说在明处了,她不必胆战心惊地等着暗器飞来,没有伤口却五脏俱焚,撕心裂肺。她拍着孩子什么都没有说,她说什么?告诉她们爱情就是那么一眼的事情,就那么一眼?现在,她们只当她是个傻子了。她抱着孩子说,我先哄他睡觉去了。姑妈说,先给他洗洗,坐了一路车,脏死了。她感激地、近于谄媚地看了姑妈一眼,一时都惶惑得手忙脚乱了,给孩子洗脸洗手时都是笨手笨脚的。像一个在冰天雪地里走了太久的人猛地坐在炉子旁,一时还承受不了这温度。

房子是旧式的里外间,只有奶奶和姑妈的两张床,两个女人的家在很多年里也没有住过别人,没有多余的床。她在外间搭了个简易的床铺,和孩子一起挤了上去。因为换了地方睡觉,加上睡觉前心力耗费得太厉害,简直是透支了,这一晚上的睡眠都像泡软了的粉条,没有黏性的、断断续续的、各种奇怪的梦不时从四面八方钻出来,啃着她。竟从来没有这么艰难地等待着天亮，越是等越是亮不了。终于等到天亮起来时，竟感觉像打了一晚上的仗，周身是酸痛的疲惫。

2

姑妈和奶奶像两个老宅女一样，白天晚上基本都守在家里。奶奶是白天晚上都在床上，姑妈每天早晨出去在早市上买点菜买点吃的东西，这一天就几乎不出门了。她们的白天像钟摆一样嘀嘀嗒嗒地晃过去，零碎的，散乱的，却是自己就长好了骨架的，再小的一点碎片也是五脏俱全的。姑妈的路线基本上是从奶奶床前到厨房，再从厨房到床前。单调，娴熟，她做的所有事情都像是已经从她身体里独立出来了，不经过她的脚，自己就重复得了。

在这样的两个女人之间，林成宝感觉自己像这屋里长出的一个赘物，多余而又无处安置。闲坐着闲吃饭，还不付钱，坐牢也不过如此了。她只好不停地跟在姑妈身后抢着打下手，姑妈做什么，她就急切到了哀求，我来吧。姑妈都不看她的脸，大约也是有些不忍，便慈悲地给她些边角料的活打打下手，洗洗菜，刷刷碗。干活的时候，林成宝才觉得在这屋子里暂时地找到了一处踏实的岛屿，即使只能容得下她两只脚，站在上面心里却出奇地平静，似乎是对得起今天中午这顿饭了。一勺子里有几粒米她都是数得清楚的，有时吃饭的时候，她简直是一粒米一粒米数着吃下去的，似乎吃的不是粮食，而是玉石之类难以消化的东西。

吃饭的时候，尽管她一直克制着吃，还是能用眼角的余光收到姑妈或奶奶偶尔向她的一瞥。就那么迅速无声的一瞥，像蜜蜂的翅膀掠过，却留下一阵阴风直直钻进她的皮肤。她们在悄悄看她吃饭。看什么？看她吃多少？包括身边这算半个人的孩子？她拿着筷子的手在半空中停顿着，映在墙上像铁画银钩的树影，苍老，却满是力气。

　　她浑身都是力气，可是这力气没有出口。

　　有时候她突如其来地想大哭一场，就在这桌子旁，就在两个老女人面前哭一场。可是，泪还没流下来就蒸发了。

　　喝水的时候，她都要下意识地用眼角找找姑妈是不是在看她，喝一杯水，咕咚两声就下去了，仓促得就像做贼一样。一次，她一手抱着孩子一手正拿着一杯水的时候，姑妈正好从她身边走过去，似乎不经心地看了她一眼，她喝水的动作便戛然而止，就像突然被冰封住了。

　　她像冰雪的雕塑一样一直用那个动作站在窗前，透过玻璃看着窗外的夕阳一点一点往下落。她也跟着一点一点往下落。她感觉自己像躲在防空洞里的难民，天天隔着防空洞的栅栏看外面的天，扳着指头数着自己哪天能出去，每一天都是一场战争，不见硝烟却一天比一天身心俱损。她盼着有救星快把她从防空洞里救出去，这救星就是霍明树。不是说最多两周吗？两周就是十五个白天和十五个晚上，是十五个，又不是没有尽头，总会过去的吧。

　　林成宝给霍明树打了两次电话都是出去找的公用电话，一方面是不想用奶奶家的电话，免得让她们觉得她用了电话费，另一方面是不想让奶奶和姑妈听到她和霍明树说什么。她们肯定不会当着她的面说什么，但肯定会把她电话里说的每一个字都捉住，那屋子里好像四处长满了耳朵和眼睛，她一个最小的动作也会被摄了去。

　　霍明树在电话里告诉她，快了，再等两天。放下电话，她一阵轻松，往奶奶家走去的时候，心里竟有一种奇怪的安稳，就像有什么贵重东西正被她揣在怀里，有了这个东西，她下半辈子都已经是无忧的了。进了门，她也不看奶奶和姑妈，径自看着一个地方说，我给孩子爸爸去电话了，他说就这两天，让我再等等。声音不大，声音的底座却已经开始固化开始变硬，似乎她随时都会硬硬地从这扇门里走出去。

奶奶在看报，姑妈在洗衣服，都没有接她的话，只管把她半截子的话像空袖子一样扔在空中。她们这样的不抵抗，让林成宝一阵惊慌，难道她说这样的话都无效了吗？她们就以为她会一直死皮赖脸地住下去？只有当孩子做出些有趣的动作的时候，两个老女人还是会真的开心笑起来。

看出这个，她就拼命逗自己的孩子，意图让他做出些童稚的滑稽的动作。那孩子有时候被她摆弄得烦了，反而大哭起来。她只好用饼干糖果之类的东西哄他，心里有些偷鸡不成反蚀了把米的懊丧。有时候她会提防着姑妈对孩子不好，因为一个没有结过婚没有孩子的老女人见了小孩，心情都是复杂的吧，羡慕着喜欢着，却也嫉妒着怨恨着，恨不得让别人陪着自己一起没有孩子。但姑妈倒也没做什么，只是很少过去帮她哄孩子，看着孩子哭就远远地皱起眉头，满是皱纹的脸上会做出类似于少女的无措和叛逆的表情。

林成宝觉得两个星期终于一点一点地被自己咽进去了。这中间，林成宝给霍明树打了三次电话，霍明树都说再等等，就这两天了。因为当时约好的底线就是两周，两周之内他没来，她倒也没觉得奇怪，她来塘县时下的决心和鼓足的勇气就像她储藏起来的粮食，本就够她对付两周的，可是，那也只是两周的事情。两周之外，对她来说像在另一个星球上一样遥远和可怕。

但是直到两周的最后一天，霍明树都没有露面，也没有打来电话。知道这是最后一天了，有些看见底线的过瘾和痛快，似乎翻过墙就是解放区了;又有些无名的恐惧像蔓草一样阴凉地顺着她的皮肤向上爬。这恐惧是从哪里出来的,她不知道,说不清楚,但这恐惧一定在某个地方。她能闻到。

最后一天的上午,她带着些赌气等着霍明树,似乎到中午的时候他就一定该出现了,为什么连个电话都不给她打,那她也不给他打。可是到吃午饭的时候,霍明树仍然没有出现,林成宝草草吃了几口饭,吃进嘴里都像沙子。午饭后的时间突然走快了,到处是太阳的脚,稍不留神,金光闪闪的脚印已经走过去一串了。

下午四点的时候,太阳已经开始西斜了,林成宝一抬头,正好与太阳四目相对,她没有眯眼睛就看到了太阳的轮廓。就在这一瞬间里,林成宝突然醒了,她几乎出了一身冷汗,太阳已经不烈了,这是天快黑的预兆,霍明树呢?他在哪儿?

她浑身打了一个冷战。

她猛地转过身,奶奶和姑妈正看着她,她感到有什么东西正在她身体里发酵膨胀,膨胀得像防弹衣一样足以抵得住这四束目光。她迎着她们的目光一步一步走到电话前抓起电话,拨电话的手有些抖,一个电话号码被支离破碎地拨了好几次。她等着电话里的声音,准备着当着两个女人的面用什么样的语气和他说话。但在她还没有准备好的时候,电话里一个空洞的死滞的女声说,您好,您拨打的号码是空号,请核对后再拨。

她钉在了那里。

脑子里先是空的,一种完全的空,像一只密封的容器,什么都进不来。接着有意识像虫子一样啃噬着她,那意识顽强地咬着她,错了,一定是拨错了。再拨,她又拨那个号,磕磕绊绊的,像身上长出了七八只手,还是那个声音,空号。

再拨，空号。

再拨。

她完全失控了，她只听到一个声音巨大无边地把她笼罩住了，错了，一定是拨错了。这时候，姑妈走了过来，她从她手里拿过电话，异常冷静地说，你说号，我来拨。林成宝闭着眼睛说了一串号，姑妈问，没错？她又机械地重复了一次，接着又重复了一次，就是这个号，就是这个号化成灰她也记得它。姑妈默默地听着电话里的声音，一分钟后她放下了电话，回头看着她。

她也看着她。

在那一瞬间里，姑妈的目光突然出奇地温和，像她的目光里伸出一只手来摸着她的头发。她仍然钉在那里，动不了，像是一直就长在那里的一株植物。姑妈嘴动了动，好半天，那声音才像破棉絮一样丝丝缕缕地钻进了她的耳朵，他换号了。

林成宝第二天就把孩子留给姑妈自己回了趟沙城。他们原来租的那间屋子里住的是别人。房东说不知道他去哪儿了，这里每天人口都是流动的，他怎么会去问别人的去向呢？房东说，都走两个星期了吧，付了房租就走了，东西也没多拿，不知道去哪儿了。

都走两个星期了，也就是说，在她去塘县的时候，他已经开始同时行动了。他是早已经打算好的了，他是有预谋的。原来在同一张床上躺在她和孩子身边的那个男人是早已经把一切打算好了。这两周里，他之所以还接了她三次电话，那都是因为他还是有恻隐之心的，他还在挣扎。直到十五天的最后一天，他知道再不能拖了，就果断地把电话停掉了。

这电话就像一根电灯开关，一拉，他就消失了。原来，在她的世界里，他居然只是个电话号码，这号码一消失，他就随着消失了。从此，在这个世界上，她永远不会再遇到他了。她第一次遇到他时，也以为永远都不会见到他了，结果，他就在她身后。

可是这次，却是真的。

这天，林成宝把她知道的霍明树在沙城的同学都找了一遍，没有人知道他的去向，或者，知道了也不告诉她。

两天之后的黄昏，林成宝再次回到了塘县。她没有坐摩的，是一步一步走到奶奶家的，像个刚从沙漠里走出来的人，干枯成了一株没有了水分的植物。刚走到门口就摔倒了，她连迈出去一步的力气都没有了，这两天里全部的力气都被她用得干干净净，一点不剩。

林成宝病倒了，刚开始几天发高烧。后来烧退了，却整个人都是坍塌的，四处散着，目光也是散的。似乎她身体里已经没有一点点骨架做支撑了，她就只是一堆肉。孩子哭的时候，她都觉得这哭声很遥远很遥远，是另一个世界里的。她只想无边无际地睡过去，睡过去。

姑妈把她的床铺搬进了里间，摆在离奶奶的床不远的地方，好和奶奶做伴。这个黄昏，林成宝的烧终于退了，几天时间里都感觉像在火焰山上摸爬滚打着，现在突然周身一阵清凉，像是从火焰山下来进了水里。人似乎是浮在水里的，没有分量的，透明的，水可以从中出入自由。水从眼睛里出来挂在脸上，她没有擦，直直地躺着。另一张床上的奶奶突然说话了，不能老躺着，像我躺得都起褥疮了，起来出去走走吧。

她突然委屈地扭过头一脸泪水地看着奶奶，奶奶的床和她的平行着，奶奶也是躺着对她说话的，这样看过去就像奶奶正在一条河的对岸和她说话，近是近，却是隔着河的。她突然就说话了，几天来第一次开口，听起来竟不是自己的声音，她对河对岸的奶奶说，他为什么要这么做？

奶奶的声音传过来有些模糊不清，似乎是断断续续的，她说，因为他，觉得担子太重，他被吓跑了。你想，他也是一个年轻人，没有工作了，还要养老婆和孩子，他是逃走了。你要是有个工作，他兴许还不会跑。你只以为女人想靠男人呢，现在的男人还想靠女人呢，是你自己不懂事，先靠在了男人身上。

林成宝不再说话，他逃走了，是的，他逃走了。屋里一片死寂，像突然荒凉了下来。这时候，被姑妈抱着的孩子不知道为什么哭了，哭声一下把屋里的寂静撕开了。林成宝突然翻身起来，歇斯底里地对姑妈喊，姑妈，把他扔掉，把他扔出去，把他扔到路边扔到树林里让人捡走吧，或者让野狗吃了去。姑妈，快，把他扔出去。姑妈死命抱着大哭的孩子，一边惊恐地看着她。林成宝撕扯着自己的头发大喊着，快扔掉，扔掉，他把他扔给我，让我一个人养这个孩子，你觉得这公平吗，我拿什么养他？我拿什么一个人去养他？

几天以后，林成宝能下床了，她不能一直逃到那张床上去，她终究要下来的。从她下病床的那刻起，她知道，一切又和生病前接上了，衔接得严丝合缝，如铜墙铁壁，任她撞得头破血流都出不去。她的脚下还打着晃，踩到哪里都是软的，都像沙子，可她的眼睛和手不能软，因为有两张嘴等着要吃饭，她和她的孩子的嘴。

她拖着棉花一样的脚步又开始帮姑妈洗菜，刷碗，洗衣服。每干一点活她都是使出全力的样子，她在用手告诉这屋里的两个女人，我除了这点力气再没有别的了。她现在觉得自己就像一处深不见底的洞穴，完全没有了底。她再不是活在那开头的十五天里了，那有边有沿的十五天已经像沉船一样葬身海底了，她自己还漫无边际地漂流在海面上。这接下来的时间怎么办，看不到头的、没有方向的、完全失控了的时间。

因为生病博得的奶奶和姑妈的温和就像夏天的树叶一样,只能生长一季,温度降了,树叶自然要变枯落掉。温度一降再降,树叶就会落得片甲不留。因为都是女人,看着一个比自己年轻的女人成为弃妇一方面确实可怜,另一方面又不免有些淡淡的幸灾乐祸,看着别人结局大团圆了,自己仍得重复清水煮白菜的日子,谁能舒坦到哪儿去。所以在林成宝成为弃妇的最初的日子里,她们理所当然得收留她,可是,这收留毕竟浅薄而脆弱,不过是一念温柔,没几天就会被消耗殆尽。

很快,林成宝又得在吃饭时数勺子里有几粒米,吃饭只敢吃到五成饱,有一点烤鸭、熏鱼之类的,问她吃不吃时,她立刻就斩钉截铁地回答,不爱吃,一点都不爱吃这些东西。

她真的害怕了。可是不能怪她们,这两个老女人多少年来围着一盆火取暖,同在一个屋檐下靠着那点微薄的退休工资活着,对一粒米一棵菜从来都是精打细算着数过来的。她们对未来本身就是恐惧的,尤其是姑妈,能这么多年耐心地照顾一个瘫痪在床的老太太,每天给她擦澡,每天换那些动不动就大小便失禁的床单,除了因为是自己的母亲,大约也与这退休工资有关吧。她没有收入,没有男人,没有家,怨不得她每次吃饭的时候都要不由得向林成宝这边瞟,她是恐惧太深太深了。深得没有底,深得时间太长了,她的神经已经系满铃铛,扯到一个,别的就会哗哗响成一片。

现在,她带着一个孩子来分她们的饭,虽是一个小孩,吃起东西来实在不逊于大人,尤其是没有经过任何世俗陈规的侵蚀,简直是想吃多少吃多少。她们得把两个人的东西分成四份。她怎么忍心?可是她又能去哪里?从沙城出来时身上带的那点钱已经日渐稀薄,只有出处,没有进处,能耐得住多久。然后呢,花完最后一块钱的时候怎么办？

　　问一个男人要零花钱是需要勇气的，问一个女人要则更需要勇气。

　　林成宝开始出去找工作，塘县再怎么也只是一个县城，就业机会太有限，找了一个星期，发现除了去跑保险之外，基本上没有什么选择了。可是，她在这个地方只认识姑妈和奶奶，让谁来买保险？她仍然每天早晨出去，晚上才回，就为了不吃那顿午饭。让孩子在家吃已经够了，她能少吃一顿就少一顿吧。

　　她天天在街上晃，有时候猛地看见一个男人像霍明树就直直跟过去，心几乎要跳出胸腔了才发现那不是霍明树。是啊，他怎么会出现在塘县？他怎么敢来？她捂着快要蹦出来的心脏，听见自己一遍又一遍地暗自重复一句话，怎么可能，怎么可能。霍明树真的消失了，永远消失了。这个因为当初一个眼神就爱上的男人现在躲到哪里去了？

　　一个眼神是多么脆弱啊，可是她一直以为一些真正的东西一定藏在这个世界上那些最脆弱的东西后面。

　　她错了。

　　这么多年里，她一直心甘情愿地纵容自己的那点想象，然后，这就是代价。她真想满世界地找他，把他从一个角落里搜出来，狠狠打他，骂他，向他哭。

　　可是，她现在连张车票都买不起。

　　她终日晃荡着，她的天地就像突然从公共的生活里分离出来了。好像成了与活人隔绝了的孤鬼，看着阳间的日子自己进不去，阳间的太阳也晒不到自己。飘荡在街上时，谁都不看她，好像她是隐了形的孤鬼。

　　这天快走到奶奶家门口时，忽然遇到了一个人。

3

　　林成宝在前面走着,听到后面跟上来一阵摩托声,塘县因为出租车少,到处是摩的,没什么好奇怪的,可是这摩托车从她身边骑过去了,又掉了个头慢慢向她过来了。最后摩托车在离她两步远的地方停住了,车上的男人突然问了一句,你是阿宝吧。林成宝看了他半天,犹疑在哪儿见过这人,或者是见过这双眼睛还是这鼻子。都是些零散的碎片,现在要一片一片拾起来拼凑,却怎么也找不到那处要害,找不到把钥匙插进去的那个孔。

　　车上的男人显然开始失望了,嗔怨地说,想不起来?我是阿亮啊,你奶奶邻居家,和你小时候玩过的。咔哒一声,钥匙突然掉进孔里去了,意外恰好掉进了异地的无聊,林成宝大叫了一声,你是程亮?怎么长成这样了?你怎么会在这儿?问完了才想起来程亮本来就是塘县人,倒是该他问自己,你怎么会在这儿?果然,程亮说,我一直就在这儿,你怎么在这儿,什么时候来的。林成宝觉得这个开头实在是太冗长了,便用一句打住了,我住在我奶奶家,你家现在住哪儿了。程亮说,还住你奶奶家隔壁啊,我家就没搬过。你是要回去吗,来,我捎你回去,正好我也是要回了,下班了。林成宝坐在他摩托车后面问,你在跑摩的?程亮半天才说了一句,也没什么好干的,瞎干着吧。

　　林成宝进了奶奶家,姑妈正在做饭,孩子在床上和奶奶玩,没有她的时候,她们老少三人倒也算得上其乐融融。每天晚上她这样两手空空地往回走的时候,都觉得自己像个住店不付钱的无赖,能赖一天是一天，残忍地无望地赖着。她现在手里只有时间，大把大把的空白臃肿的时间，她恨不得把这些时间全部杀死，至少让它们受些致命伤，可是，它们安然无恙地按部就班，倒是她自己像是已经被时间风干在路边了，无人理睬。

她讪讪地走到姑妈旁边帮着打下手，姑妈专心地看着锅，没看她。她真希望这时自己手里突然变出什么，一条鱼，一只鸭，交到姑妈手里，说，咱们今晚吃了吧。她没有任何拿得出手的东西。在这种高压锅一样的沉闷里，她突然想起路上遇到了程亮，手里没有可以吃的东西，拿出个话题也算。她便小心地看着姑妈的侧面说，我今天遇到程亮了，他家还住在这儿？他结婚了没？

姑妈一听这话就接上了话茬，让她多少有些感谢。姑妈说，他还能结婚？谁嫁给他啊？成了个混混。林成宝记得他比她大两三岁的样子，她小时候住在奶奶家的时候，他已经上小学了。他个子从小就比别人高，但是性格像个女孩子，经常被班上的男生欺负，别人打他他也不肯还手。听见姑妈的话，她心里一惊，像是看到一个自己很熟悉的人突然面目全非地站在了自己面前，不由得一阵恐惧。问，他人挺老实，他怎么了？

姑妈很有兴致地说，初中还没上完就被学校开除了，因为偷东西。偷同学的东西，见什么偷什么。被学校开除后，就和一帮小流氓混到一起了，天天偷东西抢东西。他爸几次把他捆回去，吊起来打，第二天他照旧要跑出去。我觉得他走上这条路，可能和他爸妈老吵架有关系。他爸妈性格不合，老是吵架，我在屋子里都能听见。他们吵的时候，这孩子就一个人坐在门口不进去。后来他爸爸得肺癌死了，他妈前年也死了，那女人本来就一身毛病，能撑这么多年已经不容易了，估计是就巴巴等着她那儿子改邪归正呢。死的时候肚子都涨了这么大，怪吓人的，不知道是得的什么病。从他妈死后，这小子突然洗手不干了，像换了个人一样，买了辆二手摩托跑起了摩的。现在他那家里就住着他一个人，家里要什么没什么，也不收拾，远远就能闻到屋里的光棍味。知道他底细的人谁肯给他做媒，一般的姑娘怎么会嫁给他。我看他这辈子也就这样了，还能怎么样。一天挣几块钱晚上全吃掉，遇到下雨就一整天在屋子里睡觉。就是睡三天三夜都没有人管。

林成宝不忍再听了，躲到了卫生间里坐在马桶上。在这屋子里，卫生间是她的头等躲处，似乎一坐在马桶上，这块空间就被独立出来了，与外面没有了任何关系，横竖都是她一个人的，她愿意想什么做什么都是她自己的事情。她可以暂时理直气壮地告诉那两个女人，我在上厕所，过会再说。

现在她躲在卫生间里，看到两个男人正往一起走，一个是小时候的程亮，一个是现在的程亮。都是她陌生的，他们走着走着还是重合到一起了，重合成一个更陌生的程亮站在她面前。老实懦弱和窃贼地痞这两种完全不同的质地怎么会同时在他身上兼备？她想起小时候他被别人欺负了，就坐在地上一个人悄悄地哭，像兽一样可怜地看着她。很多很多年里，她始终记得他坐在地上哭的样子，硌得她疼痛。

她又想起小时候，一次他送给她一支铅笔，还有一次送给她一条珠子穿的项链。那时她问他哪儿来的。他说捡的。其实她很快就知道了，那是他偷了班里女生的东西，是他班上的女生告诉她的。可是，她居然牢牢替他守住了这个秘密。就因为对那串塑料珠项链的贪婪？还是对他对她好？

从那时候他就已经开始了，她其实是做了他的帮凶，她帮着他杀了小时候的他，杀了他的父亲和母亲。她哆哆嗦嗦地抽完了上次抽剩的半根烟，把烟蒂扔进马桶，冲走。姑妈开始摆碗摆盘子，她弄出很大的响声，为的是告诉她，开饭了。姑妈和她之间正把能省的话渐渐省掉。

然后呢？再然后呢？

这个地方待不了了，有一天她们终究会把她赶走的。

林成宝在街上盯着每一张脸看，想着这张脸会不会买她的保险。多数人在她还没有走近时就先躲开了，人是有气场的，她的表情远远地就向这些人散布出某种气息，一种类似于要围猎捕鱼的气息？被她看中的猎物都跑了。偶尔有耐心听她说两句话的人，一弄明白她是想让他掏钱的，也惊慌失措地四散开去。在马路上想让别人掏钱？疯子。想钱想疯了。

她鼓足勇气敲开一家的门，结果自然是被轰出来了，可是她需要钱。她咬着牙，横下一条心往人堆里扎，可是周围再怎么热闹，她依旧是隐形的孤鬼，没有人看得到她。她越往进挤，别人越看不到她。她刚一张口，别人就把她吹跑了，她简直轻得像片树叶。

这天她在街上正四处游荡着，忽然感到路边有人在看她。没有钱的生活让她变成了一根弹簧，一点微小的起伏也能引起刻度上天崩地裂的变化。她顺着那目光看过去，是路边的一间店面，玻璃门后面站着一个女人。正看着她。

女人看到她看她，就对她一笑。林成宝也对她一笑。

她从没有在塘县的街头遇到有人，还是女人对自己笑。她一时有些感动有些紧张，这样在路边遇到的笑就像一个谜。她突然想，她会不会买保险？她踌躇着，她会买的可能性很小，几乎没有，可是，可是，她必须试试。大不了被赶出来，脸嘛，她还敢要吗。

她要钱。她还有个孩子，还有奶奶，还有姑妈，还有她自己。

她转身向那扇玻璃门走去，也不看里面女人的表情就直接走了进去。因为略一犹豫她就没有勇气进去了。一进去,她才意识到自己走到什么地方了,屋里很小,一张沙发,一张桌子,桌子上摆着一台电视,墙上挂着一面大镜子。屋里的女人因为化着妆反而看不出年龄,穿着一条极短的裙子,两条腿几乎全露在外面了。像阳光下的镜子一样,一片明晃晃的白。她明白了,这是个妓女。

她想,她怎么找到妓女头上了。让妓女买保险?自己又不是男人,她刚才为什么要盯着自己看。反正是进来了,尤其是一个女人进了妓女的屋子,总得找点理由的。她张口就说,我是卖保险的,你要不要看一下,有适合你的。

女人笑着摇摇头,用抹着红指甲的手抱住肩膀,说,刚才在路边看到你的时候我还在猜,你是干什么的,看上去你在四处找人。我差点和自己打赌你是个推销员。林成宝有些恼火,差点就说,我刚才还在猜你是做什么的,怎么就没猜你是个鸡呢。话说出来却是,你看我干什么,我又不是男人。

女人又笑,我只是无聊,闲得发慌就在路边看人。其实看人也很有意思,像看戏一样。先坐会吧,在塘县做保险很难的,要好做别人早做了,还用来当妓女?听口音你也不是本地人吧,那就更难做了。我看你的脾气也不是这块料,太直,做什么都是要点天分的。

林成宝坐下,毫不客气地把女人递过来的一大杯水咕咚几声全喝光了,然后一放杯子突然问,那你说在塘县做什么最容易?女人坐在对面修着红指甲,你说女人?你要是和我一样没上过多少学,又有很多人等着你养活,那你想,还能做什么。

林成宝呆呆地透过玻璃门看着外面路上的行人。原来,路上有这么多人,却都与自己没有关系。她不是阳间的,就想问这些阳间的人借一点点温暖照到自己身上,可是谁也看不到她。她一直和那女人聊到天黑下来的时候，女人来客人了，临走时女人对她说，有空就过来坐，我也是外地人，白天我都是闲着的，记住，吉祥街从左边数的第三扇门。出了门她一数，果然是第三扇门，原来这条街的两边全是这样的门面，大大的玻璃门，门后都是白花花的大腿、胸脯和女人们雷达一样的眼睛。

快走回奶奶家的时候，身后一阵急促的摩托车刹车声。她现在听到摩托声就会立刻想到程亮，似乎程亮就是住在这声音里的。扭头一看，果然是他。这是第二次见到程亮，但和上次见到他的感觉完全不一样了，上次是劈面的惊讶和不知深浅的试探，这次却是踩到地上了，就他那点底细，她全踩在上面了。

程亮说，上来吧，我把你捎回去。和上次的话一样，这话就像从小时候的程亮嘴里说出来的，实在的，懦弱的，就像中间那个他突然又被隔过去了，她看到的就是小时候的程亮忽然长大了。她上了他的摩托车，车在他家门口停下时，他突然随口问了一句，不进去坐坐？自然得不能再自然。

她想起了姑妈的话，那个家就住着他一个人，老远就能闻到里面的光棍味。那个传说中的家就在她眼前，两扇门是锁着的，闻不到里面的任何气味。越是这样，她越是好奇了，就像这两扇门后面是个深不可测的洞穴，没有光亮的，有两个含恨死了的男人和女人的魂魄，还有很多杂沓的恐怖的气味，带着刀与血的气味。她真想进去看看了，她急于转移一下自己绷得快断了的注意力，对钱的注意力。她也实在不想回去看姑妈和奶奶的脸。

能晚回去一会算一会吧。

她跟着程亮进去了，程亮说，你先坐着，我先去洗个脸，太热。他拿毛巾转身出去了。这屋里多少让她失望了，正常得让她失望了，没有传说中的种种怪味,也没有一点血的痕迹,甚至算得上是整洁。除了墙上挂着的两张照片让她有些恐惧外,别的都很正常。那两张照片是他父母的遗像,一个已经死了的人挂在墙上总是让活着的人感觉有些恐惧的,似乎那照片里的目光是从另一个世界里散发出来的,阴凉的,带着泥土的霉味,湿漉漉的爬到了人身上。

这时候程亮进来了,头发是湿的,一根根站着,刚洗过。他说,我给你倒水去。拿来的却是两瓶啤酒,他说,夏天喝这个凉快点。林成宝一时不知道该怎么开口,该说什么。在他这里,有些话题是禁忌的,比如他这么多年怎么过来的,他父母怎么死的。这些话题又是盘根错节在一起的,稍不留神问句什么,就会牵出一大堆。她进这屋子的本意是想看看一个落魄的男人是怎么生活的。

她想借他的落魄来温暖自己的落魄。

最起码是可以平等的,可以惺惺相惜的,可以借给她一晚两晚的平衡的。可是,他的生活正常得看不出破绽,她找不到插进话题的缺口。

他先说话了,你结婚了吗?怎么就来塘县这小地方了?林成宝突然觉得在一个和自己几乎平等的人面前没有了被耻笑的顾虑,她太需要说点什么了,她一直不知道能和谁说,不是姑妈不是奶奶,不是陌生人,她自己每天把这些话扛出去再扛回来,白天晚上一个人背着,她早已经精疲力竭了,却找不到一个地方歇歇,说出来,倒掉。

现在,她抓住了这个男人。从来到塘县,她从没有说过这么多的话,她把她能说的一切全都说了出来,霍明树,姑妈,奶奶,孩子,保险。她每天都有种深宵独行的恐惧,现在,她身边终于有个人了。她说这一切的时候像个刚从战场上下来的士兵,脱下衣服,指着自己正结疤的创口给人看,快意得近于过瘾,刹都刹不住。

最后，说累了，也说完了，她停住了。两个人在渐渐暗下来的屋子里沉默着，没有开灯。看着黑暗中彼此的人影，竟觉得有些陌生的可亲。即使看不到那张脸，也知道，这是自己人。她借着这点突然而至的放肆，举起瓶子把剩下的半瓶酒全灌了下去，也是畅快淋漓的。好久都不知道什么叫痛快了，她每天就活在眼色里，活在那碗米饭里。

　　喝完酒，她把瓶子扔到地上，摔碎了，也是痛快的。然后她笑着摇摇晃晃地站起来，说，该回去了，回去吧。这三个字说得无奈而悲怆，她咬住嘴唇往出走，程亮也站起来，我送你出去，你看你，连啤酒都喝不了，一瓶就成这样了。她突然就声嘶力竭地尖叫起来，我就这样了，我就这样了，你们还要我怎样，要我怎样。尖叫完，她就开始哭。她天昏地暗地哭着，程亮的话一句都进不了她的耳朵，他不明白，她只是需要哭一次。她一整天的生活如履薄冰得就像一只蛋壳，连哭的空隙都找不到。

　　她不知道自己什么时候趴到了程亮的肩膀上，哭声一点一点小下去了，天也完全黑下来了，程亮说，不要哭了，回家吧，我送你回去。林成宝不动，像座潮湿的雕塑一样一动不动。这时她突然抬起头问了一句，你需要买保险吗？他怔怔地看了她半天，许久才在黑暗中说，我不是不帮你，我这样的人是真不需要的，我就一个人活着，哪里还需要什么保险。

　　她又是久久地沉默着。这么透亮的伤感，却是这么真实，真实得伸手就可以摸到。他说的这话不就是她想说的话吗，被他说出来了，她知道是真的。他伸出手扶她的肩膀，他和她面对面了。他们之间隔着一团透明的黑暗，可是这团黑暗看上去却像是一处住处。他说，快回吧，你姑妈要找你了。

　　这时候，她看不清他的表情，却感觉到屋里很热，一种很奇怪的热浪扑到她脸上烤着她。她脸上并不烫,那这热量一定是从另一个人脸上发出来的。

突然,他抓起她的一只手,把一卷东西塞到了她手里,然后他的手就跳开了。温热的、粗糙的、带着摩托车上的汽油味的一卷纸。她知道那是什么。她那只塞着钱的手在黑暗中痉挛着,手心里那卷钱像青蛙一样随时会蹦出去。

程亮的声音跌跌撞撞地过来了,你不要误会,我没别的意思,你不是说你现在还没有工作,就是在卖保险吗?在这地方卖保险很难的,你现在肯定需要钱,你奶奶和你姑妈也不宽裕,这钱你先用着,救救急。真的,你不要多想。

那只痉挛的手像只瞌睡的眼睛一样一点一点地合上了。把那卷滚烫的钞票包在了里面,包成了一点核,那点核太烫了,似乎要把她的手也焊在一起了。林成宝还是久久地站在那团黑暗中不动,忽然,她一声不吭地解开了衣服上的第一颗扣子,然后是第二颗。也像过瘾一般,她把身上的衣服全脱光了,她迈出一步,走进了那团黑暗。她说,拿了你的钱,我心里会难受的。

4

她拿着那卷钞票出了门。钞票那陈旧肮脏的气息像血液一样流进了她的全身,她像一处河岸一样被这血液冲刷着。它是血液,她需要它,她真的需要它。她还能说什么。她走出程亮家后,走到附近的商店给孩子买了些奶粉,给奶奶买了些点心。递出手里的钱换过这些东西的一瞬间,她的泪又下来了。可是,她还是牢牢地接在了手里。她第一次底气十足地走进了奶奶家,手里攥着那卷钞票。那钞票像植物一样长在她手心里,像核能量一样居然把她所有的虚弱都照得彻亮。

那点钱被她用了一段时间,可是,总归要用完的。这用掉的钱像吃下去的饭一样,并不能使她不饿,只是滋养栽培了饿,使饿的感觉长在了她的身体里,长存着,像她身上的某个器官。

后来,每次她从程亮家的床上起来穿衣服的时候,程亮都要把一卷钱塞给她。她有些习惯了,却终究还是觉得烫手。但不管怎样她都会接住的,她没有资格不接。她是株植物,就靠着这点养分了,关键是,她还是株连体植物,根上连着一个孩子。她死他就得死。她活着他才能活着。

手头有钱的时候就感觉这有钱的日子也是被隔离出来了,没钱的苦暂时中止了,又没钱的苦还没来到,这暂时的身心舒适便是中立时间里的短暂躲避。

这天晚上,林成宝一进门就发现,姑妈没有像往常一样在做晚饭,而是坐在奶奶的床前。奶奶今天居然是坐在床上的,她用枕头把上半身撑起来,平时老是见她躺着,今天忽然坐起来竟感觉一阵陌生。由于老是躺着,奶奶脸是浮肿的,猛一坐起来,脸颊像口袋一样向下坠去。

她站在门口不知道该走向哪里,她的床上,孩子已经睡着了。这时,奶奶叫她了,过来。她嗅到了空气里的异样,迟疑了一下,还是向她床边走去。她一步一步蹭过去,每走一步心都向下坠一点,坠着却挨不到底,脚下都是看不见底的恐惧。

一直走到奶奶床前,奶奶声音平静地说,坐下。她无着无落看看四周，看了姑妈一眼，姑妈却不看她。她挨着床沿刚坐下，一个耳光就飞到了她的脸上，利落的，冰凉的。她惊恐地抬起头，是奶奶，奶奶打她的那只手刚刚落下，像只飞鸟的影子，黑色的，可怖的。奶奶的眼睛亮得像里面点着两支蜡烛，两颊的肉摇晃着向下坠去。

她说话了，你太给我丢人了，你太不要脸了，你知道所有的街坊邻居都怎么说你，都怎么说我，我这辈子做人都没有落下一点骂名，怎么就毁到你的手里。你做婊子做到我家里来了，你当这里是什么地方，是窑子？你怎么和那样的男人都能睡觉，什么乱七八糟的男人你都敢？那是把爹妈气死差点坐牢的人，你也敢？你把我家的脸都丢尽了，不好好上学不说，不长眼睛跟了个没什么本事还不负责的男人，还没结婚就有了孩子，跟了那样的男人活该你要被骗，你能怨谁？嗯，你能怨谁？我收留你给你饭吃，但不是让你住在我家做婊子，让你和男人们睡觉。你这不学好的，我丢不起这个人，你今晚就给我搬走，你今晚必须给我走。

奶奶指着她的那只手像树叶一样哗哗摇着，奶奶满脸是泪，泪水沿着她皮肤里干枯的沟壑往下流，曲曲弯弯地挂了一脸。姑妈不知什么时候已经坐到不远处的一张椅子上了，不看她们，一副今晚不会开口说话的架势。林成宝一滴泪都没有，她刚才往奶奶床前走的时候，心是一点一点往下坠的，现在，心已经戛然落地了，触到底了，再冰凉也已经到底了，还能再凉到哪儿。

她从床沿上站了起来，没有再看奶奶，她开始找自己从沙城拎来的那只提包，找出来把自己简单的东西塞了进去。东西真少，一只包都没有塞满。她做这些动作的时候平静得不能再平静，就好像心里设想了千百回的场景终于被搬到眼前了，心里倒也踏实了，不用再一天到晚提心吊胆地在梦里都会出现。林成宝一手提着包，另一只手抱起了熟睡的孩子，连犹豫都没有犹豫就冲进了门外巨大的黑暗中。

她没有去程亮家，在她冲进黑暗的第一瞬间里，她想到的不是别人，却是吉祥街上的那个妓女。她那么清晰地想到了那个女人，她离她那么近，就像站在她对面一样。她坐了一辆摩的到了吉祥街，妓女们的生意刚开始，一条街上全是站在灯口里的女人们。女人们一个比一个穿得少，满街流动的都是大腿和胸。女人们像蜘蛛一样探出身子寻找着路过的男人，只要看到一个男人就会有几个女人围上去，进来吧。放松一下。我会让你舒服的。

她抱着孩子进了第三扇玻璃门，那女人正坐在门口晃着两条腿看电视，看见林成宝大吃一惊，你怎么来了？这是怎么了？林成宝把孩子放在沙发上，把包扔下，喘着气说，给我一支烟。猛抽了几口之后她问，你干这个一个月能挣多少钱。女人说，不一定了，好点能挣大几千，生意不好就挣个三四千。怎么了，你要干什么？林成宝淡淡地说，我要干这个。

女人仔细地看着她的脸，你怎么，缺钱？林成宝说，那你呢，你为什么要做这个？女人说，可是你带着孩子怎么做。林成宝冷笑，他还小，什么都不懂。即使懂事了，他也应该知道，他妈为了养活他做了妓女。反正别人已经当我是婊子了，我索性就真做婊子了，不做还对不起她们那些话呢。你看我这张脸，做妓女还对得起人吧。

那个女人叫媚媚，帮林成宝租下了旁边的一间门面，那里面的妓女不干了，准备回老家去。她做了五年，往家里寄了五年钱，家里的丈夫已经用她的钱买车了，自己年龄也大了，她决定回去，不再做了。这屋子就转租给了林成宝。媚媚说，这里做妓女的女人用的都是假名字假身份证，叫她也去办一个假身份证，不要告诉别人她的真名，随便起个假名叫着顺口就行。

吉祥街上这排门面房都是同一种格局，外面是门面房，里面是住人的卧室，里面没有窗户，白天也得开灯。林成宝在里面摆了两张床，小床给孩子睡，大床做生意时用。林成宝开张后的第一个客人是个戴眼镜的年轻男人。那天晚上，孩子已经睡着了，她像所有的妓女一样穿着很少的衣服坐在门口看电视，用眼角的余光瞟着玻璃门外的动静，像雷达一样捕捉着男人们目光里发出的频率。

这都是媚媚告诉她的。她看到玻璃门外有个男人正往过走，往过走时似乎向里面瞟了一眼。她便转过脸看着他笑，可是这男人并没有看她，一本正经地看着前面走过去了。他个子不高，戴着眼镜，背着一只挎包，看不出年龄，倒有些像学生。她以为这男人已经走过去了，一阵后悔，便把腿跷得更高些，像商品一样直直地摆在玻璃门里。没想到几分钟后，那男人又直直地折回来了，他推开玻璃门进来后紧张地看了她一眼，就径自一个人向里间走去，一边走一边说，先进来。林成宝明白了，这两扇门都是玻璃，里面亮着灯，外面是黑的，外面的人看里面简直是纤毫毕现。他一定是怕被外面的人看到，不管认识不认识，嫖娼毕竟不是什么光彩的事。她就拧亮了红灯跟着进去了，媚媚告诉她，亮红灯表示里面正有生意，请勿打扰。这是行规。

男人进去了，一看到床上还睡着一个小孩子简直是吓了一跳。林成宝说，没事的，他还不到一岁，他已经睡着了。不用管他。男人站着看着她，身体绷得直直的，手和眼睛都不知道该往哪儿放。看来也是个新手。她略一犹豫，想，总不能让这男人知道自己也是第一次接客，那就有点尴尬了。妓女毕竟是要专业水平的，否则还做什么生意。

她把牙一咬，心一横，看也不看男人就开始脱衣服。夏天穿的衣服本来就少，妓女们身上的衣服更少，她感觉自己还没开始脱，身上就已经只剩一条内裤了，她一咬牙，内裤也脱了。男人做爱的时候不停地向那张床上的孩子看，像是怕这孩子随时会睁开眼睛看着赤身裸体的他。弄得她也很紧张，事实上，她本来就很紧张。太规矩了怕自己看起来不像个妓女，想夸张点又实在缺少训练，做不出来。只好看他想怎样，配合他就是。男人临走把钱塞到她手里的那一瞬间，林成宝才真真切切地感觉到，自己是个妓女。

妓女们早晨开始睡觉，一直睡到下午起来开张，一天吃一顿饭，吃完饭用个把钟头浓妆艳抹，直到把里面的那张脸彻底盖住。林成宝不化妆，媚媚说，你不化妆也行，蛮漂亮的，有的客人就喜欢你这种清纯的，像个学生妹。两个女人搭伙吃饭，一起吃饭的时候就聊各色男人。媚媚说，有的男人居然要和你接吻，真是恶心死。有的做完了还想和你长时间拥抱，你说在家抱自己的老婆不好吗，出来抱妓女，还浪费人家的营业时间。两个人大笑。媚媚指着在一边玩的孩子说，这孩子没人带吗？这会影响你的生意的。林成宝说，很多男人见了他确实是吓一跳，仿佛这么小的孩子也懂得男女之事一样。

媚媚说，你做生意的时候，把他放在哪里。林成宝说，他还没过周岁，还不会走路，不会说话，我就把他放在旁边的小床上，让他一个人玩或者睡觉。有时候我一边做一边看着他，他也看着我，就那么直直地瞪着我，却不哭也不闹。那个时候我真害怕，我真的怕他把这一切都看在眼里，记在心里了，我怕他很早就明白了男女之事。两个女人怔怔地看着那孩子，那孩子久久地啃着一小块馒头，啃到后来像是睡着了，馒头屑落了一身。

没生意的时候，林成宝和媚媚一起挤在沙发上看电视，聊天，两个人把四条长长的白花花的腿往茶几上一搭就开始聊天。吉祥街上的妓女们一年四季都穿着短得不能再短的裙子，冬天的时候烤着电暖气，嘴唇冻得发紫还得穿着那么短的裙子。用媚媚的话说，不往出露怎么做生意？林成宝说，你是哪里人？媚媚说，江苏人。林成宝说，你怎么跑到北方来干这个？

媚媚说，你最后干什么能由得了你吗？我也不知道我怎么就走到这步了，我都想不起来了，是哪步错了，怎么就走到今天了。我爸妈离婚后，我跟着我妈，我妈一共嫁了三次，她嫁到哪儿，我就跟到哪儿。到她嫁的第三个男人就不行了。他本来就有三个女儿，我跟着我妈过去，你可以想象一下他那三个女儿是怎么对我的。他们不让我上学了，我就辍学，然后就是什么活都干，挨打骂，受三个妖精一样的干姐姐的欺负。我妈已经嫁怕了，生怕又被人赶走，对我管都不敢管，更不可能护着我。后来我就只好一个人出来了，从一个地方到另一个地方，什么都做不长。没文化，最后就做了这个，好像除了这个再没有什么能做的了。你知道吗，我爸知道我在这做这个，居然也从江苏赶了过来，他现在就住在沙城，隔一段时间就过来问我要次钱。他什么事都不做，每天喂喂鸟，打打麻将。我养着他。我还得给我妈寄钱，尽管几年都不回去一次。我做着妓女养着我的父母，反正是我欠他们的。你以为在这里活下去容易吗？

林成宝耳边絮絮地响着媚媚的声音，那声音钻进她的身体里又带着微微的发酵飘出去，她周身有一种走风漏气的舒适，很多沉淀在她身体里的东西这时像酒精一样蒸发了出去。她不看都知道它们是什么，它们就是化成灰她也知道。

她的每一步都是自己数着看着过来的，她怎么能不知道。她说，你不知道是怎么过来的吗？人这辈子就是那一眼两眼、一步两步的事。就一步，就走到这儿来了，无论后来你又走了多远，又做了什么，从那步起就已经注定了你要走到这儿来。我很小的时候看过一个电影，里面有一个镜头一直记得：一个外国女人饿到了极点，最后一个男人给了她一块面包，然后就脱光了她的衣服。她一边和那男人做爱，嘴里一边拼命吃那块面包。没有想到有一天我成了那电影里的女人，只不过她是边吃面包边卖淫，我是带着孩子卖淫，这没有什么区别。

媚媚说，其实这吉祥街上的姐妹们都差不多的，你看到对面的莎莎没有，你都不知道，她有白血病，她从来都不治。她没爹没妈只有个弟弟还在上学，她快拼了命了，就是为给弟弟攒点钱上学。我总怕哪天起床后发现她已经死在那间屋子里了。我知道，她就是这样打算的。还有那个巧巧，她靠做这个养着自己的丈夫、公公和婆婆。她丈夫什么都不做，花着她的钱，还嫌她做这个丢人，隔三岔五过来把她打一顿，有一次居然用剪刀把她的阴道剪开了。吉祥街上的姐妹们有时候往死里喝酒，有时候跑到夜总会包个男人玩，不然她们怎么能活下去。

5

林成宝接了个奇怪的客人。一个年轻的男人，留着很短的头发，长着一只瘦长的鼻子，看上去不苟言笑但是很斯文。他进来了先付钱。这让林成宝有些不安，因为这说明他是有特殊要求的客人。她有些担心是不是一个变态的男人，变态的男人都是看不出来的。想着要不要先给媚媚打个电话，过会真要遇到麻烦，让她过来救自己。

进了里间，林成宝开了灯，看都不看男人就开始脱衣服。男人一把拉住了她，对她一笑，然后摇了摇头。林成宝从没有见过这样的客人，心里更恐惧了。男人把她拉到身边，说，躺会好吗，就这样，和我在床上躺会。两个人都穿着衣服躺在了床上，男人把她拉在怀里，把她的一只手握在了自己手里。他们就这样静静地躺了一会，林成宝都怀疑男人是不是已经睡着了，睁开眼睛一看，男人正看着她。她正不安的时候，男人说话了，好了，我该走了。然后从床上起来整理了一下衣服就走了。林成宝和媚媚说，媚媚说自己也没见过这样的客人。她说，小心点，什么样的客人都有。

过了几天，那个男人又来了，依然是先付钱，然后抱着林成宝躺了一会就走了。男人第三次来的时候，林成宝没有接他的钱，她问，你为什么不和我做？嫌我脏？那你来这儿干什么？男人看着她，因为，我喜欢你。我这两天四处和我朋友说，我喜欢上了一个妓女。第一次见你，一眼我就喜欢上你了。林成宝几乎想笑，一眼？又是一眼？原来世界上有这么多的一眼。

他真够奢侈的，凭着这一眼两眼间的事居然来喜欢一个妓女。她曾经也这么奢侈，就凭着一眼就嫁给了一个男人，她已经得到了报应。眼前的这个男人呢？八成是那种吃饱了实在没事干的男人。她说，可是你什么都不做我就收你的钱，我觉得良心不安。男人坐在了床上，拉住她的一只手，我不是来和你上床的。你不觉得拉拉手，拥抱一下，会有谈恋爱的感觉？这不比做爱有意思吗？

林成宝想，疯了，他居然跑来和一个妓女谈恋爱。她说，你怎么就敢相信一眼两眼间的事。男人说，我是个摄影师，我生活的内容全是一眼两眼间的事。我是在镜头里看到你的，我立刻告诉自己，我喜欢你。

林成宝想，他到底想干什么，几次过来就是为了告诉她他喜欢她？他总不会突然对自己说，和我结婚吧。不会的，怎么会呢。怎么会有一个男人对一个妓女说,我们结婚吧。她不能给自己这点幻想,然后回过头来又被这点幻想彻底撕毁现状,那她就哪里都去不了,她会连妓女都做不成。

可是她越是这样清醒,那清醒下面一点野草一样的东西就越是要长出来,砍掉,烧掉,还是要长出来。在心底那点潮湿的角落里,它有足够的温度长出来。那就是,会不会有一天真有一个男人对她说,嫁给我吧,我带你走。这种最见不得人、最埋在黑暗里的企盼却像鱼身体里的刺,再硌得痛,也是长在自己身体里的,怎么也剔不掉的。

男人第四次来的时候仍然是不脱衣服抱着她,她说,你就真不想和我做爱吗?过了好长时间男人才说了一句,知道我为什么不愿意和你做爱,我只是不想让你觉得今天又多接了一个男人,一个和别的任何男人都没有区别的男人。林成宝静静地伏在那里,安静得像睡着了,她明白了,他终究是把她当作一个妓女来看待。揭去表面上一切的幌子,那留下的最后一点东西不过是,你就是个妓女。

男人临走时,林成宝说,把这个拿走。男人一看,是一卷钱。他说,你什么意思?难道妓女要给嫖客钱?林成宝说,这是你几次来的钱,我又没和你做什么,所以这个钱我给你退回去,你这样的客人我不接,以后就不要来了。男人站在那儿愣了半天,说,如果我和你做爱你就会收下这些钱吗?那我们就做爱吧,可是你知道吗?和一个妓女做爱,需要我很高尚还需要我很邪恶,我做不到。

林成宝推开门,我不懂,你走吧,把钱带走。男人看着她,最后还是从开着的门中间走出去了,风钻进来了,窗帘膨胀起来,塞满了整间屋子,似乎四处站满了人。林成宝呆呆地站了好半天才想起来要把门关上。一回头,地上扔着那卷钱,被风吹着四散开来,像地上长出的植物。

林成宝找媚媚喝酒，几瓶啤酒下去了，她说，你知道我为什么要把钱退给他？我必须和他做个了断，我不能对他有任何幻想。他居然来撩拨我？真是比别的男人还可恶。我就是不许他再来，不要再见他。你呢，有什么打算？有没有打算找个人嫁了？

　　媚媚捏着一只酒瓶说，不好找的，但是这碗饭只能吃几年，终究得找个人嫁了。对我们来说，为的还不就是个饭碗。不管是什么样的男人，能当饭碗也就算了。你要真想嫁人，就攒点钱给自己做嫁妆，现在的男人冲着嫁妆也愿意娶一个女人，要不就走得远远的，去别的地方隐姓埋名重新做人。我再做一年就不做了，再过一年我就二十五了，不能再做了，你看看我脖子上的皱纹，我的黑眼圈。做这行的女人老得太快，我们的二十五当别人的三十五来活，趁早做打算吧。你赶紧物色着。不过在客人里面你就不要指望了，我们不是杜十娘，这年头也出不了杜十娘。

　　林成宝抽着烟，木木地笑着，半天问了一句，你现在一个人选都没有？媚媚剔着指甲，挑起一条眉毛说，你有没有看到那个老来我这儿的客人，我和他都认识两年了，他一直只找我，够意思吧。对我也挺好，自己省吃俭用倒舍得为我花钱。男人嘛，舍得为你花钱的就是真的。他四十多岁了一直没有结婚，他倒是有娶我的意思，可是，嫁给他又能有什么好日子过呢。他年龄大了，也没什么固定收入，就仗着是本地人靠房租生活，嫁给他也就过这种勉强饿不死的日子。

　　林成宝想，都落到这般田地了还要这么算计，倒好像还有层出不穷的可能性似的。媚媚像看出她的心思一样，又说了一句，可是，像我们这样的女人，还想怎样呢？只能想想了。你也赶紧了，带着个孩子不是个办法，那孩子在一天天懂事了，你不能总带着他在身边。林成宝不说话，抽着烟看着自己的两条腿尽头的电视屏幕。

这天，林成宝正抱着孩子在沙发上看电视，外面一辆摩托车停住了，有个人隔着玻璃门站在门外。林成宝一抬头，是程亮。他站在那儿就像被嵌进了玻璃里，她隔着一只玻璃的容器看着他，再近也像是遥不可及的，陌生的，冰凉的。然而他还是推开门进来了，从那容器里走了出来，她抱着孩子从沙发上坐了起来。

他们面对面站着。

玻璃门外是来来往往的人影，吉祥街上低矮的楼房、妓女、人群都在那两扇玻璃门外流动着，流动着。他们站在这局促的屋子里就像站在一节飞驰而去的车厢里，车窗外的一切擦着他们过去了却不做停留，他们站在车厢里也不知道自己要去往哪里。程亮先开口了，语气倒也平淡，好像一个人累得过头了也就不觉得累了。我找你半年了，前几天路过吉祥街上时看到一个人很像你，但不敢认，今天就专门跑来看看是不是你。

林成宝冷笑，说，这回看清楚了？可就是我。回去告诉我奶奶和姑妈吧。程亮说，就是你奶奶让我找你的，你姑妈去了我家好多次就是让我找你，半年都没找到，我还以为你不在塘县了。林成宝干笑，她们找我做什么，不怕我丢她们的人吗？你以为我还能去哪里。程亮突然沉默了一下，然后才说，你奶奶死了。

林成宝抱着孩子的手差点松开，她回头看着他，什么时候？是嗓子里发出的扁而干的声音。一个月前，程亮说，她死前每天把我叫过去，一直让我找你，她说从你走了，她晚上都睡不着。两个人呆呆地站着，人流像水一样擦着他们流过去，他们却还是干干地站在岸边。

程亮突然说，回去吧，家里就剩下你姑妈一个人了，她也急着找你呢。林成宝看着玻璃门外说，是他们把我赶出来的，我为什么要回去,你走吧,回去告诉她我在吉祥街做妓女了。省得丢她们的人,败她们的兴。程亮说,你姑妈真的很着急的,走吧。林成宝回过头,眼睛又湿又亮,像落在水里的灯影,她说,她真的是急着找我吗?她伺候着我奶奶怕她死,是因为她死了她的退休工资就跟着没了,她靠什么生活。现在我奶奶真死了她才想起我,可是我没有退休工资可以给她,她找我做什么?

程亮猛地打断了她,我先走了。林成宝眼睛上那层清亮的壳还是碎了,泪流了一脸,她打开门,还是看着他的脸,你自己清楚,我说得不对吗?

几天后太阳快落山的时候,门突然被推开了。林成宝只穿着一件吊带衫和短裤收拾乱七八糟的房间,孩子自己在一边玩。她一回头,进来一个男人,是程亮。林成宝还没来得及说话,程亮身后跟着进来一个人。

是个女人,是姑妈。

姑妈进了那扇门就没有再往前走了,只站在那里就不动了,一句话都没有。屋里还没有开灯,姑妈逆着光站着,林成宝看不清她的五官和表情,只看到她周身一圈毛茸茸的光晕,那光晕里的人却仿佛是生了锈的雕塑,喑哑的,斑驳的。林成宝掉过头继续收拾,不再看他们。但那圈毛茸茸的光晕却像鸟的羽毛一样不时地沾到她手上、脸上。她死命一甩,那羽毛落到地上,碎了。

她的泪跟着下来了。

林成宝把屋子转租给了另一个准备来吉祥街做生意的女孩子,收拾了东西跟着姑妈回去了。她知道这对她来说是个台阶,也许是最后的台阶,她不能不抓住。她知道如果把这次错过了,她就真的在这吉祥街上出不去了。那孩子长起来简直像棵热带的植物,一天一个样,眼看着他眼睛里的影子一天比一天茂密起来了。每次他盯着她看的时候，她就觉得周身寒冷，这时候她就告诉自己，不能再这样下去了，不能了，该走了。

可是去哪里？在吉祥街上生活了半年，她看着自己以后的生活就像看着自己的手指一样清晰，一眼就到头了，连点缝隙都不留。那个摄影师则直直地从窗口吹进来，又吹出去，把她最后那点隐秘的、见不得人的幻想连根带走了。还有一个原因却是，奶奶死了之后，她突然觉得这个被她叫姑妈的女人和自己真正开始有了关系。

以前的二十多年，她都是她的姑妈，可她从心里从没有觉得这个女人和自己有什么关系，现在，突然地，这个女人的身体和她自己的身体之间长出了什么，排斥着躲避着却还是纠缠到了一起。这个女人在这个世界上什么都没有了，于是她真正成了她的亲人。原来，在这个世界上两个人之间有了关系是这么容易，又是这么奇怪。

可是，一旦有了关系就永远有了关系。

6

林成宝回到家第一眼看到的就是奶奶的那张床。

那张床突然空了，上面铺着新换的床单，新鲜而凛冽的颜色。

奶奶用过的被子和床单都已经随她一起火化了。她瘫痪的身体留在屋子里的气味却还在，一团一团聚集在这个屋子的角落里，它们聚成人形看着她，就像奶奶一样看着她。一不小心，它们就会擦着她的皮肤过去，把奶奶肉体上那些发酵的燥热和腐烂留在她的皮肤上。她伸出手指小心翼翼地摸着那块皮肤，一个手指一个手指地落上去，像摸着一件落满灰尘的乐器。

晚上，姑妈睡在了奶奶睡过的那张床上。她和孩子睡在姑妈原来睡的床上。她临时搭起的那张床早已不见了。这屋里还是住着两个女人，却是她和姑妈。第一次，在这屋里，她有了自己的床，成了这屋里的主人。搬回来住竟不适应，一个晚上她的睡梦都是薄而脆的，很多东西像镊子一样镊着她那层睡梦的表皮，一碰就破了。她下意识地去挡，可是没有用，越来越多的东西像蝙蝠一样飞进来，把她全身盖满了。霍明树，奶奶，吉祥街，程亮，姑妈，摄影师，他们全是碎片，支离破碎地来到她面前，她却在这一点碎片里就认出了他们。

她看到一只眼睛，她就知道那一定是霍明树。一切的一切都是因为那一眼。她彻底醒了，睁着眼睛看着满屋子的暗影。姑妈和孩子的呼吸声此起彼伏着，她听着他们的呼吸声觉得自己好像静静地漂在水面上。这屋子里的两个人，一个老女人，一个孩子，从此都是她身上的寄生植物了。

她成了他们的山。

在塘县找工作几乎都不用再想，林成宝明白，现在想养这个家，最好的办法还是开个店。就像她和霍明树当初打算的那样。只是那个男人半路上逃跑了。她到县城的商业街上打听了一下店铺的租金，虽是个县城，商业街上的租金还是高得吓人，而且租金一付就是一年，加上开店需要的原始资金，进货的资金，她又把自己在吉祥街半年攒下的钱算了算，不够，还差得太远。

晚上，她告诉姑妈，钱不够。她说这句话的时候平静的不能再平静，流畅，冰凉。她自己都吓了一跳，仿佛她真的已经是这屋里的一家之主。姑妈这天晚上没有再说话，却在第二天晚上把一个东西送到她了面前。是一个薄薄的存折。姑妈说,这是我和你奶奶这么多年的全部积蓄,不多,你先拿去开店用吧。

她久久没去碰那存折,一个人坐在台阶上抽烟。她无端地相信,姑妈说的是真的,她真的把这么多年省吃俭用的全部积蓄都拿出来了,尽管那也没多少钱。她要讨好她吗?向她表示她的忠心和诚意?以此作为她以后为她养老的投资?这个四十多岁孑然一身的老女人,就这样把自己拱手交到她手里,如带着嫁妆一般带着自己微薄的积蓄把后半生交到她手里?她流着泪坐在那里一个人笑,一口接一口地猛抽烟。

回家没几天的时候,她突然接到一个男人的电话,原来是从前在吉祥街上的客人。有些客人有这样的习惯,喜欢一个了就会一直找这个。妓女们为了扩大业务都是给客人们留手机号的,就差发名片了。在电话里知道是谁的一刹那,她心里一阵恶心,像吃到一只苍蝇一样想把电话挂掉,但是,这个时候,一种陌生的却是无比清晰的意识飘到了她脑子里,那钱不是还不够吗?她背上有一个女人和一个孩子。

在几秒钟的时间里,她像是已经百转千回地翻了几座山,趟了几道沟,在最后的一刹那,她听见自己的声音像刚被铸成的铁器,坚硬的,带着四溅的铁水却已经成型。她告诉他一个旅店的名字,时间,然后挂了电话。

林成宝洗了把脸,换了件衣服,把孩子交到姑妈手里,脸不看她,只说,我出去一会,有点事。姑妈什么也没有问,在窗前看着她往出走。走了一截了一回头,姑妈还抱着孩子站在那里。她突然就跳起来歇斯底里地对姑妈喊了一声,看什么。窗前的姑妈一下不见了,她掉过头继续走,不敢再回头,一路上走得飞快,几乎是跑到那家旅店门口的。

男人们再打来电话的时候，她就说那家旅店的名字，让他们过去等她。每次她都像个行将溺水的人，贪婪地大口大口地呼吸着仅存的一点空气。她的厌恶已经见到底了，厌恶到不能再厌恶的时候，她反而有些喜欢这件事了，原来，为了活下去，实在抵抗不了的东西就会真的变成享受？

她每天数那匣子里的钱，计算着可以彻底收工的那个日子。这天，她接到电话正要换衣服准备出去，姑妈突然抱着孩子走过来了，她不看她的脸，只虚虚地说，我带着泱泱去邻居家串个门，过会再回来。你，你就在家吧。她几乎是说完就逃走了。

林成宝一动不动地看着那扇门，姑妈的影子早就从那扇门里消失了。她看着那扇门开始微笑，然后，大笑。最后一个人笑得几乎支撑不住，她笑得跪在了地上。她笑得心开始疼，就使劲按着自己的心脏，像是怕它会跳出来。姑妈对她说的是，你就在家吧。她居然告诉她，你就在家里接客吧，我出去，把屋子给你腾出来。

哈哈哈，她还是止不住地笑，最后像受了伤一样蜷成一团倒在沙发上。她把脸埋在沙发里继续笑，全身在抽搐。

以后，林成宝果然就在家里等那些男人了。她干脆把屋里的格局变了一下，把床搬到里间，她自己睡，姑妈和孩子睡外间。她把里间的家具漆成粉色，把床摆在屋子中间，像一艘不靠岸的船。换了新窗帘、新床单，喜气洋洋得像间洞房。布置好了才发现完全是吉祥街上的风格，真是从吉祥街上出来的。改天得请媚媚来做客。前几天媚媚给她打电话，告诉她准备和那个男人结婚了，不做生意了。媚媚说，你也趁早洗手吧，什么时候是个头。她说，我现在钱还不凑手，我得攒钱，快了，应该快了。

她叫来程亮帮忙，在墙上钉了一面大大的镜子，从镜子里可以把这屋里的一切都看到，就像那镜子里多出了一间屋子。从到了吉祥街她就开始喜欢上了镜子，没有人的时候，似乎那镜子里也是一个去处，不至于显得屋子里空空荡荡。程亮默默地帮她买镜子，装镜子，一句话都不多说。她站在他旁边，穿着粉色的睡衣看他干活，也没有说话。

客人一来，姑妈就抱着孩子无声无息地不见了，她拉上窗帘。现在，奶奶死了，连孩子的眼睛也不在身边了，没有什么再妨碍她了。可是她总是要向那面镜子里看去，镜子里的女人也看着她，还是有眼睛在身边啊，似乎周围有眼睛看着她，她才有那种近于自虐的快感。她疼痛着，羞耻着，却情愿这样。

她看着镜子里的自己，微笑着，却一滴泪都没有。离开了吉祥街，她仍然不过是做妓女；回到了自己家里，她不过换了地方接客。而且换得那么彻底，就在自己家里接客。她还有什么地方可去？对这工作她已经得心应手，驾轻就熟。像任何一个熟练的劳动者从事自己的劳动一样。她觉得自己似乎做这件事情已经做了十几二十年，好像一直在做这件事。

林成宝真的有点喜欢上这种简单的劳动了。这种劳动把一切变简单了，它填满了她所有的时间，不分白天和晚上。有时候客人走了，她一抬头，窗外已经是漆黑。隔壁的灯光亮了，橘黄色的一点光，静静地开放在黑夜里。她一动不动地躺在那里，心里竟是出奇的安静，甚至有那么一点点温馨。在没有客人的黄昏，她会搬只小凳子坐在门前看天空中最后的晚霞。看着那渐渐变黑的天空。

有时候姑妈开口想和她说点什么，还没开口先被她的目光堵回去了。她知道她想问什么，无非是你要再做打算啊，不能一直这样下去，总得找个人嫁了。嫁人？嫁给谁？简直是荒诞。她把一天当一年来使，用完了就用完了，可是这老女人和那孩子呢。多接客，给他们攒点钱，比什么都实惠。她突然想，做妓女有什么可耻的，不就是像所有的劳动者一样付出劳动赚到钱养家吗？

林成宝现在很少出门，在塘县她已名声在外，都是男人们来找她。有时候在自己屋里都能听到隔壁的摩托车声，就知道是程亮，好久没有见他了，自从上次他帮她收拾好了屋子就再没来找过她。她也不想见他。似乎她是隔着一层玻璃看着他，他也是隔着玻璃看她，进不来，也出不去。她有时候趴在玻璃上看着他骑着摩托车出去了，渐渐变远变小，又想起他给她钱的那些日子，那时候，就好像他们是一个战壕里的战友。不过几天却已经是山遥水远，恍如隔世。她只能远远地看着他，就像看着一个走在阳间的人，却无论如何也近不了身。

日子开始变得很平静很平静，好像本来就应该是这样的。她自己并不知道这平静是多么的可怕。她不知道这平静的下面她正一点一点地积攒着力气，一点都散发不出去的力气，全在她身体里沉淀下来了。她不想见程亮，就是因为她怕他打破她的平静。怕他像那个摄影师一样再给她一点什么希望，她不需要希望，希望只会让人更没有力气，更软弱。她甚至告诉自己，我就这样下去也没什么不好。她这样告诉自己的时候，就以为这是真的。

那个晚上也和平时没什么区别，姑妈和孩子出去了，她要接一个客人。那男人一边脱自己的衣服一边示意她快脱衣服，可她就是不想动，也没有什么理由。她坐在床沿上，看着镜子里，镜子里的男人正向她走来。她突然就站起来，往后退了几步，退到镜子前没有路了，就站在了那里。她有些绝望地看着只穿着一条短裤的男人，男人又试图把手伸过来，她突然就流泪了。后来她干脆蹲在墙角号啕大哭起来。她好久好久都没有哭过了，就像是突然的，她终于有了哭的能力。男人无趣地说，好像我强迫你一样，你不就是挣这个钱的，真是。

男人走后，她久久地蹲在那个墙角里，埋着头。最后她站起来，开始看镜子里的自己，她伸出手抚摸着那个镜子里的自己。她离那镜子那么近那么近，她看着镜子里那个女人眼角的皱纹，看着她开始发黄的脖子。她一寸一寸地抚摸着自己，抚摸着镜子里的那个女人。似乎想要把手伸进那镜子里去，去抱住那个镜子里的身体。身体是烫的，镜子是冰凉的，像一个凉而远的世界。她把脸伏在镜子上面，靠着里面的那张脸。

她们紧紧地靠在一起。

突然地，镜子里亮起了一簇火焰，像镜子里突然生出了一个世界。像天方夜谭中的神话那样，仿佛是在天空中看到了另一个人间。她呆住了，瞪大眼睛却死死地看着，那簇火焰的后面渐渐亮起了一张人脸，一张男人的脸。

是程亮。

她往后倒退了几步，恐惧地却是死命地盯着那镜子里的脸，那张脸越来越清晰了，他在镜子里离她越来越近，却出不来，仍是隔着那层玻璃看着她。突然地，他做了个动作，他对着她把自己的嘴唇贴在了那层玻璃上。

她看到了一张印在玻璃上的嘴唇，薄薄的，鲜艳的，贴在那里，像一枚钉在玻璃上的标本。她伸出一只手，发着抖在那唇上轻轻划了过去，冰凉的，玻璃的唇。

她倒退了几步，疯狂地看了看周围，然后抓起地上的一只凳子就死命向镜子砸去。镜子碎了，像冰山一样坍塌下来，镜子的后面竟出现了一道门，门里站着一个男人，男人手里拿着一只正闪着火焰的打火机看着她。是程亮。

程亮从那扇门里走了出来，无声地，踩着一地的玻璃碎片，像踩着雪，走到她身边，把她揽在了怀里。她在他怀里久久地瑟缩着，像片树叶。当初，他帮她装玻璃时就装在了他们两家共用的那堵墙上，他装的其实不是镜子，是单向透视玻璃，从她这面看就是镜子，从他那边看，却是玻璃。回去后，他当天就在那镜子后面的墙上拆出了一扇门。每天，他站在自己的家里，站在那扇门前就透过玻璃看到了她。穿衣服的她。和不穿衣服的她。所有的她。

其实，他每天都在见她。只是她从不知道。他说，我知道你撑不了太久的，我知道有一天我一定会从这面玻璃后面出来的，在你最需要我的那天。我一直在等。她说，我结过婚。他说，你的那场婚姻早失效了。她说，我是个妓女。他说，都是死过几回的人了，还说这种话。能活下来就好。

他们举办了一个最简陋的婚礼，没有告诉别人。白天两个人领了结婚证，晚上就和姑妈和孩子，四个人围着桌子吃了一顿晚饭。

半年后发生了两件事情，一件事是，姑妈死于肺癌。她早知道自己得了癌症，只是一直没去治，也一直没有告诉林成宝。直到她死前半个月，林成宝才知道。姑妈固执地不去医院，已经下不了床了，她就躺在奶奶睡过的那张床上。半个月后的一个深夜，她突然把手放在了守在床边的林成宝的手里，一句话也不说，就只是静静地看着她。她久久地贪婪地看着林成宝，一眨都不眨地看着她。林成宝捧着那只手，让它离自己那么近那么近。渐渐地，渐渐地，那手里的温度在一点一点流走，像水一样从她的指缝间流走了。她无声地啜泣着，把它抱得更紧，像要把它嵌进自己的身体里。但它还是在一点一点变冷，那只手中最后的温度像烟一样消散了，冰凉而安静地蜷缩在她的两只手里。

姑妈从她指缝间一点一点流走了，永不复返。

另一件事是，林成宝在塘县的市中心开起了一家服装店。

一年后，她在塘县开起了第二家服装店，雇了一个清爽的女孩做店员。有时候，她像个顾客一样从远处看着自己的那家店，那女孩正站在玻璃门后面。笑靥如花。

鲛在水中央

1

昨夜山间淅淅沥沥一场微雨，我在半睡半醒之间听到雨滴正拍打着这漫山遍野的落叶松、栎树和云杉。

树下开着野玫瑰、老虎花、荚蒿。层层叠叠时远时近的雨声在无边的森林里游荡，雨滴从树叶间滑落的回声又冷又远，流年在梦中暗换。

大概昨晚喝得又多了些，蜡烛都没吹灭就睡着了。醒来才发现那支蜡烛在半夜已经自行燃尽，只在桌子上结下一堆皱巴巴的蜡泪，里面还裹着一只小飞蛾的尸体，琥珀一般。

我朝地上一看，那只肥大的塑料酒壶静静卧在我的鞋边，里边还有半壶酒。我每晚都要从这酒壶里倒出一碗酒来，点着蜡烛一边喝酒一边看书，跳动的烛光把我的影子扣在了墙上，比我自己大出好几倍来，像座狰狞的建筑耸立在那堵墙上。

大多数的夜晚，我都是这样打发过去的，点支蜡烛看本书，看上几页了抿上一口酒,再看几页再抿一口。下酒的多是些山里的花鸟鱼虫,或是把山里采来的木耳用开水焯一下,用蒜泥和野葱拌了;或是把土豆埋进炉灰里埋一个下午,到了晚上把烧焦的土豆壳敲开,再往冒热气的沙瓤里撒点盐。

柳木桌上胡乱堆着一摞书和杂志,有《老残游记》《红楼梦》《唐诗百话》《三言二拍》《诗经译注》,杂志多是些《读者》和《书屋》,还有几本破破烂烂的《今古传奇》。除了这张柳木桌,屋子里还有橡木柜、核桃木椅子,都是在我小的时候,我父亲用这山里的木材亲手做的。

当年铅矿倒闭后,这些家具都留在了职工宿舍里。多年以后,我回来打开这间宿舍一看,那些家具居然还是我当初离开时的样子。如同寒潮一夜忽至,不及躲避,冰雪下到处锁着栩栩如生的鱼虾尸体。因为地处深山,铅矿倒闭之后连电也被停掉了,现在这整座废弃的铅矿里就住着我一个人。

我朝挂在墙上的那本巨大的日历看了一眼,2008年4月17日,这是我住进这废弃铅矿里的第四年了。每年过年买年货的时候,我都要下山买这样一本巨大的日历回来挂在墙上,上面庞大鲜红的数字隔着老远就能跳到人的眼睛里。因为一个人在深山里待久了,会感觉像掉进了时间的黑洞,无论宇宙间又孵出多少个新鲜的日日夜夜,都会立刻被这无底的黑洞吸收进去,消化殆尽。

人被裹挟在这黑洞当中时会有一种类似于要永生下去的恐惧感,无边无涯,有时候过着过着居然连自己的年龄都会突然忘记,一时疑心自己是不是已经活了几百岁。想想一个失去年龄的人就这么无限地奔走在时间里,没有个歇脚处,甚至不知道自己什么时候才能死去,便觉得又是可怜,又是好笑。

我穿好衣裤出门打水。铅矿大门外的树丛里藏着条清澈见底的小溪，山里的溪流都这样，只能满山听见环佩叮咚，似在脚边又似在身后，却终是无迹可寻，在这山中久居才能掌握其秉性。我提了一桶水回屋洗脸刷牙，又在门口的泥炉上熬了点小米粥做早饭。

吃过早饭之后，我对着墙上残留下来的半面镜子细细把下巴刮干净，把头发三七分梳整齐，再喷了点摩丝定型。然后穿上一件卡其色衬衣，打好那条蓝底白点的领带，外面再穿上一件深蓝色西服。我一共有三件衬衣、三套西服、两条领带，三套西服的颜色款式都一模一样，是多年前请同一个裁缝做出来的。所以以前老有人以为我一年到头就一身衣服，从来不换，其实是我来来回回已经换了多少次了别人并不知道。

把自己穿戴整齐是我每天早晨起床之后的一个重要仪式。就是这一整天都不过对着山林和鸽子，我也不敢在仪表上有丝毫懈怠。真的是不敢。这是一种站在断崖边上的感觉，稍不留神就会掉下去。一个人住在深山里，整天除了植物和动物，没有任何观众，自然是身上随便披挂个麻袋都能出入，可是我不允许自己这样随心所欲地塌下去，或者，掉下去。

穿戴整齐后，我照例在荒凉的铅矿院子里巡视了一圈。铅矿四面环山，如在井底，破败的采矿车间门窗洞开，里面住着年深日久的黑暗。当年卖剩下的几台锈迹斑斑的破碎机和球磨机，如年老的象群挤在黑暗里等待死亡。干涸的浮选槽里长满荒草，槽边是当年开采的矿石，有铁矿石、金矿石、铅矿石。我太熟悉这些矿石了，铅矿石里有紫色的晶体，黄铁矿石里有一种金黄色的光泽，金矿石看起来反倒没有黄铁矿石那么耀眼。废弃的高炉默立着，水塔顶上住着一大群野鸽子，只要往水塔上随便扔块石头，那群鸽子就会呼啦啦从水塔顶上炸起来，仓皇地四散而去，到黄昏时分，又会在一轮血红的残阳里飞回来栖于塔顶。

我站在水塔下仰着头看了会鸽子，继续往前行走。山里的寂静所产生的压强挤压着我，有时候竟会把我一路挤压向童年。我养了一黑一灰两只兔子做伴。我记得我小时候就养过这么两只兔子，每天放学后头一件事就是兴冲冲地跑过去喂它们。这中间的四十多年忽然被挤成了薄薄的一扇门，我推开一看，那一黑一灰两只兔子居然还在门后，好像从来没有长大过，也从未离开过。

我独自走过矿区的幼儿园、医疗室、图书馆，这些阒寂无人的废墟散发着类似于坟墓的气息。但我走在这废墟里还是不由得觉得亲切，像走在曾经的自己里面，从前的那个少年包裹着如今已到中年的我，像小时候玩过的俄罗斯套娃。

我八岁那年随着父母从山东的一个海岛来到这深山里的铅矿，父亲从海岛上的一名军人转业成铅矿上的小干部，母亲则在矿上的图书馆做了管理员。我二十九岁那年离开了倒闭的铅矿，四十岁那年又一个人回来了，回来时铅矿已经是一座无人的废墟。

我重返铅矿的那个晚上，整个矿区没有电，我也没有准备蜡烛，到处是最原始的黑暗。荒草早已过人头，矿区的骨骼和周围毛茸茸的密林如血肉长在了一起。荒山密林之上是一轮巨大的明月，我感觉自己像忽然退回到了最远古的洪荒时代，满目只剩了山林和月光。月光像大雪一样隆重地覆盖着这片废墟，我乘着月光重新游荡在阔别已久的故地。

我记得我推开少年时代最熟悉的图书馆的门进去，所谓图书馆，其实就是两间简陋的平房，门口那把管理员的椅子是空的，布满灰尘和蛛网，母亲曾经就坐在那里。几排书架空旷荒芜，我曾借过的那些书都已经不见了,只地上还零散地扔着一些书,月光从门里涌进来,那些书被淹没了,闪着银色的磷光。

被月光淹没的一瞬间,我又有了那种置身于水底的感觉,好像是在童年那个海岛的海水里,我一直向海底游去,直到水压即将把我挤爆。周围海水的颜色在慢慢变深,有大鱼和灯笼般的彩色水母从我身边游过,那时,我看到那些大鱼时往往会觉得敬畏和尊重,我会给它们让路,因为它们看上去古老而庄严,像人类的祖先。

我又好像正潜在那个藏在这深山里的无名湖底,那个湖的周围全是密不透风的参天古木,树林阴森森的看不到头,林间飘荡着鸟儿们各种古怪的叫声。有风吹过时,成片的树林在嘶吼,而湖面却静极了,像面大镜子,在阳光下有一种璀璨的感觉。而那湖底却是幽深恐怖的,水极清澈,能看到大片大片墨绿色的水草,像女人的长发一样在水中鬼魅地招摇着。鱼儿们在其中嬉戏,柔软的蛇鱼和水草交缠在一起,湖底到处是长满水藻的毛茸茸的石头、贝壳。

在这湖底还有一具人的尸体。那具尸体这么多年里一直就沉在这水底,却是因为,它身上压着一块巨大的石头,是石头把它锁在了这湖底。

我第一次见到它的时候,它还是完整的、新鲜的,还是一个人的形状,呈现出石灰一样僵硬的滞白。等我第二次再潜入湖底找到它的时候,它已经开始变得残缺不全,鱼儿们把它身上脸上咬得坑坑洼洼的,它的一只眼睛被鱼吃掉,变成了一个模糊的大洞。右手上的肉已经被鱼啃噬干净了,露出了雪白的骨头,那只露出白骨的手就那么在水中安静地张开着,还有几条一寸长的小鱼正叮在那手骨的缝隙里觅食。

我仔细辨认,不是水,只有满地的月光。我从地上捡起一本满是灰尘的书，就着月光看到是一本破旧的《矿产资源勘查学》。我又捡起几本书走出了图书馆，我像小时候来借书一样抱紧它们，仿佛它们可以给我御寒。那个夜晚，我坐在外面的石阶上一根接一根地抽烟，我的背后是黑暗如古堡的图书馆。

半夜了，我听到周围丛林里有沙沙的声音，那可能是一只野兽。巨大的月亮就悬在我的头顶，在这无人的深山里，月亮看上去极大极亮，如同一个上帝坐在那里。因为有月亮在，我心里静了些，到了后半夜，居然就靠在墙上睡着了。

第二天，我把我少年时代和父母一起住过的那间宿舍收拾了一下住了进去，屋里的家具都还是我当年离开时的样子，只是落满了厚厚的灰尘。

安顿下来之后，又经过一番踌躇，我决定去看看它。

于是我朝着那片藏在这深山里的无名湖走去。我一直相信除了我，世上没有谁还会知晓这个湖的存在。我还是个少年时就找到了这个秘密存在的湖，那时候因为刚从海岛迁徙到这山林里，我浑身干燥难忍，于是漫山遍野地找水想游泳。山里只有腿肚那么深的小河流，没法游泳。铅矿的工人们告诉我，这山上是不可能有湖水的。但我相信我在山间已经嗅到了湖的气息。

就这样，我跟着弯曲的山间河流一路寻找，河流忽隐忽现，多数时候河流都是藏在柳树林里的，因为柳树逐水而生，有水的地方就有柳树。遇到石头多的地方，河流就会变急促变大声，喧哗着从柳树林里钻出来。在阳光下明亮地流一会，忽然又不见了，再见到它时，却是清泉石上，有一尾野生的金鳟鱼在水中倏忽掠过。

我就这样跟着河流走进了一片阴森的原始密林，在那不见阳光的密林里穿行了很久。周围的树木越来越高大古老，越来越茂密蓊郁，但那条河流从不曾断开，一直向前流动着，行走着。我相信，只要河流没有断开，我就不会迷路，所以，我一边恐惧着，一边却还是紧紧跟着这河流前行。忽然，树木一下消失了，前方静静地、耀眼地跳出了一片湖。

湖就在这密林的中央。

后来的很多年里，我都不舍得告诉任何人关于这个湖的存在，仿佛这是一个只属于我和这个湖之间的秘密。我一直记得我第一次跳进那湖水里游来游去的感觉，像从干燥陌生的生活里挤进了一道潮湿的裂缝。

后来我一直相信这面湖就是世间留给我的一道缝隙。

我走出铅矿的大门，再次跟着河流往深山里走去，走进那片阴森的密林，走着走着，忽然有一片湖水像梦幻一般出现在了我眼前。无名湖看起来和五年前一模一样，碧绿的湖面静得可怕，一丝皱纹都没有，似乎在这几年时间里它不曾被任何东西打扰过。我先是在湖边静坐了一会，然后站起身来佯装着散步，仔细观察了一番周围，不见人影，只有无边的密林和倏忽掠过的鸟影。我脱了衣服慢慢潜入水中，以免惊起太大的波纹。

平静的湖面下存在着另外一个丛林，有植物，有动物，也许在这样的湖底还有一位维护秩序的统治者，类似于龙王或者水妖。我在鬼魅般的水草间游来游去，寻找着记忆中的那块大石头。终于，我在幽暗的湖底看到了那块大石头，它依然在那里，轮廓没变，只是身上已长满青苔，这使它看起来变臃肿变柔软了。

然后，我看到了压在石头下面的那具尸体。墨绿色的湖底上一点刺目的白。它还在原地，只是已经变成了一副干净的白骨，上面居然连一点皮肉都没有了，那白骨像瓷器一样洁净，安宁肃穆，竟让人不再觉得恐惧。有一条小蛇鱼从它头骨的左眼眶钻进去，又从右眼眶里钻了出来，摆摆尾巴游走了，看上去在这湖底玩耍得天真无邪。

在我身边游来游去的鱼儿们看起来似乎都格外肥大，这使得它们身上有一种妖气。我开始使劲划动双手双脚，向泛着微光的湖面升去。

转眼间，我已经独自在这深山里住了四年了。四年里，我开垦了十几亩山地，种上土豆和莜麦，因为这山上早晚温差很大，特别适合土豆和莜麦的生长。秋天收成了以后拿到山下去卖，平时在山上采的木耳蘑菇晒干了也拿到山下去卖。我太了解这片山林了，每个季节有每个季节的蘑菇，我还知道在这山林里只有橡树可以长出木耳，而且只有冬天砍倒的橡树长出的木耳最多，有时候一根倒在地上的橡树密密麻麻地长满了木耳，像长出了无数只耳朵。所以在每年冬天的时候，我会砍倒十来棵橡树，好等到来年采木耳。

我还在下面半山腰的三条路岔口处开了个小饭店，挂了个木牌，白底上四个红字"岔口饭店"。那是公路还能通到的地方，路边有间废弃的护林人住过的小屋子，灶台是现成的，还有炕，屋里只够摆一张饭桌。

我的饭店里平时只做四个菜，过油肉、酱梅肉、野鸡炖山蘑、烩土豆。只在春天和夏天的时候偶尔用香椿、苣荬和蒲公英拌点凉菜。我从不用鸟铳打野鸡，响声太大，我的办法是把粮食拌上酒，撒在山林的空地上，野鸡吃了粮食之后就会醉倒，躺在那里就睡着了，如果是冬天，睡着之后就被冻死了。第二天捡到的野鸡已经硬邦邦的，一碰还叮当作响，像用玻璃做的。而且醉倒的野鸡都是一对一对的，因为它们喜欢夫妻结伴而来。偶尔，如果捉到一条蛇，我也会把蛇炖了吃。当我一剪刀下去把还在扭动的蛇剪成两截时，我心里还是会暗暗一惊，为自己身上那些已经暗中发生的变化而吃惊。我曾经可是连只虫子都不忍心踩的人。

去我饭店吃饭的人不算多,多是些进山拉木料的大车司机和进山采木耳的人,偶尔还有些专门赶过来找我的故人。因为我没有电话,这里便成了我和昔日故人们唯一一个隐秘的联络处。

在矿区里巡视完一圈之后,我从大门出去,沿着山路往林子里走了几步路,准备给兔子割些苜蓿。进铅矿的这条僻静的山路没有通公路,早已被世人遗忘在深山里,又经过山洪的冲刷和野草的侵略,已变得越来越窄,有些地方几近于要消失了。在这条山路上,我从来没有碰到过任何人。如果真的碰到一个人,他看到一个穿着西装打着领带戴着眼镜的男人正在那里割兔草,估计也会吓一跳。

我回去把兔子喂了,又在水塔的周围撒了些玉米粒喂鸽子,然后便准备下山一趟。我大概半个月左右会下一次山,所谓下山,就是到山下附近一些村庄的小卖部里买些日用品。那些村庄,即使最近的也要三十里路。我有时候用钱买,没钱时就用我在山上采的木耳来换。木耳的价格很高,山下的村民都认木耳,所以木耳在这一带就像货币一样好使。

我背上包,骑着一辆旧摩托车往山下驶去。刚开始的时候,我下山都是靠走路,一走就是半天时间,往回赶的时候还得走夜路。据说在山上走夜路的时候,会碰到有人在背后拍肩膀,这时候千万不要回头,因为那多半是狼在用它的爪子敲你的肩膀。狼在当地被叫作麻虎。我倒不怕遇到狼,因为我知道所有的动物其实都是怕人的,它们不会主动攻击人。而且动物能看出人身上的火焰,遇到火焰高的人,它们就会远远避开。所以我走夜路的时候从没碰到过任何野兽。

走完那段崎岖的山路就上公路了,在这山路与公路连接的地方,常年有一处浅浅的水洼,这水洼附近便成了蝴蝶的家园。夏天每次走到这里，都有成千上万只蝴蝶在我身边飞来飞去，有的还会落在我头上、身上。回来的时候又是一身蝴蝶。

这次下山，我要去的村庄离铅矿有三十多里路。这个村庄有一个雅致到奇怪的名字——落雪堂。不知道是不是和村口的那棵大杏树有关。这村口有一棵巨大的千年杏树，因为年老，树根盘结突出，竟可以供十几个人同时坐在树根上乘凉。树冠则庞大得有些遮天蔽日，好像整个村庄都不过是这老树孕育出来的子嗣。每年到了清明前后，一树杏花如雪，有风吹过的时候，落花几乎要把整个村庄都埋起来了，一直要到五月，这个村庄才能渐渐从花醉中苏醒过来。

我先是骑着摩托车去了一趟村里的小卖部，买了一支牙膏一块肥皂两包蜡烛。然后再骑到村西的范听寒家门口。

2

村西有处十间瓦房的大院子就是范听寒家的。这座院子在整个村子里都显得鹤立鸡群。范听寒在院子的周围种了很多垂柳。

正是四月，门口的一排垂柳绿得如烟似雾，在层层鹅黄烟障的最后面，是一扇带着小飞檐的街门，门口左右各一个鼓形石墩，门的后面是一个几米深的狭长门洞，一个瘦小的老人正独自坐在门洞里饮酒。这个老人就是范听寒。我放下摩托车，站在门口恭敬地打了个招呼，范老师，这是已经吃午饭呢？

范听寒闻声连忙站了起来，走到门口迎接我。他大概有七十五六岁，但看起来比实际年龄更老些，奇瘦，而且在我看来，他似乎一年比一年更瘦，好像正试图慢慢地从这个世界上隐遁而去。驼背，背上扣着一座巨大的驼峰，走路的时候，整个人简直就是一把折尺，从腰那里向前弯成了九十度，所以总是身体还没走过来的时候，头已经先到了。

又因为驼背，他走路的时候总是把两只手高高搭在背后，不然一垂下来，两只手都快碰到地面了，估计他是怕给人一种感觉，好像他是在用四肢走路。他背着双手，驮着一座大驼峰，像只年迈的骆驼一般慢慢踱到我跟前，努力朝上翻起两只眼睛看着我，用大同口音说，你过来啦？来，进来喝两杯吧。

我也不推辞，跟着他走进门洞，在小木桌旁的竹椅上坐下。木桌上有一碗手擀面，有半玻璃杯白酒。认识也有四年了，我大概知道他的一些生活习惯。他一日三餐只吃手擀面，绝不吃一口稀的，一大把年纪了还是顿顿自己擀面。

他每天早晨天不亮就早早起来，光是穿衣服，对他来说就是一项难度不小的工程，得穿很久。因为驼背，他穿上衣的时候必须拼命把衣服向空中甩起来，就像中世纪的骑士甩斗篷一样，甩得越高越好，这样衣服才能比较准确地降落在驼背上。他穿好衣服后背着手出门散步，趁着天还没亮，在田间地头溜达一圈，采两把野菜或几朵蘑菇。走出汗了就回家开始洗漱，他很爱干净，每日洗漱的程序非常隆重，要把好不容易才穿上的衣服全部都脱掉，脱光之后把自己浑身上下擦洗一遍，然后再把衣服甩一次，披挂上去。每天如此。

洗漱完之后，他开始动手给自己做早饭，他孙女范云冈在镇上的小学教书，周末才回来一次。五年前他的老伴去世了，据他说，他老伴活着的时候，两个人经常吵架，但从不会因为吃饭吵架，因为他们吃饭的口味出奇的一致，那就是，手擀面。他说他儿子和孙女也是只认得手擀面,好像在他们一家人眼里,世上只有手擀面才能算得上是饭,别的都是假的,都是吓唬人的。

早饭就是一碗手擀面,一定要和那种硬得像铁一样的面团,然后用九牛二虎之力把面团擀开。因为面团实在太硬了,擀的时候一定要整个人不时跳起来,把全身的重量都压到擀面杖上才能擀得动。擀好后再切成钢丝一样硬的面条,下锅煮熟,拌点茄子白菜豆腐之类。然后就着一二两酒把面条吃下去。他是一日三顿都要喝点酒的,顿顿不落。且每天都要准时到村里的豆腐摊上割一块豆腐吃,风雨无阻。每天上午割了豆腐往回走的时候,村里人照例要问一句,范老师又出来割豆腐?他一边点头一边微笑,豆腐好,既能当粮也能当菜。

他和我说过,他那老伴过世前终日病病歪歪却酒瘾极大,烟瘾也不小。她每天早晨起来的第一件事就是,二话不说先抱住酒瓶灌自己两大口,再歪到炕上抽根烟,一根烟抽完才算正式起床了。一天当中只要趁老头不注意就抱起酒瓶子咕咚咕咚偷喝两口,而且不管把酒瓶藏到哪里,她都能闻着酒味找出来。吃饭的时候还要和老头对饮几杯,两个人有时候就着面条下酒,有时候就着一根黄瓜,一根葱,一只梨,一把花生,统统可以下酒。

有时候她呻吟自己腰疼、腿疼、肚子疼,老头把酒瓶递过去,她只要喝上两口就停止呻吟了,老头得到了暂时的安宁,却又得防备她一会儿之后重新开始呻吟,哎哟,哎哟,就不如早点死了好。

有时候喝多了,她会哭着上街,见个人就拽住问,你看见我家范柳亭去哪里了?他怎么走了就不回来了?有时候喝得更多,她干脆就歪在自家门口的石墩上睡着了,夕阳打在她脸上,透亮的涎水从嘴角流下去,一直挂到胸脯上,蛛丝一般。

后来她重病,临死之前已经昏迷了好几天。昏迷中,她一直在说胡话，一会说，我在几千人的大会上都讲过话，我不怕你们斗我。一会又是，同学们，马上就是期末考试了，要抓紧时间学习，把时间都用在刀刃上。一会又是，范秋纹，范柳亭，站住，你们要往哪里去。

昏迷了几天，忽然醒过来了，眼睛一睁开倒像是开过刃的钢刀，亮得吓人。她向唯一守在她身边的老头招招手，老头子你过来。范听寒便驼着背，两只手背在身后，赶紧走到床前。老伴说，给我口酒喝。老头犹豫了一下，把酒瓶子抱过来递给她，她两只手抓过酒瓶子咕咚一声就咽下去两大口，这才说，老头子，我要先走了，以后就不能陪你喝酒了，你自己喝吧。老头子，我年轻时候能和父母绝交都要嫁给你，又跟着你发配到这穷乡僻壤，多少年里连碗小米稀饭都喝不上，儿女都没了，你说我恨不恨你……我又丢东西了，肯定是来串门的老太太们偷走的，农村老太太都不识字，人没文化就是不行哪……你这么多年都哪儿去了？你怎么瘦成这样？快坐下，我给你擀面去。擀完面我还要去开会，又快期末考试了……要恢复高考了。说完抱着酒瓶子又闭上眼睛睡了过去，此后再没有醒来。

范听寒不是本地人，是大同人，那是晋蒙交界之处，北魏遗留下来的痕迹浓重，他孙女的名字大约就是出自大同的云冈石窟。

大约是第三次来他家借书的时候，我就问过他，范老师你是怎么来的这落雪堂？他说，他祖上世代都是读书人，他原来是大同师专中文系的老师。1958年的时候，学校也在轰轰烈烈地打右派抓典型，有一个做临时工的老师向教育局检举揭发范听寒用的是一支进口的派克水笔，还成天向别人夸赞外国造的水笔就是好用。那临时工看来也不是观察他一天两天了，筹备已久的样子，把他说过的话都记在笔记本上，还注明年月日。大约是想顶替了他的工作岗位。教育局很重视，专门成立了调查小组去学校查这件事情，结果一调查证实不少老师们确实都听到他说过这样的话。

　　于是，他的右派身份很快就被确定了，站在全校师生面前被批斗了几次，之后又被发配到地处晋西的偏远的落雪堂进行改造。他老伴当时是所中学的校长，辞职跟着他一起流落到落雪堂。后来虽然改正了，但年龄已经大了，城里的房子早被没收充公了，除了落雪堂竟也没有别的地方可去，便留下来在此终老。

　　我又问他，范老师，你这么大年龄了，怎么顿顿都吃手擀面，还擀这么硬，不怕消化不了？他不好意思地说，早些年饿着了，几年吃不上一口干的，顿顿喝汤。后来我们全家都是一看见稀饭就害怕，每顿饭都要看见面，心里才觉得这是吃过饭了，如果是吃了菜啊粥啊之类的，总疑心自己刚才其实并没有吃过饭。末了他又补充道，我儿子范柳亭小时候老是吃不饱，只能喝米汤，所以个头才长了这么点。

　　他用手比画到我胸前，范柳亭才长这么高。手比画完放下去了，脸上却抱歉地笑着。

　　这是第一次听他说起他的儿子，我脑子里轰隆一声巨响，久久没有说出话来。呆了片刻，我又有些疑心自己是不是听错了，便用一种惊讶得有些过头的语气说，你还有个儿子？怎么从来没有见过他？他叫范什么？

　　他又说了一遍，范柳亭。

　　我的心脏几乎要蹦出胸腔了，我怀疑我此刻看起来是不是脸色煞白，因为他忽然就问了一句，你怎么了？

　　我勉强按捺住自己擂鼓般的心跳声，想抽支烟，摸了半天却连烟盒都没有摸到。我一只手揣在口袋里，虚弱地笑着说，哪两个字？是柳树的柳，亭子的亭？

　　是的。

哦，柳树的柳，亭子的亭，范柳亭，好听，读书人家起的名字就是好听。

也是因为我一向喜欢柳树。

好听，这名字真是好听。范老师，你儿子他……是做什么的？能盖起这么大的院子。

他呀，成天就折腾着办厂子了，什么铁厂、油厂、铸造厂都办过，就是瞎折腾。

我终于费力地把烟盒掏出来了，准备点烟的时候看到自己的那只手正在发抖，便又把烟放下了，只是在嘴里很惊讶地反复说，是吗？你儿子原来还是企业家啊？还办过厂子哪？

我忽然发现他好像正看着我那只拿烟的手，那只手还在轻微地发抖，我一紧张就这样。我把那只手重新塞进口袋里，一边假装掏东西，一边找话说，那范老师你就这么一个儿子吗？怎么不见他在家里啊？

说到这里，他说话的语气反而平静下去，像在说别人家的事情，他说他本来还有一个女儿的，叫范秋纹，比儿子大好几岁，当初因为要求进步，没跟着他们来落雪堂，后来才二十多岁就自杀了。范柳亭是他唯一的儿子，几年前外出做生意就再没回来。又过了几年，他母亲都去世了，他还是没有回来，至今生死不明。

我听了又做出非常惊讶和惋惜的表情，嘴里连连说，啧啧，这样啊，唉，真是的。

后来我断定范听寒顿顿都要吃手擀面的另外一个原因就是，吃得下手擀面证明他身体还硬朗，还可以坚持到他儿子范柳亭回来的那天。

那天我敬了他好几杯酒，自己也喝了一杯又一杯，他说，你这么远跑过来借书，不赖，爱看书，真不赖。我说不出别的话来，只是一遍一遍地重复道，有缘分，范老师，我和你有缘分，这就是缘分。

喝完酒之后，他背着驼峰走到院子里一辆改装过的三轮小推车旁边，推车里是一只垃圾桶。他抱歉地对我说，你先坐着，等我先把垃圾倒出去，放久了招苍蝇。说着便弓着腰低着头使劲推那辆三轮，我先是呆呆看着他，然后像忽然清醒过来一样，猛地起身，几步走到三轮前，拎起那只垃圾桶就往出走。

我把垃圾倒到垃圾池里，又在垃圾池旁边蹲下来，抖着手抽了一支烟才走回去。他弓腰站在门口，像是一直在等我，见了我却只说了一句，谢谢你了。我拎着空桶茫然地立在院子里，不知道接下来该做什么，手里明明还拎着那只空垃圾桶，却忽然扭头对他说，范老师，我这就帮你把垃圾桶倒掉。

他没有接话，只是驼着背站在门洞的阴影里静静地看着我。

此刻，又是在他家的院子里，我坐在小木桌的一旁，看着驼背的老人又拿出一只杯子，杯子里有半杯白酒。他把酒递给我，说，锅里还有擀面，你自己吃多少就盛多少吧。我说，我是吃过饭才来的。他说，你老是这样。

然后他坐下来继续喝酒吃面，背着大驼峰，上身折叠在膝盖上，下巴几乎就要搁在桌子上了，从某一个角度看过去，我忽然惊悚地发现，他已经老得不大像人类了。尽管没有下酒的东西，我还是默默陪着他喝完半杯酒，是当地打的五十三度的散酒，叫梨花春。这酒入口烈，但余味爽净，喉间有清香。

杯里的酒都喝完了，他才问我，书又看完了？我恭敬地说，都看完了。说完就从身上背的包里取出几本书和杂志双手还给他。他接过书，连连摇头，像你这么爱看书的人却开个小饭店也真是可惜了，你就没想过再做些别的？我忙说，人各有命，看书也不能当饭吃。他又摇头，可惜，真是可惜了。

他背着手踱回屋又取出两本书和杂志给我,他有每年订阅新杂志的习惯。两本书是《古诗十九首集释》和《雪堂集》。我每次来他家的时候都要先把上次借的书还掉,然后再借几本新的带回铅矿上去看。我把新借到的书装进包里,顺便掏出一包晒干了的木耳放在桌上说,范老师,你要多吃点木耳,对身体好,吃完了我再给你带过来。

他点头,又递给我一张叠好的冷金宣纸,说,我又给你抄了首诗,读唐诗就是要多体会那种水中之月的意境。唐诗看起来写的都是些山水,其实那是自然之道,就是天地间本来的样子,所以唐诗里写的其实是一些最恒久最牢固的东西。相比之下,你看我们人的一生反而短暂多变,倒是最不牢靠的。所以读诗能让人心安。

我打开那张纸,是一首用毛笔小楷抄写的《春江花月夜》。我重新叠好,很小心地装进包里。然后开始满院子地找活干。这几年里,我已经习惯了,每次来了都要帮他把院子收拾一遍,把垃圾桶倒掉,把厨房的水瓮蓄满水,把菜园子里的杂草除净,给蔬菜和花卉浇浇水。干完活,我又低头巡视一遍院子,发现甬道上的一块红砖翘起来了,容易绊倒人,便把这块砖挖出来又仔细铺平了。

好像已经差不多该走了,但我还是想和他多待一会,见桌子有点不稳,我就地做了个楔子插进了榫卯里就稳当了。有穿堂风从门洞里经过,风里带着杏花的香味。我看到他在院子里种的两棵海棠树也开花了,海棠花香很淡,不到跟前是闻不到的,走近了却能感觉到一缕阴柔的冷香。

树下有一口大水缸,缸里养着两条鲤鱼。我朝那水缸里微微瞟了一眼,两条鲤鱼正在缸里游来游去。我只看了一眼便像是感到很嫌恶一样,目光飞快地移向别处。窗台上卧着几个去年收的大南瓜,还有一个洁白如玉的西葫芦。估计都是村民们送给他的,村民们都恭敬地叫他范老师。

　　这时候我像想起了什么，猛一回头，发现他还坐在门洞里，似在静静地观察我，他脸上半明半暗，看不出是什么表情。我不由得愣了一下，暗暗悔恨自己在这里又待久了。

　　每次都这样，总是怕自己在这里待得太久。

3

　　我记得四年前我第一次出现在他的院门口也是在这样一个春天的午后。

　　柳枝新染，杏花满天，我也是穿着这身西装，打着领带，他当时也是这样坐在门洞里驼着背正喝着小酒。恍惚间，我真的有了一种错觉，觉得中间这厚厚的几年时间原来不过只是薄薄几页，风一吹就轻轻翻过去了。

　　当时我站在门口，有些紧张。为了能在与世隔绝的铅矿里待下去，我能想出的最好的办法就是看书。我想问他借书，又怕被拒绝。在门口踌躇半天，终于还是主动上前对他招呼道，你就是范老师吧？我听说你家的书特别多，就找了过来，不知道我能不能借几本看看，我保证一看完就给你还回来。

　　他用略有些浑浊的眼睛打量了我一会，慢慢说，以前从没有见过你，听你的口音不是这村里人吧。

　　我避开他的眼睛说，我小时候是在山东长大的，后来父母调动工作，我跟着来到这里，我就是在这附近长大的，也算当地人，只不过不会说当地话。

我说的是实话,这些经历没必要说假话,况且,我确实是异乡口音。

他一直没有放下手里的空酒杯,把目光从我身上移开,似在对着酒杯说话,你父母是从外地调过来的?那是不是县里的晋华纺织厂?那里的外地人多。

我第一次听说县城里还有个晋华纺织厂,我甚至不知道这个厂是不是真实存在的,但我还是回答了一句,是。我不想让人打听关于我太多的事情。

这时又听他说,你是山东长大的,山东什么地方?

我稍微犹豫了一下,说,日照。

他说,哦,海边长大的。

我心里乱跳,不知道他为什么要强调海边。我只好不语,表示默认。

他又问,那你现在做什么工作?我记得晋华厂在九八年就倒闭了吧。

我说,没工作了,我就自己开了个小饭店。

他问,在哪儿?

我又犹豫了一下,说,在凤城镇。

他说,镇上啊,我孙女就在镇上的小学教书。那学校你知道吧?离你的饭店远吗?

我有些口干舌燥,但还是听见自己尽量平静地说,不算远,不过我没进去过那学校。

他又说,在镇上开饭店,那你也住在镇上吧,十几里地,你怎么会找到我这里?

我说，听有个去我饭店里吃饭的人说起过，说你书特别多，大概是你们村的人去镇上赶集吧。

我确实是在镇上听别人说起范听寒家里有很多书的，但不是在我的饭店里，是在我摆摊卖木耳的时候。

他还是没有放下那只杯子，哦，这么说，你喜欢看书？

我忙说，从小就喜欢，我十几岁的时候只要能逮住一本书连夜就看完了。

他说，你上过几年级？

我说，我当年高考落榜了，没上过大学。

他说，你来我这里专门就是为了借书？

我说，是的。

他翻起眼睛看了我一眼，我忍不住又一阵紧张，只听他说，你今天是为了借书专门打的领带吗？

我忙说，不是，我平时就这样，习惯了。

他说，讲究点是好习惯。你想看什么书？

我说，什么书都可以。

他说，什么书都可以？喜欢看书的人可不是这样的。

我说，我是来借书的，哪还能挑三拣四。

他说，诗词能看懂吗？

我说，懂得不多，但心里喜欢。

他说，那你等一下，我进屋给你找几本。

他终于放下那只杯子，起身回屋。我坐在那里悄悄看着他那只杯子，却仍然发现它真的只是一只再普通不过的杯子。他拿着几本书出来，驼着背慢慢走到我面前，又把我上下打量一番，这才把书递给我，说，你看看能不能看进去。我连忙把书接住，有些惶恐地说，范老师，我保证一看完就还回来。他缓缓调转了伸在最前面的脑袋，跟在后面的是大驼背，只给我留下了半截背影。他边往里走边说，你这么喜欢看书，要是不想还回来就当送给你了。

我出了门，走过那排柳树，向自己的摩托车走去。他的最后一句话让我眼睛一阵湿润。

4

这时候又是一阵微风吹过，海棠花如胭脂粉团一般簌簌落了一地，有几片花瓣飘进水缸里，那两尾鲤鱼便游上来争相啜食花瓣。

我曾在他借给我的一本书的扉页上看到他用钢笔写下的几行字，"遵四时以叹逝，瞻万物而思纷，悲落叶于劲秋，喜柔条于芳春。心懔懔以怀霜，志眇眇而临云。"

那一刻，我忽然有些明白我为什么在后来还要一次次地去找范听寒了。这几年里，其实我已经不止一次地下过决心不再去那院子里了，可事实上，只要过一段时间，我还是会再一次出现在他家门口。

告别范听寒之后，我骑着摩托车出了村，一直向西一路爬山路来到那个三条路的岔口。这个地方在半山腰，经常有一些拉木料的运输车经过这里，我的小饭店就开在这岔口处。因为顾客来得不固定，我开张的时间便也不固定，另外就是，这样别人也不容易找到我。

停好摩托车开饭店门锁的时候，我一低头忽然发现西服的一只袖口已经磨破了。这才想起这件西服已经穿了好多年了，我已经有多年没有为自己添置过一件新衣了，这让我有一种突如其来的悲凉和恐慌，但我还是脱下西服小心翼翼地挂在门后，正了正领带，挽起袖子开始准备做晚饭的材料。

两天前，我在饭店的门缝里收到杨晓武塞进来的一封短信，说他来过一次我不在，两天后的晚上他还会来岔口饭店找我。我一边做饭一边等着他来。

我把昨天捉到的一只野鸡砍掉头，无头鸡又蹒跚着走了几步才倒下，没有了头的脖子像龙头一样喷着血。我等着它彻底不动了才开始拔毛，收拾干净，剁成块，和发好的山蘑一起炖在锅里。放的野茴香和月桂叶都是我在山里采的，快熟的时候再撒上一种叫栀莫花的香草，香味奇异，虽然它容易招徕回头客，但我又暗自担心这奇异的香味会吸引来更多人。炖上鸡肉之后，我在灶洞的炉灰里埋了几个土豆。土豆是去年秋天收成的，我专门挖了个土豆窖存放土豆，这样就可以一直吃到来年秋收。

暮色在一层层加重，渐渐地，外面的山林又一次堕入了巨大的黑暗之中，从这小屋的窗户望出去，幽暗的山林正张着血盆大口欲吞噬一切。远处的山路上亮起两束灯光，灯光蹒跚着渐渐逼近，是进山拉木料的大卡车。大卡车没停，从饭店门口呼啸着过去了，刚才从窗户里打进来的灯光支离破碎地涂在墙上，飞快地繁殖出各种形状，在一个瞬间里长满了这间小屋，又转瞬之间凋落下去。

野鸡的香味近于蛮横，溢满整个房间，我没有点蜡烛，只身坐在黑暗中抽烟。

杨晓武是我当年在监狱里认识的。那是 1983 年，那年我十九岁。前一年刚刚高考落榜，又没有合适的单位可去，便整天窝在家里写小说，为了熬夜写小说还学会了抽烟，烟瘾竟越来越大。写好的小说再工整地抄一遍，然后去邮局投给杂志社，那时候我成天梦想着能成为一个作家。

　　我记得那是一个黄昏，矿上已经下班了，人声寂静，我写了一天小说也累了，便走到矿区的院子里散步。这时候迎面走来一个姑娘，我不认识，估计是矿上的新职工。那姑娘可能刚去澡堂洗完澡，头发湿漉漉的，穿着一条碎花长裙，抱着脸盆正往走走。平时在矿上看到的基本都是清一色的工作服，在那个黄昏忽然看到一条这样的碎花裙，我忍不住盯着那裙子多看了几眼，等姑娘走过去了，我又回过头看着她穿长裙的背影。第二天我正趴在窗前写小说的时候，矿上保卫科的人忽然来我家找我。原来是昨天穿碎花裙子的姑娘告到保卫科了，说我要流氓。

　　我并不知道当时正在"严打"，矿上的保卫科正愁名额不满的问题，就这样我被关进了监狱。鉴于我确实没有具体的肢体触摸，但毕竟已经用目光对女性进行了一番猥亵，流氓罪已经坐实，只是刑期不算太长，判了我三年有期徒刑。能和杨晓武在狱中成为朋友，是因为他和我一样，也是高考落榜生，比我还早了一年。1983年那年他正在第二年复读，准备再考一年。那天他正在家里复习功课，他表哥忽然在窗外大声喊他出来帮忙。表哥在和人打架又打不过，叫他出来帮忙，他拎着擀面杖出来打算帮表哥，结果只是站在边上观望了一会，还没来得及上手就被赶来的公安逮捕了。

　　我坐在黑暗中又点上一支烟，炉灰里的土豆已经烤熟了，散发出一种植物肉身的芳香。我想起那几年狱中的生活，干活、打架、刷尿桶都不算什么，我最怕的就是看不到字。监狱里只允许看《人民日报》和《山西日报》，就这两份报纸，被我反反复复看了一遍又一遍，我看的时候不是一句一句地看，是一个字一个字地看，很小心地把每一个字含在嘴里，不舍得咽下去，生怕看完就没有了。像在冰天雪地里赶路，必须储备好足够的粮食。

几支烟抽完，估计时间差不多了，我点上一支蜡烛，把炖好的野鸡扣在一只粗瓷大碗里，把烤熟的土豆从灶洞里掏出来，拍了拍上面的灰，堆在盘子里。它们看上去像一堆丑陋的卵石，但是恬静简朴，让人觉得心安。这种心安，我在问范听寒借的一本书中也曾读到过，"村舍外，古城旁，杖藜徐步转斜阳。殷勤昨夜三更雨，又得浮生一日凉"。

我拿出一壶散装高粱白倒进一把白瓷酒壶里，摆在桌上，又洗了两只酒盅。这套酒具是我父亲当年在矿上评上先进工作者时发的奖品，他到死都没舍得用一次。多年以后被我从床底下翻了出来，居然还完好无损。

就在这时，门外传来了一阵很轻的敲门声，敲得小心翼翼的，不仔细听还以为是风声吹过。我问，谁？门外的声音说，海涛，是我。他不知道我现在的名字已经改成了郭世杰。

我拉开门，裹着一团黑暗钻进来的果然是杨晓武。他来回搓着手，埋怨自己道，都怪我，其实我已经到了好一会儿了，远远看着你这饭店里一直黑着灯，以为你不在，就在附近的林子里等着你来。这林子在晚上还真是瘆人，看到屋里忽然有亮光了，这才敢过来敲门。我有些不客气地说，你一个大活人长着两只囫囵手就不知道先过来敲敲门？你说好要来，我能不等你吗？

我们在桌子两边坐下，我给他倒了一盅酒，又扔给他一个烤土豆，说，饿了吧，先垫垫。他把土豆掰成两半，轻轻吹着热气，也不蘸盐，很小心很斯文地咬了一小口，慢慢咽了，然后才说，还行。我不想再多看他，我看着他他就不敢放开吃。我说，来，先喝上一盅，又有一年没见了吧。他连忙举起酒盅，我们连着干了三盅酒，他还是不敢放开吃，一个土豆吃了有一个世纪那么长。他开始是慢慢把土豆瓤掏出来吃，吃到最后就剩下了两片薄薄的土豆壳，贝壳似的。他犹豫了一下，把土豆壳也撕开放进了嘴里。大碗里的菜他只敢挑着吃蘑菇，鸡肉却半天没动一筷子。我说，吃肉啊，别光吃蘑菇。他嘴里嗯嗯着，筷子还是绕过鸡肉挑着蘑菇。

一支蜡烛快要燃尽的时候，他才勉强说了一句，海涛，你这饭店现在生意怎么样？我使劲抽了一口烟，就着猛然跳动起来的烛光打量着他，他穿着一件灰扑扑的旧夹克，里面是一件看不出颜色的圆领秋衣，眼睛下面挂着两个大黑眼圈，嘴角还沾着些土豆泥。

在跳动的烛光里，他看上去浑身好像只剩下这一张脸，这张巨大的脸发着光，而其他的部位都已经被黑暗消化掉了。我不忍心告诉他去擦一下嘴角，只说，吃饱了吗？土豆还有。他低着声音，不太确定地说，饱了。我说，再吃一个。他犹豫了一下才说，算了，饱了。我又抽了口烟，说，这么小的饭店你说能怎么样？有口饭吃就算不错了，我们这样的人还想怎么样。

他坐在那里半天没言语，我也不说话，等着他开口。其实我知道他此行来的目的，无非就是借钱。他比我在监狱里多待了一年，自打出来之后，每次找我基本上就一件事，借钱。说是借钱，其实根本也不会有还的那天，所以和乞讨也没多少区别。正是因为和乞讨差不多，我才没法拒绝他。出狱之后不知道他靠什么为生，他也不说，大约多半是些非法的事情，却又常常连饭都吃不起，四处借钱，然后被要债的人追得东躲西藏。但我知道，他变成如今这个样子并不是什么奇怪的事情，因为，从监狱里出来的人绝大部分都会变坏而不是变好，或者只会变得比从前更坏。我当年在监狱里的时候，正是已经嗅到了这样的危险，才拼命想找到一切有文字的东西来保护自己，拼命写稿子给狱里办的报纸投稿。

猛烈的跳动之后，蜡烛彻底燃尽了，蜡尸里冒出的呛人青烟弥漫在重新黑暗下来的屋子里。我没有再起身点蜡，还坐在原处不动，桌子另一边的人也坐着没动。突然而至的黑暗紧紧包裹着我们，让我们都感到了某种奇妙的轻松和熟悉，好像我们就昨天还一起在狱中的大通铺上挨着睡过。

那时他一次次对着我的耳朵讲，他第一次高考就差了1.5分，后来又变成只差了1分，就1分啊，他反复说，就1分啊。似乎只要说得足够多，那1分就会像壁虎的断尾一样自行再长出来，长成一具完整的肢体。现在，他和我之间就隔着一张木桌，隔着这木桌，我都能感觉到他紧张的心跳声，好像他的神经已经像榕树的气根一样长满了这张桌子。

外面又过去一辆大卡车，车灯的余光扫进屋子里，飞快地掠过他的脸，他的那张脸便在黑暗中短暂地浮现了一下，很快又沉下去了。紧接着照到了我的脸上，我被晃得闭上了眼睛。就在这时候，他忽然开口了，他语速很快地说，海涛，有点急用，能不能再借给我一千块钱。

我终于还是等到了他这句话，果然没有任何意外。我反倒放心了些，明明已经放心了却扭过脸，对着他那团黑乎乎的影子说，你不能一直就靠着借钱活吧，你也得自个儿想办法挣钱啊。

他坐在黑暗中忽然低低地短暂地笑了一声，这笑声让我打了个寒战，只听见他说，说是容易说，你说像我这样的人去哪里挣钱呢？

我的声音忽然高了几度，那你也得自己想办法啊。

说完这句话之后，两个人都咔嚓静了下去，半天没一点声音。我有些后悔刚才自己虚张声势的高嗓门，其实，在他来之前，我已经把要借给他的钱准备好了。我曾听说当年我们的另一个狱友在出狱后四处流浪，不知怎么跟着人吸上了毒，后来为了问人讨要五十块钱，便随时可以跪下来喊人家一声爸爸。

杨晓武坐在桌子那头像块生铁似的，冰凉，一动不动，我忽然很害怕他会跪在我面前，我连忙从口袋里取出准备好的一千块钱递给他。我说，这是一千块，拿去用吧。他不作声，默默地把钱接住，装进了自己口袋里。然后我又说，你赶紧下山吧，你看我这里根本住不下两个人，我就不留你住了。哪天再来提前告诉我。

我不想让任何人知道我住在哪里。

他仍是沉默着，站了起来。我不打算再点蜡，免得看到彼此的表情。他在黑暗中朝我坐着的方向看了几秒钟，又对着窗外黢黑的山林愣怔了几秒钟，却没有再说话。然后嘎吱一声打开屋门，很快便消失在了阴森森的山路上。

我独自骑着摩托车回到深山里的铅矿，整个铅矿没有一点亮光，万顷碧空中斜挂着半轮焦黄的月亮。我回到宿舍点起一截蜡烛，倒了一碗酒喝了两口，身上有了暖意，才慢慢在桌子前坐下，抖着手打开今天白天范听寒送我的那首诗，"春江潮水连海平，海上明月共潮生。滟滟随波千万里，何处春江无月明"。

那一晚，我一直不敢脱掉身上的西服和领带，就这身衣服似乎还能给我一点点做人的体面。我就那么穿得端端正正地坐在烛光里，高声把这首诗读了一遍又一遍。"不知江月待何人，但见长江送流水。白云一片去悠悠，青枫浦上不胜愁。"我不敢停下，似乎只要一停下，就会发生化学变化，我就会在瞬间变成杨晓武，或者变成那个给人跪下四处讨钱的狱友。一直读到半夜，终是累了，夜空澄澈，烛光阑珊，最后竟趴在桌子上睡着了。

5

几年前,那是我第四次出现在范听寒家门口。

我停好摩托车,从那排柳树下走过。微风过处,无骨的柳梢从我脸上拂过,柔软得不像是这人世间的东西。我闭上眼睛仰着脸任由它抚摸。从我上次知道他是范柳亭的父亲之后,我就知道我不该再来这里了。可是,一个月后,我还是又一次来到了他的家门口。

他正戴着一副老花镜坐在门洞里看书,看书的时候,他的上半身往前趴着,整张脸几乎都要埋进书里去了。我站在门口无声地看着他,我想,就这么站一会也是好的。可他像是已经嗅到了我的到来,他把脸抬起来向门口看过来。

我走进来把上次借的书还给他,又给他带了一包干木耳和一包羊肚菌。我说,范老师,看书呢?我还书来了。

他摘下老花镜,说,是你啊,可有段时间没来了。

我忙说,最近事情多,老抽不开身,这是上次问你借的书都看完了,还想问你再借几本不知道行不行。

他说,你都什么时间看书呢?

我说,晚上。

他说,晚上就不看电视?

我说,我不爱看电视。

他说,也不用给孩子做饭什么的?

我略略迟疑了一下,说,有我父母和老婆给孩子做,用不上我。

他说，怪不得有时间看书，家里都不用你管。这些天你也读了一些诗了，和我说说有什么感受。

我听到自己的声音里忽然跳动着一种喜悦，我知道这样也许并不好，却也不想太掩饰，我说，在晚上读诗，读完后心里觉得既安静又亮堂，连心里的害怕都少了。

对面的老人手里拿着花镜，忽然抬起头盯着我又仔细端详了几分钟。我背上一下绷了起来，意识到刚才还是有些忘形了，我一阵后悔，不知道该坐该站。这时只听他慢慢说，也不知怎么，我总觉得你不大像是开饭店的，但我也说不好你到底像干什么的。

我好像被什么笨重而巨大的东西狠狠地往前推了一把，我猛地站了起来，像是急于要离开，却终究没有迈出步子，只是口干舌燥地辩解道，我真是开饭店的，别的我都干不了，又没文凭，正经单位进不去，我也想去坐办公室，人家哪会要我。我就做饭还可以，所以只能干这个。我看书真的是为了打发时间，真的，没事干的时候看看书就是个消遣，和别人打牌看电视是一样的，就是个消遣。

他盯着我看了半天，忽然就笑了那么一下，只是极短促，他说，看来你那饭店也忙不到哪里去啊。

我有些疲惫地坐下说，小饭店。

他扛着自己的大驼背慢慢站起来，顺势把两只手背在身后，说，你倒真是个喜欢看书的人，不少喜欢看书的人都想过要自己也写出一本书出来，你想过没？

我飞快地摇摇头，没，我不是那块料。

我感觉他的眼睛还一直盯在我身上，只听他说，确实，大部分人都写不好的，我那儿子年轻时候也想过写书当作家呢，后来也发现自己不是那块料。其实看书不光是为打发时间，养心最重要。你等一下，我进屋给你找书去。

听到他再次提起他儿子，我打了个激灵，像是忽然感到了一股寒意，整个人却又变得异常兴奋，没话找话道，那他后来怎么就不写了呢？要是一直写着说不来也成作家了。

他没搭话，慢慢走过去掀开竹帘进了屋。我独自站在寂寂的阳光里，阳光煦暖，我却感觉自己仿佛又沉入一片湖水中，而范柳亭坐在一只小船上正飘过湖面，他恰好就位于我的头顶，我能窥视到他的身影，他却看不到湖中的我。我没想到，他年轻时居然也想过写书当作家。我独自冷笑了一声，抬起脸来看太阳，阳光蠕动在我脸上，我忽然就一阵难以抑制的心酸，不知究竟是为他还是为我，又差点掉下泪来。

这时范听寒抱着两本书出来了，把书递给我，书里夹了一张冷金宣纸，他说，看你还挺喜欢诗词，读多了你就知道了，好诗都是有蕴光的，有一种山水之外的东西，读完以后会觉得心性宁静疏朗。

两本书是《纳兰全词》和《二十四诗品》。我放好，道谢。他忽然指着放在桌上的木耳和蘑菇说，每次都带木耳来，你都哪里来的？

我镇静地说，山上采的。

他费力地抬起头看了我一眼，说，这么说你经常上西山？

我没有看他，其实我很讨厌自己不看着对方的眼睛说话，但我更讨厌自己盯着对方。我听见自己说，只是偶尔去一趟，采点木耳蘑菇什么的回来，我饭店里做菜也要用嘛。

他的声音忽然之间有些异样，或者我怀疑只是我听错了，只听他紧接着问道，那山上都有什么？

我感觉自己插在口袋里的手又在发抖，我悄悄吞吐了一口气才故作轻松地说，山上嘛都一样，到处都是树，有的树下有蘑菇，有的树上长着木耳，对了，山上还有野鸡。

他说，到处是树，那你进山里采木耳不会迷路吗？

我说，我会看树叶，树叶长得稠的是东面，稀的是西面。这也是我听别人说的。

他说，听人说那山上还有狼？你也不怕？

他说的是狼，不是麻虎，这让我再次感觉到我们两个其实都不过是异乡人，是某种同类，这让我感到一种虚弱的安全。我攥紧的拳头在口袋里略略放松了些，说，好像确实有吧，不过我没见到过，狼也得晚上才出来吧。

我没有说野兽其实都是怕人的。在他面前，我生怕哪一句话就忽然说错了。

他说，唉，这么多年里我一直想着要上那山上看看究竟有什么，因为腰不好，一直没去成，现在老了，就更去不了了。

我从自己的声音里听出一种虚假的客套，我说，不怕，哪天你想上去了，我带你去。

他笑笑，只说，这两本书你先拿去看吧，看完再来。

我装好书并不急着走，先帮他把垃圾桶倒掉，又在院子里转了一圈。我发现菜园子里的两架豆角已经枯死了，便和他商量，拔掉豆角种些别的菜吧。他拿出一把芹菜籽。我拔掉豆角，在菜园子里种了两排芹菜，又进厨房把水瓮接满水。这时看见他驼着背要往出走，说要出去打点散酒回来。我忙说我帮你去买，我去小卖部买了一桶五斤装的梨花春，买了一斤五香豆腐皮和一包卤花生米拎了回来。我说，范老师，你晚上自己慢慢喝点，这是些下酒的，今晚就不要擀面了，省点事。要不要我留下来陪你喝点？

嘴里这么说着，我却不肯再坐下。他转身去看海棠树，驼背上落了两片叶子，因为驼背几乎是水平的，如果不帮他摘掉，估计这叶子他会就这么驮一整天。再加上他走路的姿势，倒像是刚刚加入人类的一只天真的老龟。

他没有回头看我，只说，天黑了路上就不好走了，你先回吧。

我对着他的背影说，范老师，那我走了。

他像是没有听见，还是不回头，只是翘首默默看着海棠树。

他的背影看起来分外瘦小，驼峰却奇大。

我注意到他坐的那把椅子已经很老了，一坐上去就嘎吱作响。

6

晚上我给自己倒了碗酒，先喝了一口，然后在烛光里展开范听寒夹在书里的那首词。"十年生死两茫茫，不思量，自难忘。"一句读罢，脑子里轰的一声，他难道是故意让我读这首词？难道他已经觉察到了什么？我没有心思再读下去了，披上衣服，走到外面去抽烟。

山里的温度要比山下低出好几度，入夜之后凉意更重，我一边抽烟一边在草丛里徘徊，荒草上的露珠打湿了我的鞋袜也没觉察。大约已到半夜，山中虫鸣愈发幽咽，风入废墟，草木萧瑟，我甚至能在夜风中闻到藏在深山里的无名湖上传来的潮湿气息，这缕潮湿的气息像只从黑暗中伸出来的柔软的手，只把细细的指尖从我脸上轻轻划过。我出了一身冷汗。抬头一看，一轮金色的大月亮正压在头顶，月光澄净，好像要逼着这山间所有的鬼魅都现出原形。

我回到宿舍，又喝了两大口酒，然后就着烛光，壮着胆子把那首

《江城子》读了一遍,"十年生死两茫茫,不思量,自难忘。千里孤坟,无处话凄凉。纵使相逢应不识,尘满面,鬓如霜。夜来幽梦忽还乡,小轩窗,正梳妆。相顾无言,惟有泪千行。料得年年肠断处,明月夜,短松冈"。

一遍读罢,算是读懂了,我的眼泪忽地就下来了。少年时代母亲总对我说,一个男孩子家不能老是爱哭,没出息。没想到二十多年过去了依旧秉性难改。我披衣出门,在青铜器一般古老的月光下又高声吟诵了一遍,这次仿佛是专门为了那早已葬身湖底的人读的。如果可能,我倒真的希望他能听到这首词。

在这个深夜里,我觉得自己像个神秘的信使,正往返于明冥两界传递着什么。

7

又到了凤城镇赶集的日子,我一大早起来把兔子喂了,把鸽子也喂了,自己吃了一口昨晚的剩饭,然后把这几个月攒下的干山蘑干木耳装了半口袋,准备拿到集上去卖。

临出门的时候,我站在半面镜子前犹豫了一下,我知道这样穿着西装打着领带蹲在集市上卖木耳会让我显得过于扎眼,而且看起来多少会有些怪异。但也就犹豫了那么一下,我终究还是不能允许自己脱下这身西服。我打了那条暗红碎格的领带,头发上喷上摩斯,梳成一丝不乱的三七分,戴上眼镜,这样的装束虽散发着危险的气息,却也给了我某种与世绝缘的安全感,好像在这样的外表下我就可以自行繁殖，在最内里处生生不息下去。穿戴好之后，我把蘑菇、木耳和折叠马扎绑在摩托车上便出发了。

凤城镇离铅矿大概要四十里路，逢每月的农历十五都是赶集日。我赶到集市上的时候，大大小小的摊位都已经摆出来了，把街道的两边塞得密不透风。摊主大多是附近的村民，也有远道而来的游贩。他们以赶场子为生，像猎狗一样只要嗅到哪个村子里正赶集就会赶过来。他们开着改装过的三轮车或四不像（一种又像摩托又像拖拉机又像汽车的乡间交通工具），晚上就猫在车厢里睡觉。

集市上有卖袜子的、内裤的、秋衣秋裤的、纱巾的、小孩的衣服，还有老人们死前要穿戴的装裹。这些衣物都用竹竿子高高挑起来好引人注意，因为要竞争，竟是一家挑得比一家高，使整个集市看起来像座摇摇欲坠的巴别塔。一有风吹过的时候，挂着的衣物们便你追我赶，迎风招展成一大片，有种富丽堂皇的感觉，硬是把下面赶集的人都淹没了。

也有卖蔬菜的卖水果的卖干货卖零食的，就不像卖衣服的那么招摇凶悍，很自觉地聚集在另一片，画地为牢一般在各自面前摆块小摊，人就在后面招揽生意。我放好摩托车便也向人们挤了一小块地盘加入进去。

果然，我在一群小贩中间很是扎眼，来来往往赶集的女人们都会朝我多看两眼。有的走过去了还要回头看一眼，有的边看我边窃窃私语，有的在捂嘴偷笑。还有的本来正聚精会神地挑干货，一不小心眼睛在我身上瞟了一下，就像看见空气一样，继续低头挑木耳，低下头去却像忽然感觉到了哪里不对，连忙又抬起头补看了我一眼。这一眼，才真正看到了我，对方直直地盯住我看了有一分钟，然后先感到不好意思了，又慌忙低下头去。买了木耳后匆匆离去，又忙把走在前面一个女人叫住，回头把我指给她看。

我一点都不觉得奇怪。前些年里，我即使在公园里看湖水的时候，也会有年轻的女孩子故意把我拍进照片里做背景的。早年在广州还遇到过两个有钱的中年女人提出要包养我。因为我不仅对着装有要求，对自己的体重和身材也一直控制得比较严格。我知道这么多年里我一直保持这个样子其实对我并不利，最好的办法是我能让自己在十年八年之内变得面目全非，完全变成另外一副模样，直到没有人能认出我。可是我终究不忍心那样去放逐自己，那是一种被赶入时间黑洞的感觉，我将彻底失去最后一点尊严。

我一低头又瞥见了那已经磨破的西装袖口，它像一道盔甲上的破绽，又像一种从我身体内部蔓延出的疾病。我居然迟迟不肯再为自己添置一件新西服。这不是什么好兆头。我心里一颤。

正午时分，赶集的人们纷纷回家做饭，集市上冷清了不少。小贩们也开始吃午饭，大都是随身带的干粮——馒头、火烧之类，就着凉水吞咽下去。我也不例外，随身带了两个馒头、一瓶蘑菇酱。只是，蒸馒头的时候，我在面里掺了些山上摘来的槐花，所以馒头里有一种槐花的清香。蘑菇酱也是我用山上采来的蘑菇自己做的。

在山上隐居的几年时光里，我悟到一点，人只要随四季而动，便能获得一点心安。我会在春天的时候去采摘那些山中的榆钱、槐花、野韭。夏天的时候采摘山蘑、木耳、各种野菜。秋天的时候漫山遍野的野果，我会把沙棘熬成果汁，把山桃做成罐头，把松子剥下来在炉子上炒熟了。冬天的时候，我会在雪地里捉野鸡，捕獾炼油，会把藏了一年的好酒拿出来在冬夜围着炉子喝掉。

在我慢慢嚼馒头的时候，周围的几个小贩都好奇地瞅着我。可能一个穿西装打领带戴眼镜的人蹲在这里嚼着凉馒头确实滑稽了点。这时我旁边一个摆摊卖粉条的老头凑过来搭讪，伙计，你不是这里人吧？看着你是个高级人，怎么也来赶集挣这两个小钱？

我眯起眼睛看了看正午的阳光，金色的会繁衍和滋生一切的阳光，和二十二年前的阳光并没有任何不同。

1986年，我从狱中被无罪释放，陆陆续续还有些当初被错抓进去的人也被放了出来。出狱后的第一件事自然是找工作，没有工作就意味着没有收入，但工作还是很难找，又是从监狱里出来的，虽说是无罪释放，但各种单位还是避之不及。当时社会上正流行下海从商，很多有公职的人都辞职下海做生意。经过再三考虑，我决定也下海经商，便和一个也是刚刚放出来的狱友赵胜利结伴南下广州贩卖小商品。

第一次去广州的时候，我俩坐了三十二个小时的绿皮火车一路蜿蜒到岭南，下了火车，手脚都是肿的。广州的植物叶子阔大，藤萝交缠，看起来都杀气腾腾，到处是榕树、木棉、棕榈这些宽嘴大眼、长相奇怪的植物。我们靠路边小摊上的肠粉和鱼蛋充饥，用麻袋把当时北方还没有的那些小商品贩回去。两块钱一块的电子表，回去后卖四十块，零售则八十块。十五块钱一副的麻将回去后卖一百五，零售价三百。《金瓶梅》一套三十块，回去后卖一百五，零售价三百。一块五一身的童装，回去后卖十五。三十块钱一盘的录像带回去后可以卖到一百五。回去之后，一下火车就已经有小贩们在车站秘密等着接货，我们偷偷把带回来的货物批发给他们，他们贩到手后再到解放大楼前、五一大楼前、海子边这几个据点高价零售掉。

此后一年多的时间里，我和赵胜利就这样坐着水泄不通的绿皮火车一趟一趟往返于山西和广州之间做着二道贩子，在当时也被称为倒爷。

有一次，我和赵胜利正走在广州的街头，有一个乞丐过来向我们讨钱,让我们吃惊的是,他讨钱时说的竟是山西方言。一问才知道,他也是早几年南下广州做生意,结果钱被骗光,自己身无分文,又没有亲戚朋友在广州,无处投靠,想回家连张车票都买不起,最后只好流落街头靠乞讨为生。乞丐在听到赵胜利说出乡音的那一瞬间,泪哗哗地流了一脸,把一张脏脸冲得沟壑纵横。

那次我们回山西的时候就把那乞丐也一起带了回去。后来偶尔也会联系一下,前几年他告诉我他当上会里乡的乡长了,让我尽管过去玩,他包吃包住包玩,还说要让我甩开腮帮子好好吃几顿会里乡的柏籽羊肉。

这样来回跑了一年多之后,我们手里渐渐有了些钱。那次在广州过夜的时候,赵胜利说要带我去找小姐。那时正赶上岭南的回南天,广州的雨下得无日无夜,到处都是雨滴的滴答声,滴答滴答,滴答滴答,水珠像泪痕一样顺着潮湿的墙壁缓缓往下爬。

那是一栋破败的广式小楼,小姐住在楼上,斑驳的墙壁长出了滑腻的青苔,腐朽的木楼梯上生出了蕈子,阳台上养的一棵三角梅像蛇一样爬满了整个阳台,有一枝水红色的花枝还爬进了房间,像蛇芯子一样。窗外是一株巨大的木瓜树,挂满了大大小小乳房一般的木瓜,熟透的木瓜在雨中跌落到红土里,发出沉闷笨拙的回响。

那个小姐是个广东本地人,矮个子,高颧骨,大嘴巴,褐色皮肤,假睫毛,血红嘴唇。我敢不问她的年龄,因为她不会说自己的真实年龄。也许在半夜,我会看到她忽然现出原形,银灰的头发,嘴角的皱纹,竟然像我慈祥的母亲盘腿坐在这雨中的阁楼里。

我说,就和我聊聊天吧,这样下雨的夜晚最适合聊天。她说,大佬,倾计都要畀钱嘅。我说,我会付你钱的,你要多少?她说,二百蚊。我说,我给你,你陪我聊天就行,你要不愿说话就听我说。她说,好嘅，多谢喇。

窗外的雨一晚上都在滴答，滴答，滴在塑料棚盖上，滴在木瓜上，滴在三角梅上，榕树的气根在雨中吐出舌头，欲缠住一切。我整个晚上都坐在那阁楼的木床上不停地说话，我的声音像雨滴一样滴在腐朽的木地板上。

"我讨厌这样的雨，都快发霉了。"

"哦。"

"我喜欢小时候待过的海岛，不过后来我更喜欢大山里，你不知道，在山林里有多好，就是挣不到钱也不会饿死。我可以一个人在山林里一躺一天，什么都不想。"

"哦。"

"我讨厌广州，讨厌粤语，像到了外国。"

"哦。"

"我要说我坐过监狱，你会不会怕我？"

"系咩。"

"干这个真的不适合我。"

"哦。"

"我觉得世上最好的工作是当个图书管理员，像我妈那样，清静自在，还有书看，你觉得做什么最好？"

"哦。"

"我也讨厌我自己。"

她忽然就说了一句："边个唔憎自己？"（哪个不讨厌自己）

"……"

这是我最后一次跟着赵胜利到广州，此后就再没去过。在家赋闲半年之后，我顶替父亲成了铅矿上的一名正式工。2004年我独自隐居到废墟般的铅矿上时,赵胜利已经摇身变成了资产数亿的开发商。

二十二年后的阳光不多不少地落在这个小镇的这条街道上,落在我和一群小贩的身上、脸上。身边卖粉条的老头见我不想说话,便转头与别人聊去,一边聊一边喝着装在大罐头瓶里的凉开水。

我挺直腰板坐在一堆蘑菇和木耳的后面,努力遮掩着那只磨破的西装袖口。怕被人看到。

我忽然想起很久以前在哪本书上看到的一句话,"一旦我想要向另一个人诉说它,它就立刻变成乌有"。

8

我再次来到范听寒家门口。那晚读完那首《江城子》的时候,我又一次以为我再不会来了。

天气已经热起来了,我还是穿着那件卡其色的衬衣,打了那条蓝底白点的领带。我把前几天刚做好的一张核桃木椅子从摩托上卸下来,走过柳树下,柳叶已经长如小鱼。我正了正领带,门大开着,门洞里没有人,我提着椅子穿过阴凉的门洞走进了院子里。

菜园子里,黄瓜已经蹿了很高,其中一棵已经挂了一条顶着黄花的小黄瓜。他穿着一件改制过的斗篷一样的白汗衫罩住驼背,一条铁灰色大短裤,露着两条爬满青筋的秸秆腿,脚上却规规矩矩地穿着袜子和皮凉鞋,正站在院子里的水缸边低头看鱼。

我恭敬地立在那里,说,范老师,我来还书了。

他艰难地把白花花的头颅连带着整个上身都向我转了过来,像在掉转一辆重型卡车的车头。他说，过来啦？又有阵子没来啦，快坐。

我把新做的椅子摆在地上，说，我看你的椅子太老了，就抽空给你做了一把新椅子，核桃木的，能用得住。

他弯腰盯着新椅子看了好几分钟，说，原来你还会木工？手真是巧。这木料是从哪儿来的？

我被夸了一句，略有些忘形，张口说，木头是从山里找的。说完这句话，我一阵后悔，慌忙打岔，范老师你坐下试试，本来早该过来还书了，就是最近又比较忙，老是抽不出空来。

他摘下那条顶花的小黄瓜递给我，说，忙着打理你的饭店？说明生意还不赖。

我惶恐地连连摆手道，黄瓜还这么小，你留着下酒吧。生意就那样，我也就是混口饭吃，现在干什么都不好干了，不比八十年代，钱越来越难挣了。

他那只干枯的手还在空中伸着，我只得把那黄瓜接住了，咬了一小口，忽然感觉到他坐在对面的椅子上正看着我的一举一动，我额头上出了一层细细的汗珠，便索性几口下去把那黄瓜吃掉了。只听他坐在椅子上说，八十年代你也就二十多岁吧，那时候你在做什么呢？

我把那根黄瓜嚼完，缓了口气才说，当年我不是没考上大学嘛，就在家里闲了两年，每天在家里跟着我妈学做饭，后来就顶替我父亲的班去厂里当工人了。九八年的时候工厂不是都倒闭了嘛，我下岗之后就出来自谋职业开了个小饭店。

他点点头，那时候能顶班算是好出路了。

额头上的汗珠悄悄凉了下去，我唯恐他话里再有埋伏，便主动问道，范老师你最近身体还好吧？

他的目光不再看我，只看着院子的某个角落说，身体还行，就是怕躺着，晚上睡下之后要想翻个身，那实在太困难了。这驼背太大，像个龟壳一样都翻不过去，必须得坐起来，再换个方向躺下去。我看见你们这些能躺着翻来翻去的人就羡慕。现在年纪越来越大，腰越来越弯，连坐起来都开始费事了，得用两只手慢慢拄着自己，半天才能起来。

我说，范老师你这背怎么驼成这样？

他说，当右派被批斗的时候，脊梁骨被打伤了，后来又得了骨质增生，也没治，脊柱都变形了，就彻底直不起来了。

我说，可不是，那时候还有人都被打死了的。

他说，其实我也差点要被打死了，不过当时我钻了个空子。我刚被下放到落雪堂的时候，村里人知道我原来是个读书人，到了晚上没事做就凑过来让我给他们讲《红楼梦》，讲《三国演义》。那时候又没电视，村里人识字的也少，晚上没什么娱乐，我就讲书给他们听，从《红楼梦》讲到《水浒传》，他们把我当成了说书人，把我家原来住的那间破房子围了一圈又一圈。后来我挨的批斗越来越厉害，晚上关在牛棚，每天挨打呀，就快要撑不住了。一天晚上，忽然有个村民进来悄悄把我带了出去，但他不让我回家，而是把我带到他家藏了起来。他家是老房子，有条以前挖的地道，他就把我藏在里面。每天白天的时候给我送两顿饭，到了晚上他就去地道里找我。你猜他要干什么？他让我讲书给他听，他不识字。我就凭着记忆，把看过的书一本一本地讲给他听。在他家地道里藏了几个月出来后才知道，当时和我一起挨批斗的那几个右派，已经有好几个都死了。我能活到今天，你说这不是钻了个空子是什么？

我手指间已经只剩下一个烟屁股了，就快烧到指头了，我还是就着烟屁股狠狠又抽了两口才踩灭。然后我说，真不容易啊。

他忽然紧盯着我那两根熏黄的手指说，你抽烟一直这么省？

我略微点了一下头，淡淡说，就是个习惯，要不一年下来烟钱也要花不少。

这个习惯是我在监狱里养成的，在监狱里没有烟抽，等母亲从外面送进烟来又迟迟等不到，烟瘾犯了就在地上捡别人扔掉的烟头抽，有的烟头已经小得可怜，可我还是有办法让自己从最小的烟屁股上再抽上一口。

他还是盯着我的指头说，我以前也抽烟，后来我老伴抽得比我还厉害，我就戒了，省下给她抽。她抽烟喝酒都比我厉害，我都由着她，人家年轻时候跟着我私奔出来，没享过什么福，还落了一身病，成天七病八痛的，要不抽点烟喝点酒，活着还有什么乐趣。

我说，你们老两口每天在一起抽烟喝酒，也挺有意思的，像哥们儿一样。

这时候毫无预兆地忽然就听见他问了我一句，你觉得我儿子还会不会回来了？

我并没有看他，只是很专心地又点上了一支烟，想了想才说出一句，这个不好说吧，主要是谁都不知道他到底去哪儿了。

他好像正盯着我的脸说话，有时候我觉得他肯定还会回来的。你看我不就活下来了吗？你知道为什么我能活下来？有时候，只要能找到一道缝隙，人就活下来了。

我只是专心抽烟，并不言语。

他又说，可有时候我又觉得他可能再回不来了，他再回不来也有他的道理。其实他并不是块做生意的料，却总以为自己什么都比别人强。大概是活在一个小村庄里，没见过世面，却偏偏比别人多看了几本书，也是被我害的，还不如踏实地做个农民。

我抬起头眯着眼睛装作在看天上的云。我漫不经心地说，都是为挣钱养家嘛，做生意也没有错的，只要不坑蒙拐骗就好。

他一动不动地看着我，你说谁？

我从天空里收回目光，笑着说，这年头骗子还少吗？有些人为了赚钱什么事都能做出来。我看现在有些骗子还专门跑到村里来骗老人，范老师你可要当心啊。

他还是坐着一动不动，嘴里说，我都这把年纪了，没钱没家产，还怕被骗？倒是我那儿子，我就怕他是在外面被人骗了。

我忽然就无法克制地冷笑了一声，说，怎么会呢？他那么聪明的人怎么会被人骗，估计只有他骗别人的份。

他的头猛地从驼背上昂了起来，他急切地问了一句，怎么，你认识我儿子？

我意识到自己刚才太愚蠢了，便抽了两大口烟来平复表情，我听见自己终于平静地说，不认识。但像你读过这么多书的人，以前又是大学老师，你的儿子怎么能不聪明。

他复又叹气道，他呀，初中上完就没再上过学，成分不好，老被人欺负。闲在家里倒是看了不少的书，后来我改正错划"右派"后托关系给他安排了个中学英语老师的工作，可他根本教不了。在学校混了两年，实在混不下去了，后来就辞掉工作跟着别人下海去了。

我嘴角还挂着一丝冷冷的笑容，我说，还有人离家十几年了又回来的，说不来哪天他忽然就站在家门口了。

想到范柳亭可能已经在我之前把范听寒的这些书都看过了，我不禁生出了几分奇怪的恍惚和悲伤，还有一种愤怒，好像我身上的某些部分和他已经交缠到了一起，我连甩都甩不掉。正胡乱想着，忽见正屋的竹帘一挑，从里面走出一个人来。

我吓了一跳，因为每次来都是范听寒一个人守着个空荡荡的大院子，没有想到屋里竟还藏着个人。这人站在屋檐下，肩膀倚着墙，手搭凉棚朝我们坐的方向张望了一会才走过来。走近了才看清楚，是个二十多岁的女孩。薄嘴唇抿着，眼睛看人直愣愣的，长着和范听寒还有范柳亭如出一辙的瘦长脸，上身一件半袖T恤衫，下身一条低腰牛仔裤，中间露着一截白晃晃的腰。光脚穿着拖鞋，露出的脚指头用指甲花染成了红色。

只见她一走过来就冲范听寒说，爷爷，我和你说过多少次了，不要见人就说我爸的事，你又不知道他到底在哪儿，谁也不知道他是不是还活着。我又不是没出过门，出门在外的人怎么可能几年不想和家里联系？

她讲的既不是落雪堂的方言，也不是范听寒的大同口音，她讲的居然是一口异常标准的普通话，字正腔圆，显得略有些滑稽。在这样一个小村庄里，忽然听到有人用这么字正腔圆的普通话说话，倒好像这普通话是偷来的，听的人只觉得比说的人更不好意思。

听她说完这几句话，我心里明白了，大约这就是范听寒说起过的他那个叫范云冈的孙女，她平时在镇上小学教书，只有周末才回来。原来今天是个周末，在山中待久了，早没有了周末的概念。以前虽没见过，但老听范听寒说起，我倒也大致了解一些她的情况。范云冈八九岁的时候，范柳亭做生意赔了，还欠了不少债，范云冈的母亲便和他离了婚，远嫁他乡。范柳亭又经常在外做生意，所以范云冈基本就是由爷爷奶奶带大的。1995年的时候，范云冈16岁，因为范柳亭的生意再次亏本，家里用钱紧张，范云冈为给家里减轻负担，便考取了一所师范学校。

事实上，她是这个国家的最后一批中师生中的一个。因为在她刚刚读完三年中师的时候，师范学校就或被取缔或经过合并改成了大专。她毕业那年，政策刚刚由国家包分配改成双向选择，她说，凭什么只能你选我不能我选你，便一个人跑到省城去找工作。在省城跑了两个月之后，又灰头土脸地回到了落雪堂，只要有人问她工作找得怎么样，她便暴躁地吼道，当初是谁让我去上中师的？是我自己愿意去的吗？后来村里人明知道她会怎么回答，还是故意要一遍一遍地问她，免费看马戏一样。

吼多了以后，她渐渐疲软下来，不再像个母金刚，索性连门也不怎么出，成天赋闲在家，不是陪着爷爷奶奶喝酒就是翻范听寒的书解闷，倒也练出了一身酒量。有一年过年前和奶奶一起出门买年货，却在村里碰到了几个放寒假回家的大学生正聚在雪地里聊天。她连奶奶都不要了，不顾她在雪地里走不动，只顾自己像个石头雕成的英雄一样，大义凛然面无表情地从他们身边经过，又面无表情地走到了自己家的院子里，直着腿进了屋，关好门窗，方才扑到床上号啕大哭起来。她上中学时有个要好的女同学，后来因为这女同学考上了大学，她便自此和那女生绝交了，连面都再不见，只要远远看见疑似对方的影子就赶紧撒腿往回跑，一进院子就关门关窗。

除夕夜，爸爸仍是没有回来，她和爷爷奶奶三个人包好饺子，煮熟了，端上炕桌。然后三个人便盘腿坐在炕桌边上吃着饺子喝着酒。窗外有鞭炮声稀稀拉拉地响着，海棠的枯枝上挂了一盏红灯笼，映着漫天的大雪。三个人喝了一番，渐渐都有些醉了，她奶奶不吃饺子，喝几杯酒，抽一根烟，然后再喝几杯酒，再抽烟，烟就是下酒的。她抢了奶奶的一根烟，点着，叼在嘴角，吐了个烟圈，对爷爷奶奶说，看我像不像个女流氓。爷爷奶奶都看着她笑，奶奶说，你还真是横了心地要做个女流氓。她又道，爷爷，你好歹也是读书人家出来的，以前还是个大学老师，半辈子就窝在这落雪堂，甘心不甘心？

她爷爷抿了一口酒，咂咂嘴唇道，前半辈子是不甘心，后半辈子倒觉得在落雪堂也挺好，每天种花读书喝酒，哪有比这更好的日子。她又问奶奶，奶奶，你从前也是有脸面人家的小姐，你甘心吗？她奶奶扑哧扑哧吸了两口烟，眯着眼睛看着她，笑而不语。她抽完一支烟，拿起酒杯，里面有半指深的白酒，她一口都喝下去了，大概喝多了，倒在炕上又是流泪又是撒娇，你们俩有一天也会像我爹妈一样丢下我不管，肯定会的。等你们都不在了，我就一个人天南海北地去流浪，死在哪里算哪里，好不好？

她奶奶叨着烟拍着她的脑袋说，我陪你一起去，我们去那遥远的地方，半个月亮爬上来。一根烟还没抽完就醉倒在范听寒的驼背上。范云冈在炕上打着滚叫道，爷爷快给我读《红楼梦》，就读黛玉和湘云在凹晶馆赏月那段，我最喜欢那段。二人遂在两个竹墩上坐下，只见天上一轮皓月，池中一个月影，上下争辉，如置身于晶宫鲛室之内。

范听寒弓腰坐着，只是慈祥地看着炕上老少两个醉鬼笑。过了午夜十二点，窗外鞭炮骤响，大雪初歇，灯笼如血，形状各异的烟花争相窜到夜空中把午夜照得亮如白昼。炕上一老一少已经睡得东倒西歪，范听寒披上衣服，驼着背，踏雪走到院子里放了一串鞭炮。然后又走到门口，借着飞起来的烟花看着院门口的那条路，路上盖着一层厚厚的原封不动的大雪。上面没有一个曾走到家门口的脚印。

范云冈在家赋闲了近一年之后，还是范听寒舍下脸皮去求了些熟人，最终把她安排到凤城镇小学当了个语文老师。

上班以后，有人劝她参加个成人高考，好歹混个文凭，毕竟中师文凭是个正在被淘汰的文凭，估计很快就要沦为古董。她嗤之以鼻，好像对自己即将沦为古董这件事毫不惊诧。她上课并不认真，总是有些失魂落魄，有一次一只脚上穿着一只黑色皮鞋，另一只脚上穿一只白色坡跟鞋就去了教室上课。上课中间觉得有些纳闷，怎么有几个小孩不看黑板只顾偷偷地往她脚上看，她自己低头一看，看到一黑一白两只鞋正像兔子一样蛰伏在她脚上咧嘴笑着。然而，她假装什么都没看到，硬是淡定地把一堂课讲完了又等学生走光了，她才踢着黑白两只兔子走出教室溜回了宿舍。

还有一次是上课中间，老觉得最后排的几个高个子男生盯着她的胸在看，她心里嘀咕，莫不是这些高个子的男生发育得快，已经萌生春情了？她反倒不好意思起来，想把两只胸尽量藏起来，不料偷偷往自己胸前一看，才发现是早晨出门时没照镜子，胸前的纽扣都扣错了。

范云冈在镇上小学教了一年多的时候，范听寒在落雪堂都听到了关于孙女的谣言，说她和镇上的一个黑社会性质的组织老大好上并同居了。范听寒一大早给自己擦了澡，穿戴整齐，拎着一只二十多年前的人造革黑皮包，坐着一路上哇哇唱儿歌的公交车去了镇上找孙女。他像只老龟一样，背着大龟壳，慢慢地从公交车站挪到了镇上小学，又和门卫解释了半天他是来看孙女的。门卫一听找的是范云冈，嘴角轻轻一抿，似笑非笑，让他进去了。

他找到单身宿舍的时候，范云冈正拿着手机在屋里和人骂架，大约电话里的也是个女人，因为他听到范云冈骂了几句忽然就把怒气刹住了，另外换了一副娇媚的湿答答的腔调，软软地像蛇一样瘆人地对着电话里说，不用急，你还没见过我和他在床上的样子呢。

范听寒扭头就走。又像只老龟一样慢慢挪回到公交车站，一口饭没吃，一滴水没喝，又坐着唱儿歌的公交车颠颠回到了落雪堂。连着好几个星期，范云冈都没有回家，而他直到死前也再没有去过一趟镇上。大约又过了半年时间，范云冈忽然回家来了，脸色灰黄，头发都不梳，只随便在脑后绾了一只大丸子。她变得愈发不喜欢说话，只喜欢在那些人少的角落里随便把自己发酵成一团，没有形状，可是旁人还是远远就能嗅到她身上散发出来的牙齿般的气息，酸凉坚硬，让人不得安宁。

又过了几天，范听寒才听村里有人告诉他，那镇上的黑社会性质的组织老大前几天忽然暴尸街头，是驱赶几个外地来的毒贩时被对方拿刀砍死了。对方拿着劈柴的砍刀，一刀砍在他胸前，划了个大口子，血喷出几尺远。又一刀砍在他脸上，脑袋顿时飞出去半个，连着头发落在路边一个老头的南瓜摊上。

我正想着她说话的口气听起来既骄傲又天真，一副见过世面又未老先衰的样子。却接着又听见她说，我看我爸只有两种可能，要么他自己犯了什么罪，怕被抓起来，不敢回家，只能隐姓埋名躲起来不让人知道他在哪儿。要么就是他已经死了，被别人害死的可能性更大。

听见她最后那句话，我的手一抖，一截烟灰齐齐掉到了裤子上。这时只听范听寒说，小孩子家不要乱说话。我掸掉烟灰忙接话道，这就是范云冈吧，听范老师说起过。只听范听寒叹气道，不是她是谁。

这时范云冈抬起眼睛直直看了我一眼。一双眼睛黑白分明，目光倨傲冰凉，里面还飘荡着一缕水草般模糊的东西。我忽然觉得一阵熟悉，再一想，是当年在范柳亭脸上也见过这种眼神。我不知道她为什么会喜欢上那个比她大十几岁的黑社会性质的组织老大，只是隐约觉得应该与她无父无母有关。我心里一阵感慨，一时竟说不出一句话来。这时只听见她对我说道，你就是那个老来我家借书的人吧，老听我爷爷说起你。我爷爷说你每次来借书都打着领带，还真是。

我心里对她有些怜悯，却也只是对她点点头，说，习惯了，对别人也是一种尊重。

她像凶猛的鸟类一样一眼又一眼地上下打量着我，忽然问，你真喜欢看书？

我说，打发时间而已，我不喜欢看电视，电视剧我都看不进去，看半天也不知道什么意思。

她慢慢晃到了我面前，目光有些挑衅，我不再看她，低下头去点烟，只听她又问，喜欢看书你为什么不去书店里买书，倒总喜欢跑到我家来借书看呢？

我吐了个烟圈笑道，为省钱呗，借书看一年也能省下不少钱。书店里的书卖得死贵，我哪有那么多闲钱买书。

她并没有撤退的意思，还在我眼角的余光里顽固地晃动着，听我爷爷说你开了个饭店，生意好吗？

我淡淡说，小本生意，勉强糊口，挣不了几个钱的。当老师多好，旱涝保丰收，还有寒暑两个假期，我羡慕你都来不及。

她的目光还像刺一样钉在我脸上，她又问了一句，你是不是还经常上西山？我吃过你带来的木耳，都是山里的吧。

我说，偶尔上山采点蘑菇木耳，饭店里做菜要用嘛，顺便捎给范老师一点，总不能白看人的书。

说完我看了看天色，做出想走的样子。她却像只小狗一样，紧咬着裤腿追着跑，西山上好玩吗？我从来没去过，哪天你能不能带我上去看看？

我笑着说，好啊，随时都可以。

说罢我再次看看天色，然后站起来说，范老师，我还有点事情要办，得先走了。我能再问你借几本书吗，下次来了还你。

那次从范家出来之后，我没有直接回铅矿，而是顺着河水穿过山林又到了那片无名湖边。我在湖边呆坐了好一会之后，起身脱掉了衣服。西边开始下沉的夕阳在湖面上铺下了一层碎金，扔进去一块小石子都能看到金色的湖面被犁开了一圈又一圈。仔细看看周围确实不见别的人影，我便缓缓潜入湖中。

我像上次一样游到湖底，找到那块大石头，黄昏的缘故，湖底看起来更加昏暗阴森，长长的水草几乎要缠住我的手脚把我永远留在湖底，那些游在湖底的鱼看起来似乎更加肥大狰狞了。我还是就着夕阳最后的光线看到了压在石头下面的那具白骨。它还在那里。还是那个姿势，好像已经在这里一千年了，看起来一点没被动过。看起来这世界上根本没有第二个人会找到它。

我游上岸时，铁青的暮色已经笼罩四野，周围的密林黑压压地朝着这湖围拢过来，我感觉自己正在一口井底，抬头看到遥远的夜空里亮着那么几点稀薄的星光。没有月亮。

我回到铅矿的宿舍，点起一支蜡烛，喝了两口酒，一边随手翻着一本刚问范听寒借到的《南北朝诗文》，一边在脑子里反复想着今天范云冈说的那些话。难道她已经觉察到了什么？她为什么提出要跟着我上山？也或许，她真的只是觉得山上好玩？

为保险起见，以后真的不能再去范家了。

我合上书本，盯着跳动的烛光发呆。烛光昏暗，把我和几件家具的影子都拉长拉虚，看上去满屋子都是影影幢幢的人，都在暗处悄无声息地看着我。夜已深，窗外山风呼啸，万木齐暗，我走过去把窗户关上，把灯花挑了挑，让烛光更明亮了些。我又想起了今天范听寒说过的那句话，有时候只要有道缝隙，人就活下来了。不错，总有些人是在这样的缝隙里求生下来的，范听寒能活下来，或许我也能。他希望范柳亭也如此吧。

我呆坐一会，又喝了几口酒，身上热起来，心里却仍不宁静。忽然那本《南北朝诗文》里掉出一张纸来，我捡起来一看，上面用钢笔抄了一首诗，诗的开头写着父亲二字，"明月何皎皎，照我罗床帏。忧愁不能寐，揽衣起徘徊。客行虽云乐，不如早旋归。出户独彷徨，愁思当告谁。引领还入房，泪下沾裳衣"。然后在诗的结尾处，我看到，"以诗一慰思念之情，先此驰禀，敬叩福安。儿范柳亭叩禀，二〇〇二年八月十五夜"。

我悚然一惊，差点把手中的书扔掉。因为，早在一九九九年，范柳亭就已经离开人世间了。

烛光再次昏暗下去，屋子里明明灭灭地多出了很多影子，都在墙上、在角落里无声地站着，看着我。

9

我拎着一瓶酒、一碗饺子和一篮果子独自在寂静的山林里穿行，我要去看我的父亲。

大约在山路上走了半个小时，我停下了，前方林间稍微稀疏的地方出现了两座坟墓，一座是我父亲的，旁边那座是我母亲的。今天是我父亲的忌日。当年他在得病之后为了能让我尽快顶班，连病都不肯治，也不肯去医院，只求速死。只是，他已经无法知道，现在的铅矿已经是一片废墟，这废墟里如今只住着我一个人。我把饺子和四色果子摆在他坟前，又在坟前倒了三盅酒，点了一支烟给他插在坟头。

我在坟前的草丛中躺了下来，阳光从树枝的缝隙里筛落下来，雨点一般洒在草丛上和我身上、脸上。在这山里，我知道在每一棵香椿树的旁边都陪伴着一棵臭椿树,知道有一种叫沙和尚的鸟能吐人言,知道各种草药的名字,知道榛蘑和猴头菇长在哪里。我想起父亲去世前的那个白天,忽然有了些精神,把我叫到床前对我说,人在这山里就算没有一分钱也饿不死的,你哪天要是走投无路了,就回到这山里来。

当天夜里,他就在昏睡中走了,再没有和我说过一句话。

现在想想,难道他当时就有某种预感?或者,他只是明白了这山林的牢靠与人世的无常?我静静地躺在他身边,还有一旁的母亲。我们一家三口相对无言,像极了多年前那个夏日的午后,在铅矿的宿舍里,父亲躺在凉席上闭着眼睛摇着蒲扇,母亲在缝纫机前赶制一件我的衬衫,我坐在桌前正翻着一本从图书馆借来的《包法利夫人》。宿舍前紫藤的花香从青色的竹帘里钻进来,沁得满屋里都是,如苔侵石井。那个寂寥的午后,我们彼此之间没有说一句话,现在我却忽然明白,那其实便是世上最坚固恒久的时光了。

此刻的父亲再不会和我说一句话,而我果真如他多年前的预言,终是有一天回到了这寂静的山林。

那是1987年,父亲去世后,我顶替他成了铅矿上的一名正式工。我第一次穿上铅矿的工作服站在镜子前看自己的时候,觉得镜子里的人完全是从父亲身上复制下来的,甚至,因为父亲尸骨未寒,我从这镜子里的人身上似乎还能闻到血腥味。而除了复制,我别无他路。在铅矿,我一开始做的是采矿工,每天下井采矿石,要在井下齐膝深的水里推矿车,每天十六七趟。

干了半年之后因为受寒腿疼,改做了风钻工,做了风钻工之后才知道为什么没有人愿意做风钻工。因为每天拿着大功率电钻钻矿石的时候,整个人都会跟着电钻一起振动,然后在工作的时候不知不觉就会射精出来，一天好几次，自己根本无法控制。反复如此，没过一段时间，人的身体就垮了，浑身无力，形如肺痨。我只好又改做了炉前工，终日在高炉前守着高温炼硅。

当时铅矿的领导可能已经开始意识到矿产资源会枯竭的问题，所以也试图做了一些防备工作，但到1992年的时候，终于还是因为矿产资源彻底枯竭，铅矿宣布倒闭。这铅矿上的一切，车间、学校、医疗室、图书馆全部跟着结束了自己的使命。我的母亲就是在这一年去世的。

我把她葬在了父亲身边。

母亲下葬那一日，山林极其静美肃穆，滤掉了人世间所有的悲喜，恍如另一个遥远星球的表面。在那里，一个脚印可以保留上百万年，而每粒微尘皆可尽享永年。那一日，我坐在父母坟前久久看着他们，就像看着两个婴儿，我想着他们在地下如植物种子般地幽暗生长，或许他们会长出这地面长成两棵树，也或许会永远如种子尘封在地下的世界里。我忽然觉得这一切都不重要，因为我们的团聚是必然的。到时候我的新坟就陪伴在他们身边，看上去就像是一个大人领着两个满脸皱纹的老小孩在山林里玩耍。

铅矿倒闭后，领导要卖机器设备，便把我留下做一些善后工作。那个白天，因为机器价格和那群来买机器的人争执了一番，晚上，我正一个人在宿舍里睡觉，门忽然被踢开，涌进一群黑影，拿着铁棒就使劲敲我的腿，把我右腿敲骨折方才离去。在医院接右腿的时候，医生说这右腿肯定是要残疾的，就是恢复得好，也会比左腿稍短一截，变成个跛子。

石膏拆掉后，右腿果然比左腿短了两厘米。在练习走路的那段时间，每天起床后，我都要有一个漫长的梳洗穿衣的仪式，穿上衬衣打上领带，再套上西服，头发三七分开，打上摩斯，穿上黑色的三接头皮鞋。越是困顿，我便越是隆重。我扶着墙练习走路，昂首挺胸地迈出一步，再迈出一步，白天晚上我都在一遍一遍地告诉自己，我不会就这样垮掉的，我绝不可能成为一个跛子。

半年之后，我走路时已经没有人能看出我一条腿长一条腿短，连我自己也不再相信我的右腿比左腿短了两厘米。这使我在以后的很长一段时间里都相信，也许就连人的相貌也是跟着人的心在生长的。

10

范听寒家门口的柳树已是浓荫匝地，被包裹在一片柳荫里的院子看起来也不再那么真实，像是用水墨幻化出来的一幅卷轴。

我忽然有些明白他为什么要种这片柳树了。

门是半掩着的，推门进去，门洞里空荡荡的，我亲手做的那把椅子也是伶仃的，好像久没有人坐过的样子。穿过门洞，一院寂寂的花树，却并不见人影。我正站在那里疑惑，忽听见屋里有人在咳嗽，便走到竹帘下，隔着竹帘问了一句，范老师在家吗？里面有人回应道，在，进来吧。我挑起竹帘进了屋，这是我第一次走进他的屋里。

屋里有一种墨汁的寒香和老年人身上的荤腥混合在一起后的奇怪味道，滞重、遥远，像黄昏里开始生锈的金属，又像月光下缓缓朽坏的竹帘。屋里有几件简单的木质家具，书架上密密麻麻的全是书，墙上挂着几幅他写的书法，白纸黑字，有一种镌刻在古老石碑上的肃穆。然后我在炕上看到了范听寒，他披着件夹衣歪在那里，看起来出奇的枯瘦，便显得那个驼背愈发巨大而坚不可摧，好像他整个人都不过是寄生在这驼背上的一株植物。我走过去，弯下腰说，范老师，你这是怎么了，怎么大夏天就穿上夹衣了？

他指指地上的椅子让我坐，嘴里说，病了有段时间了，还没全好，身上老是觉得冷。你可有阵子没来啦，我以为你不会再来了。

我坐下，从包里掏出那几本上次借的书放在桌上，又掏出一包党参。我说，最近的事情多，有点忙。怎么会呢，我还借着你的书怎么能不还回来？这包党参你留着泡酒喝吧，人参喝了会上火，但党参不会。

他盯着那包党参微微动了一下，看得出他整个人都被背上那只龟壳扣押着，动弹不得。他说，这党参也是你从山里挖的吧。

我只点点头，不想多说什么。看来这座山在我身上留的痕迹太重了，躲避都不及。

他说，你给我倒杯水吧，范云冈今天早晨回去上课了，明天才能回来。

我连忙起身找到暖壶，里面是空的，于是我又捅开炉子烧了一壶水，倒了一杯水递到他手中。我看到他的手指甲已经很长了，开始向里卷曲，也像是某一种兽类的指甲。我忽然明白，他其实离人的世界正渐行渐远。我心里一阵难受，呆坐了一会，终于开口道，范老师，我给你剪一下手指甲吧，指甲长了不方便。他沉默了一会，终于还是点点头，说，剪刀在中间那个抽屉里，我用不惯指甲刀，就用剪刀吧。

我用了很大的力气才捞起那只苍老的手，上面布满褐色的老年斑，青色的血管散发着植物根茎腐败的气息，年老的指甲则变成了一种坚固的贝类，我剪下去，手却一滑，差点剪到他的指头。一定是因为我们中间的一个人太紧张了，我以为那个人是我，后来才发现那个人其实是他。因为在后来剪指甲的过程里，他的那只手一直在微微发抖，而我的手也愈发笨拙，只勉强剪了两个指甲便停了下来。

我装作不在意地放回剪刀，心里却沉沉的，我一时不明白他为什么会忽然如此紧张，而这种紧张显然压迫着我。上次来过之后，我已经决定再不来看他，可后来我发现不行，我还是必须再来看看他。

这时候，我才发现身上已出了一层汗，和衬衣沾在了一起。我松了松领口，并没有试图要解开领带。他在炕上看着我说，你一年四季都穿衬衣打领带啊？

我说，习惯了。

他说，在这乡下，别人看你这么穿都觉得有点别扭吧？

我又说了一句，习惯了就好。

从竹帘里透进来的阳光已经开始西斜，桌上的一只老式三五座钟的秒针咔嚓咔嚓地贴着我们身边走过去，脚步幽深古老，自有一种庄严感。我坐在那里听着这时间的脚步，忽然就有了一种很深的没有指向的无力感，在这些年里，这种无力感时不时就会发作出来。我下意识地摸出一支烟来，想了想又放回去了。

这时只听歪在炕上的范听寒咳嗽了几声，又说，其实我早想对你说的，要是就为了来借书，你不用穿得这么隆重的。

我也有些急了，忙说，不是为借书，平时我一个人的时候也是这么穿的，就连在山上给兔子割草我都这样穿。

炕上的人忽然就不说话了，屋里的空气骤然黏稠紧张起来，连呼吸都有些不畅。我说，范老师，我先出去抽根烟，没办法，烟瘾犯了。

说罢，我走到院子里点了一支烟，狠狠抽了两口。落日熔金，西边的群山上猎猎燃烧着一大片金红色的晚霞，浸泡在晚霞里的村庄祥和而诡异。院子里的门大开着，我盯着那扇门出神地看了几分钟，却坐下来继续抽烟。

我悄悄打量自己身上的衬衣和领带，其实我早有预感，我身上的这些衣服迟早会出卖我的。可是就算如此，就算到了现在，我仍然不愿脱下它们。脱下它们，我怕自己只会加速质变、消失，到最后连自己都不再能辨认出自己。

院子里添了些野气的波斯菊，菜园子里的黄瓜像青蛇一样吊了很多，茄子闪着紫色的光，南瓜藤上盘了一个金黄的大南瓜。俯仰四季而动，也许还能获得一点心安。我的眼睛湿润了一下，我明白，他想要的，其实也不过就是这一点心安。

我走到那口水缸边，往里看了一眼，里面的两尾鲤鱼又大了一圈，正笨拙地在缸底嬉戏玩耍。我看着那两尾鱼，身体里面一阵不舒服，想要呕吐，连忙往后退了几步。这时候屋子里又传出几声咳嗽声。

我回到屋里对床上的范听寒说，范老师，范云冈不在，今天我给你做晚饭吧，你想吃什么？

他缩在自己的龟壳里说，不用，不用，你忙你的去吧。

我说，今天我不忙，你想吃稀的吗？要不我给你煮点小米粥，烧个茄子？

半晌他才说，你要是真不忙就给我做点手擀面吧。

我来到厨房烧水擀面，我故意把面擀得很硬，因为听他说过，必须得吃到这钢丝一样的面条才算是吃过饭了。擀面的时候，我想到他顿顿必吃手擀面，连生病时都不例外，恐怕是不敢例外，不由得一阵心酸。我盯着那烧红的炉子出了会神，水烧开了，把面下锅，出锅，浇上茄子西红柿卤头，拌上黄瓜丝，给他端进屋里。

果然，他只吃了两口就实在难以下咽了，却还是挣扎着又添了一口下去。我给他舀了一碗面汤，说，不想吃就不要吃了，吃了反倒难受。他捧着汤碗对我说,谢谢你。我坐在对面看着他像个婴孩一样小口小口地喝汤,心里忽然有什么东西汹涌而过,我脱口就说出一句,范老师,范柳亭要是一直不回来,我会一直照顾你。

他突然就沉默下去,连汤也不喝了。我自知又失言,暗暗悔恨。相对沉默半天,他终于说了一句,老是麻烦你,你也快去吃一碗面吧。我说,我中午吃多了,还不饿。他的声音似有些不满,你从来不在我家吃饭,是怕什么?

我看不清他的脸,只能感觉到他的目光正游动在我的脸上。我坐在一团透明的黑暗中,想起了当年范柳亭的目光落在我脸上的感觉,却反而心平气和地说,我不太喜欢给别人添麻烦。

过了好一会儿,他才慢慢说,如果你只是来借书,是不需要为我做这么多的,我喜欢爱看书的人。

我努力驱赶那些翻涌上来的陈年的委屈,笑道,不能白看人家的书。

他若有所思,你和当地人确实不太一样。

我说,我记得以前就和你说过的,我小时候是在海边长大的,大概十岁以前吧,后来我父母调动工作,我就跟着过来了。

他的声音忽隐忽现,我没见过海……给我讲讲海边吧。

我看着窗外的夜色说,小时候我常在海边捡贝壳捡螃蟹什么的,海边每天有渔船出海打鱼,你在海边的小饭店里能吃到很新鲜的牡蛎、蛏子、海瓜子。吃鱼的话就架一口大铁锅,把刚捞上来的鱼虾剁成块,鱼嘴还在动呢就扔进锅里焯一下,鲜得很。如果炖鱼的话把玉米面饼子贴在铁锅上,焖一会,鱼好了,饼也熟了。

他的声音更加隐幽,海边长大的,那你游泳一定好吧。

我盯着窗外的夜色微微一愣,我说,马马虎虎吧。

他的声音好像一只手一样在黑暗中神秘地寻找着什么,他说,不知怎么,我最近老在想那西山,那山上到底有什么?我们这一带雨水稀缺,但那山上能有那么密的原始森林真是有点奇怪,会不会是因为山上根本不缺水呢?你说,那深山里会不会藏着一条大河或大湖什么的,只是没上去过的人根本不知道那山上到底有什么。

我在黑暗中听到自己的心脏通通一阵剧烈地狂跳,我疑心是不是连范听寒也听到了这可怕的心跳声,然而我的嘴角只是微微笑了一下,我用过于轻松的声音说,那谁知道呢,反正我上去采木耳是从来没见过,要是有人看见了大河大湖那还不都上山捞鱼去了?只听过有人上山打猎没听过有人上山捞鱼的,是不是?

我干笑了一声,笑完觉得不妥,于是又补充道,山里怎么可能有大河大湖呢?山里是长树的地方,只有森林,对了,还有野兽。

他的声音还倔强顽固地立在我面前,你上山采木耳的时候,除了野鸡,就真的没有见过别的?比如会吃人的野兽?

我说,还见过钻山鼠,山里的老鼠个头真大,比猫还大,我觉得它们能把猫都吃下去。可能野兽们都是晚上才出来吧,晚上谁还敢上山?那不是把自己往麻虎嘴里送吗?

最末一句话,我故意把狼叫成了麻虎,似乎这样多少能证明我并不是一个完全的外地人。

他的声音终于肯委顿下去一点了,他说,是从没听人说起过。

这时候我故意开了一个玩笑,我说,范老师你到处找湖做什么?是不是想吃鱼了?改天我给你带一条大鱼过来。说完眼前却又出现了那些无名湖底的大鱼,不禁胃里一阵翻滚。

他像是立刻嗅到了什么,问了一句,你怎么了?

我说,胃疼,可能是饿的。

他嗔怪道，让你吃饭你死活就不吃，现成的饭吃一碗怕什么呢？

我想了想，说，锅里还剩点面条，那我就吃了，要不放到明天也不好吃了。天黑了，屋里的灯要给你打开吗？

他说，不用开灯，招蚊子，你快去吃吧。

我起身立在黑暗中忽然说了一句，范老师，我觉得你住在落雪堂也挺好，没有什么甘心不甘心的。

他没有吭声。

我便挑起竹帘出了屋子，来到厨房端了一碗面，就蹲在厨房前面的台阶上哧溜哧溜几口倒进了肚子里。我蹲的这个位置正好就在正屋对面，中间隔了几道影影绰绰的花影，我知道躺在炕上的范听寒隔着竹帘便可能看清我的一举一动。我大口吃完面，喝了面汤，又进厨房刷碗，动作幅度都略有些夸张，似乎我正站在旷野中灯火昏暗的古戏台上演一出不为人知的戏，而下面坐在阴影中的范听寒是我唯一的观众。

我刷了锅擦干了灶台，走出厨房，在院子里点了一支烟，边抽烟边在花影中徘徊，做出一副赏花状。我发现，只要离开铅矿的夜晚，我就会变得紧张烦躁，甚至连灯光都无法适应。

我开始想念深山里的那盏烛光，烛光之外是废墟，废墟之外是群山，群山之外是人世间，那盏烛光似乎就是这个世界的心脏。

院门仍然洞开着，我随时可以离开。可是一支烟抽完之后，我做出了决定，我在范听寒的目光注视下挑起竹帘进了屋，说，范老师，你一个人连口水都喝不上，范云冈不是明天回来吗？今晚我留下来陪你吧。

炕上的那团影子一动不动，我都疑心他是不是已经睡着了，忽又听他在黑暗中低声说，你还是回家吧，省得你老婆不放心。

我走到他平时看书的一把竹躺椅旁躺了上去，说，没事，我出来前就和他们说过，要是天太晚了我就不回去了。

他却说，里屋就有电话，还是给你家里打一个吧。

我后悔刚才要留下的决定，有时候我像个透明的魂魄一样明明看到了自己正在做什么，正要做什么，却无力阻止那个自己。有时候我又觉得我身上所有的苦行都不过是为了让那个魂魄安宁。

如果此时站起来要走又实在唐突，我只好说，没事的，你放心吧，我又不是头一次晚上不回家。

他不再坚持。

我们两个在夜色中平行躺着，如风平浪静的海面上远远漂来两只小船，月亮从云层后面爬出来，海面上铺满碎金碎银，海天一色。我在半睡半醒之间又想起范听寒抄给我的那首诗，"不知江月待何人，但见长江送流水"。这诗竟像是从波光粼粼的海面上一路漂过来才漂到了我面前。我闭上了眼睛。

我以为这个夜晚就要这样过去了，却忽听见炕上的人又开口道，我总感觉你不像是有家人的人。

我一惊，睡意全无。半晌，我听见自己干巴巴笑了一声，范老师你这话就奇怪了，我有老婆有孩子还有爹妈，一家人都生活在一起，我老婆和我妈还成天闹矛盾，这婆媳关系啊，怕是哪家都是个难题，可是你说还能怎样？难不成一辈子不娶老婆就打了光棍？无儿无女的，成天独来独往的又有什么意思？

他没有言语，咳嗽了几声，我连忙起来给他倒水。他喝了两口，隐入了黑暗中。沉默了片刻，他又道，我早就想问你一句话了，你是不是和范柳亭认识？起码见过他？

我愈发知道了这个晚上留下来的错误，与此同时，却又感觉到一种被惩罚之后的奇异快感。这惩罚迟早都是要来的。窗外一阵晚风拂过，树影和花影匍匐在窗户上，窥视着屋里的两个人。我没有再犹豫，很干脆地回答了一句，不认识。两个人又沉默了一会，我主动打破沉默，范老师，给我讲讲你儿子吧，老听你说起，但从来没有见过他这个人。

他叹息道，唉，他这个人啊，没什么好说的。我原来就和你说过的，他因为教不了书就去做生意了，我也拦不住，就随他折腾去。开始的时候还赚了些钱，这院子就是他当年刚有钱的时候盖的，一定要盖个村里最大的院子，说这是对我和他妈早年在村里串房檐的补偿。后来的生意大约就越来越不好做了，时好时坏，他也从不和我说真话，我都不知道他每天在外面到底忙些什么，赔了钱也不会告诉我，从哪里弄钱我也不知道。后来那次，他只说要出去谈生意，可出去了就再没有回来，活不见人，死不见尸。要是能找到他的尸体，我倒也死心了。我已经老了，可是你看他那闺女，谁也管不了。别看她咋咋呼呼，从小就没了妈的孩子，根本没有安全感。

我也叹了一口气，他要是真在外面被人害了，估计那凶手也逃不了的。可是你说好端端的，人家为什么要害他呢？

他没有言语，半天才说，谁知道他在外面干了什么事。

我听到自己的声音里忽然略带嘲讽，我说，范柳亭不是很爱看书的吗？我记得你说过他是很爱看书的。

他道，年轻时候是爱看书，可是看那么多书有什么用呢？

我忽然就失态起来，噌地从躺椅上坐起，声音徒然变高变粗，怎么没用呢？爱看书的人起码变不成坏人，起码不会为了钱去坑蒙拐骗。

我们之间哗一下就安静了下去。

大概已是半夜时分了，沁凉的夜色像水一样淹没了整间屋子，我恍惚又来到了幽暗的湖底，到处是女人头发一般的水草和毛茸茸的青苔，我和范听寒在这幽暗的湖底对视着。终于，我小心翼翼却又万分疲惫问了一句，范老师，如果范柳亭真的不会回来了，你会怎么样？

他沉默了很久很久，我才听到他用一个真正的老人的声音对我，或者是对黑暗中的另一个影子说了一句，那也是他的命。

我几乎泪下。我在黑暗中闭上眼睛，假装睡着了。

11

几天来，我每天都在山里转悠，终于捕到了两只野鸡，还用夹子夹到了一只獾，顺便采到些榛蘑。我把去年收成的莜麦磨成莜面，做成莜面鱼，准备和土豆片放在一起蒸一大锅。又把那只獾剥了毛皮，把肉切成块，先用獾油炸一遍，再放上茴香大料肉桂草果芫荽籽，最后倒进去一瓶红腐乳，在泥炉上用小火炖整整半天做成酱梅肉。次日又把两只野鸡杀了和榛蘑炖了一大锅。

准备就绪之后已经是农历七月十四这天。林中短暂的黄昏之后，天色渐渐暗了下来，岔口饭店很快被黑黢黢的密林吞没。我坐在小饭店里，一边抽烟一边等着客人们到来。

今晚要来三个客人，孙口心，文刚，刘国栋。平日里我们彼此之间没有任何联系，互相杳无音讯，但几年前我们就曾约好的，每年的农历七月十四见一面。近三年来，我们四个人的见面地点就定在了入夜之后的岔口饭店。

这三个人是我当年在太钢工作时关系最好的几个工友，1998年我们四人是同一拨下岗的。

1992年年底，我的腿伤痊愈之后不久，铅矿就把我们这些失业的矿工统一调到了太钢，因为当时还没有出现下岗这个说法。从我八岁来到铅矿，到二十九岁离开，在这深山里已经待了二十一年，我的父亲母亲都葬在了这大山里。太钢则地处平原，周边是一片荒芜的旷野，只在厂区院子里种了几排大白杨。厂里到处是巨大的机器，轰鸣的钢炉，摇摆的天车，喷着白气出出进进的小火车。

冬天，一场大雪之后，那些黑色的车间在白雪中愈加刺目苍凉，大白杨的顶端基本都筑着一个或两个鸟窝。树叶早已落尽，在冬日阴郁的天幕下，铁画银钩的枯枝小心翼翼地托着一个白雪覆盖的鸟窝，好像是大树把自己的心脏掏出来了。偶见一只大喜鹊离开树枝，张着黑色的翅膀露出白色的肚腹，一个俯冲飞到了雪地里觅食。

在太钢时，我一直想念着那座大山，想念那些无边无际的森林，想念铅矿里的工友们因为在深山里外出不便，倒比外面世界的人安静很多，闲暇时间不是在看书就是在下棋。心烦了就去山林里游走一遭，采蘑菇采野花，听一会虫鸣鸟叫。

1993年，能在太钢做工人还是一份被很多人羡慕的工作。刚进厂的时候，我做的工作是铸板工，半年之后我做了班长，然后是副锻长，锻长。我为太钢拟出了一套新的交接班制度，一直到1998年破产之前全厂用的都是我这套制度。

进太钢的第二年，就是我三十岁那年，我和本厂的一个女工认识三个月便匆匆结了婚，两年之后我们离了婚，没有生育子女。后来又短暂地谈过两个，都吹了，此后就一直独身一人过。

1998年5月2日，太钢宣布了第一批下岗名单。那时候我还叫梁海涛,我、孙口心、文刚、刘国栋都在名单里。太钢让我们买断工龄,一人两万块钱便卷铺盖回家,从此和太钢再无关系。

下岗之后,我折腾过很多事情,在太钢门口开过录像厅,不料后来下岗的工人越来越多,来看录像的人越来越少。后来我又开了个刀削面馆,却因为利润太薄,也没挣到几个钱。冬天的时候,我雇大卡车贩卖白菜,一斤白菜五分钱,晚上还得睡在冰窖一样的车厢里,第二天继续卖。后来身边的下岗工人越来越多,随便什么小生意,都有人一拥而上抢着去做,彼此之间还恶性竞争。为了抢生意,昔日的工友们彼此在背后谩骂使绊子,看对方的摊子上多了一个顾客,便恨得咬牙切齿,一定要卖得比对方更便宜来拉客。对方见他卖便宜了,只好又卖得比他更便宜,以至于卖一样东西只有几分钱的利润。

和我一起下岗的孙口心、文刚、刘国栋三人隔阵子便过来找我喝顿酒,互诉衷肠。我们四人经常坐在麻叶寺巷口狭窄的五元火锅店里,一位五元,酒钱另算。正值三九天,大雪已经下了几天几夜,把门都封了,早晨开门的时候还得用力往外推。窗外飘着漫天大雪,火锅店里,我们四人围坐着一张油腻的桌子,桌上的火锅沸腾着,雪白的蒸汽吞掉了我们四人的面孔,撞到玻璃上之后,顷刻便化作水珠一道一道流下去。

我们吃着火锅里的白菜和豆腐,几乎看不到肉,喝着廉价的散装白酒,红着眼睛一遍一遍商量着该去哪里挣钱。那段时间,我们唯一的话题就是怎么挣钱。几乎每次吃完都会有人喝醉,醉了便滑到椅子底下,抱着椅子腿哭。有一次我也喝醉了,吐得衣服上到处都是,我倒不记得自己哭过,但是他们后来告诉我我那天哭得站都站不起来。我打破头都想不起来,看来是根本不想让自己想起来。

就这样折腾了一年,到1999年夏天的时候,忽然有一个一起下岗的太钢工友要拉我们几个入伙做生意，说他认识一个企业家，从八十年代就开始做生意，先后开过油厂、铁厂、铸造厂，赚了不少钱。人家父母都是知识分子，人肯定可靠，现在这人要扩大铸造厂的规模，需要融资，他要找人入股，入股后一年分一次红。又说他这铸造厂已经开了好几年了，销售渠道多的是，稳赚不赔的生意，急等着扩大规模呢。我们几个又跟着那工友去他说的那个铸造厂考察了一番，果然是个规模中等的厂子，有几十个工人正在车间里忙乎着。我们又和这个企业家见了一面，瘦长脸，个头不高，但很会说话，确实像个文化人，印象很好。这次见面之后，我们四个人就约好一起入股，同进同出。随后便各自把从太钢出来时买断工龄的两万块钱都投了进去。

两个月之后，这个企业家忽然就联系不上了，他的铸造厂也忽然像聊斋里现出原形的鬼宅，厂房还在，里面却空无一人。

这个企业家叫范柳亭。

窗外夜色已至。

正当七月，玉衡指孟冬，正是促织和鸣蝉的时节。我静坐在小饭店里聆听着入夜之后大山里的各种虫鸣。虫鸣里还掺杂着几声鸟叫，我能从中分辨出猫头鹰、乌鸦、布谷和喜鹊的叫声。我还曾在最幽深的山路上赶过夜路，夜空中没有月亮也没有星星，路两边的森林已经变成了没有任何缝隙与光亮的黑森林。

可是我却连害怕都感觉不到了。自从在湖底见过那具尸体之后，就是在世上最幽暗的地方走路，我都感觉不到害怕了。

我记得，就是在那最幽深最黑暗的山路上赶路，我还是看到了几点微弱的光亮，很细很小，在我周围飞来飞去。那是几只萤火虫。

有人在敲门，我点起一支蜡烛，开了门，是文刚先到了。他进来坐下，我们先抽了一会烟，一支烟快抽完了，我才开口问他，这次是从哪儿过来的？他说，二连浩特。

我想了想，那边地广人稀，倒也是一个好去处。我说，那你老婆孩子怎么办？他说，都接过去了，小孩就在那边上学。

正说话的当儿，孙口心和刘国栋也陆续赶到了。我趴在窗前仔细看着饭店外面还有没有别的跟过来的身影，观察了一会儿不见别的人影，便放下窗帘，把门从里面闩住了。

我把煨在泥炉上的酱梅肉盛在大盆里上了桌，把炖好的野鸡榛蘑也上了桌，然后摆上一大笼屉热气腾腾的莜面鱼蒸土豆，配上一碗炖好的西红柿酱，好蘸着酱吃莜面。最后把焖在炉灰里的几个烤土豆掏出来，像敲蛋壳一样敲出裂纹，也上了桌。我拿出两坛三十年的青花瓷汾酒，也是早早为今天的聚会准备下的。

桌子的中间立了一支蜡烛，烛光忽明忽暗，四个人的脸都若隐若现。我们围桌坐定，一时都不知道该说什么。饭店之外的世界像一场大寐，我们几人遗世独立在这里。不知为何，坐在这世外的烛光里，我忽然想到的并不是别的，却是晏几道那首《临江仙》里的最末两句"当时明月在，曾照彩云归"。

如今我们四个人都分散在不同的地方，也都不再是原来在太钢上班时的名字。1999年电脑还没有普及，不像现在什么都上了网，那时候改个名字还是比较容易的，在派出所找个人，偷偷塞给两百块钱就把名字改了。每年到了农历七月十四这天，不管各自正在哪里谋生，四个人都会赶到这深山老林里来喝上一顿酒。

文刚去了二连浩特；孙口心后来去了榆林，在小煤矿里做矿工；刘国栋则躲到方山和临县的交界处种红枣去了。

我挑了一下灯花，烛光照亮了我们四个人的脸，每张脸上都看不出太多表情，灰白的墙壁上坐着我们几个人巨大的影子，像神庙里画像上的祖先一样正从另一个世界神秘地看着我们。烛光常年到不了的那些小角落则住满黑暗，不知道那些角落里究竟住着多少秘密。

我们闲扯了一番红枣和土豆的收成，又聊到现在的小煤矿马上都要不行了，估计很快就会被吞并到那些大煤矿里，煤老板们一铲煤出来就收入百十块钱的日子估计也不多了。几圈酒喝完，红枣、土豆、煤矿这些话题也被说了一圈，四个人围着一盏烛光再次安静下来。这时候在这安静中忽然听见文刚怪异地笑了一声，说，现在我很快活。

刘国栋接了一句，你快活个屁。

文刚笑嘻嘻地举起酒杯看着周围说，我们几个还能在一起吃肉喝酒，这不是快活是什么？

刘国栋说，你老娘的三七过了吧。

文刚拿手里那杯酒敬了一下屋里某个黑暗的角落，好像那里还静静坐着一个人，他仍是笑嘻嘻地举着杯子说，我老娘死在我前面是好事呢，我高兴，我最怕的就是我死在她前头了。说完仍是笑，只是越笑眼睛便越脆越亮。我把一个烤土豆扔给他，说，趁热吃。

这时忽听见孙口心压低声音说，海涛你这做派怎么多少年都改不了呢？非得穿西装打领带抹头油不可，你说你这身打扮，走在人堆里还怕没人注意你？

我低头不语。

刘国栋接话说，海涛你这年龄了还没个一儿半女，这事也过去七八年了，我看不是很要紧了，要是有合适的人，你还是找个女人生个一儿半女吧。女人不可靠，但儿女总是自己的，不然你以后老了连个依靠都没有。

我冷笑一声，我们这样的人还要什么依靠。

四个人一时又没了言语，像是集体沉到水底下去了。蜡烛已经燃成了一个矮矮的烛头，垂死的火苗却忽然肥大起来，扑啦啦地上下跳动着，感觉空气里有很多隐形的飞蛾正在横冲直撞。这时候我忽然听到一个声音，小心翼翼地、陌生地、像蛇一样正探头探脑。

海涛，你可……把它藏好了……你也不告诉我们到底藏到了哪里。

我独自饮下一杯酒，说了一句，你们放心就是。

但那个声音还继续在我们四个人中间缓缓爬行着，可千万不能被人找到了，一旦找到了，我们就都完了，你也知道的。

我手里仍捏着那只酒杯，朝那三个人的脸上轮流扫了一圈，才慢慢说，它藏在哪里，还是我一个人知道的好，这样，我死了就能直接带进棺材里。

这时候忽然有另一个声音不知从哪里斜着刺了进来，听人说你去过他家。

我去他家借过书。

借书比命还重要？

这时候，最后一点烛光倏地熄灭下去了，整个屋子咣当一声掉入了黑暗中。我的眼睛在适应了最初那种轰隆隆的黑暗之后，开始能分辨出在我面前立着的三尊黑影了。他们一动不动。我忽然打了个寒战，我想起自己宰野鸡宰蛇的手也是不曾哆嗦过的。毕竟我也是坐过三年牢的人。那点血无论对他们还是对我都真的不算什么了。

一种奇异而巨大的悲伤忽然袭击着我，我却在黑暗中连着笑了几声，然后说，我有点喝多了，我想给你们读首诗，你们不要笑我。

我当真在黑暗中昂首读道："梦后楼台高锁，酒醒帘幕低垂。去年春恨却来时，落花人独立，微雨燕双飞。记得小蘋初见，两重心字罗衣。琵琶弦上说相思，当时明月在，曾照彩云归。"

窗外一辆大卡车的车灯像闪电一样劈过去了。

"吱嘎"一声推开饭店的门走出去,我们都被头顶的大月亮骇了一跳。马上就十五了,大雪一样的月光落满了无边无际的山林,脚下银色的山路看起来纤尘不染,没有一片树叶,也没有一只飞鸟。整个世界洁净得像是回到了远古,在那里,大地正静静等待着必将到来的一切。

12

这天我刚刚骑着摩托车来到岔口饭店前,就见门上贴着一张白纸,纸上还有字。我心里一怔,从未有人以这种方式联系过我。我连忙放好摩托车,一把扯下这张纸,四顾无人,便迅速开门进去又关上门,这才站到窗前看了起来。纸上只有十几个字,每个字有两厘米大:我爷爷病危,想见你最后一面。范云冈。

看到上面的话,我简直大吃一惊,她居然能找到这里?她怎么会知道我在这里?她居然敢一个人进这样的深山老林?

我立在窗前一根接一根地抽烟,把那张纸上的每个字都翻过来倒过去地看了几十遍,竟好像一个字都不认识。抽完的烟头就往砖墙的缝隙里一插,过了一会儿一抬头竟吓了一跳,前面的墙上长出一大片烟头,毒蘑菇似的。我又使劲盯着那片烟头发了一会呆,纸上说的话可能是真的,但也可能是她在骗我。他们也许已经报了警,很多人正埋伏在那院子的各个角落里等着我。我可以假装没看到这张纸,甚至,我可以以为自己连日来都没有来过岔口饭店。我本来就不是固定营业的。

我透过窗户看着外面苍莽的山林。

没有人比我更熟悉这片山林。不可能有人找到我。

我把饭店重又关了,骑着摩托车在山路上盘旋着往上爬。车速开到了最高档,山路两边的树贴着我的耳朵嗖嗖往后疾飞,它们一边后撤一边死命把我往前推,我觉得我的加速度越来越快、越来越快,好像马上就要弹起来飞到另一个阒寂无人的星球上去了。飞出公路飞进蝴蝶谷,然后是那条崎岖的土路。就这样一路狂奔到铅矿门口方才停住。

我扔下滚烫的摩托车,回到宿舍坐在了床上喘气。外面的世界终于又被我甩在了身后。这时候一低头忽然又看到了西装的袖口,那只已经磨破的袖口。前日立秋了,山中早晚凉意顿生,我又穿上了这件西装。遥遥想起似乎早在春天的时候就盘算过,应该换掉这件衣服了。没想到,等到秋后还是把这件衣服穿上了。这个秋天和那个春天没有任何缝隙地对接上了,也就是说,对我而言,时间正在失效。我低头愣愣地看着那只袖口,像看着一道可怕的伤口,我能从里面闻出一种腐败的气味。我打了个寒战。

然后我一抬头,正好看到几本书摆在桌上,是我上次去范听寒家时问他借的。我随手打开一本,假装专心致志地看了半天,却是一页没翻。我眼前出现的一直是他那弯到九十度的驼背,看上去非人非兽。到了下午,我不再挣扎,终于把书合上了,又坐在那里抽了支烟,最后把几本书都装进了包里。

我骑着摩托车往落雪堂赶去。他家门口那排柳树依旧,我却有一种久别经年之感,恍惚觉得已物是人非。穿过阴凉的门洞,又是那片熟悉的院子,只见有几个陌生人在院子里忙乎着什么。一见有陌生人,我本能地想退避出去,忽见海棠树下横着一个庞然大物,色彩艳丽又鬼气森森,再仔细一看,居然是一具棺材正横在树下。黑漆上描画着亭台楼阁,桃红柳绿,仕女稚童。我一惊,心想,莫不是人已经入棺了?

正在这时,又看见范云冈站在屋檐下使劲向我招手,便急急走过去。虽然已立秋了,竹帘还没有来得及卸下,我挑起竹帘进去,范云冈并没有跟进来。屋里光线幽暗,弥漫着一种秋后才有的萧索和灰败。炕上静静躺着一个人,一动不动。我心里一阵害怕,朝外面张望一番,见并没有人注意我进来,便慢慢走过去,走到炕头。我看到他侧身躺在那里闭着眼睛。

他愈发奇瘦,四肢缩小如婴孩,只有背上的那座驼峰却如龟壳一般更大更坚固了,看起来他整个人很快就要缩进那只龟壳里去了。

我轻轻唤了一声,范老师。

他慢慢睁开了眼睛,全身上下就只有这双眼睛还能动,在他身上这唯一的活物看上去多少有些瘆人。我不由得后退一步,说,范老师,我来还书了。

他目光模糊呆滞,像是眼睛里有一层障子挡住了他。他忽然声音发抖,是范柳亭回来了吗?

我呆呆站着,半天才说了一句,范老师,是我,我来还书了。

他的眼睛慢慢眨了几下,好像终于看清我是谁了,这才说了一句,你来了?不用还了,留个纪念吧。

这句话忽然让我很伤感,我把几本书整整齐齐摆在他面前,说,借了就得还,要不你下次就不借给我了,等你身体好了,我再来借书。

他躺在那里,用浑浊的眼睛又看了我好一会儿才慢慢说,你来了就好,我是想告诉你,其实人这一辈子都说过假话,都骗过人的。我本不叫范听寒,我本名叫范福星,我上面有四个姐姐,我父母老来得子,所以叫我福星。范听寒是我上师专之后自己改的名字。我也没有家学,我的父母都是不识字的农民。就是当年在师专当老师的时候,我也只是一个最普通的老师。

我只觉得被他两束微弱的目光箍着,动弹不得,又是烦躁又是紧张,我口干舌燥地说,范老师,不要乱想。

他忽然笑了一下,眼睛还想紧紧盯着我,目光却已经聚不到一个点上了,这使他看起来就像正拼命看着我身后一个遥远的地方。只听他又说,我说过假话,范柳亭说过假话,你也说过假话。万物刍狗,所以,谁也不要怪谁。

我脑子里轰的一声,张开嘴又闭上,又张开又闭上,只觉得有千言万语要说,却是一个字都没有说出口。

这时只见他又闭上了眼睛,嘴里开始发出一些奇怪的破碎的谵语,我轻轻抓着他的手,不停叫他范老师,范老师。我忽然想把很多话都告诉他,这些话已经藏了太久。然而连他的谵语也渐渐熄灭下去了,我更用力地握着他的手,那只手正在我手心里迅速变凉变硬。

我连忙挑起竹帘叫人,院子里帮忙的村民们一拥而入,却见床上的老人已经过去了,便七手八脚地开始给他换老衣,又有人和范云冈商量,说范老师这驼背太大,老衣穿不上去,过会进了棺材也躺不平,要不要把弯曲的脊椎骨压断了?

我躲出去了。艳丽的棺材躺在海棠树下,一阵秋风吹过,几只血滴一样的海棠果儿叮叮当当落在了棺材上。西山上的天空被夕阳染得鲜红。

旁边的花圃里不知什么时候已经换了一片翠菊。

13

1999年9月,梁海涛从这个世界上消失了,取而代之的是郭世杰。

变成郭世杰之后,我先是坐火车躲到福建,在一个叫永定的县城开了家刀削面馆。一年之后,面馆生意渐渐冷清,我又从福建辗转来到广州做小生意,那时候的小生意已经远没有八十年代好做,做了两次小生意把身上仅有的一点钱全部赔光了,只好应聘到一家歌厅做服务生。当时是歌厅生意最红火的时候,在我做服务生期间,有两个中年富婆每次去歌厅都提出要包养我。为了躲开这两个女人,在广州只待了半年,我便又辞职去了珠海,在那里找了个偏僻的小渔村做了一年渔民。之后又向西辗转到了贵州、云南。我在每一个地方都不会待太久,所以我的行李总是少得可怜,不管走到哪里,行李箱里只有固定的三套西装、三件衬衣、两条领带,还有几本书。

一直到2004年,我终于做出决定,一个人回到铅矿。

14

我一个人在大山里走着。

秋天的山林斑斓而安静,似乎全世界的寂静都聚集在这山林里了。

我走到一棵榆树下的时候，一阵风过，满树金黄的榆叶像场雨一样落了我一身。我抬头看着这棵树的时候，便也看到高天上的云正变幻着无数种面孔。

我向那山顶爬去，黑龙峰，是方圆几百里之内的最高峰，我从未上去过，也不知道在那上面究竟能看到什么。从早晨一直爬到黄昏时分才终于上到山顶。一上山顶，我就先被那轮巨大的夕阳击晕了，它看起来那么大，那么近，血淋淋的，似乎只要我一伸手就能够着它。从这山顶上看下去，整片山林都被染得血红，有风吹过时便状如波涛。就在这一片汹涌的波涛中，我却看到了一块凹进去的癞疤，我很快明白了，那是铅矿的位置，也就是我的藏身之处。然后，换了一个角度，我看到血红的波涛里居然亮着一面闪光的镜子。我盯着那镜子看了很久，终于明白，那镜子其实就是密林中的无名湖。原来，只要有人能登上这山顶，无名湖便不再是这世上的一个秘密。

我本能地抬头看了看天空，玫瑰色的晚霞正在迅速消散，取而代之的是一大团雄壮的云堡正在我头顶聚集。云堡中间开了一处小洞，夕阳最后的光线从里面射下来，照着我和这片森林，宛如一只巨大的、无所不知的眼睛。

又在顷刻之间，狂风骤起，云堡坍塌，一场大雨将至，森林里有怒涛滚滚而来，那林间的癞疤和镜子似乎转瞬之间便会被吹得支离破碎，无迹可寻。

这一日，我骑着摩托车下山，又来到落雪堂，来到范家门口。穿过那排柳树，见门正开着。幽深的门洞里空无一人，那张小木桌和我做的那把椅子却还在原处，好像上面还坐着一个隐形的老人。我对着那桌子和椅子默默站了一会儿，然后走进院子里。

我吓了一大跳，院子里一片狼藉。一只箱子在阳光下敞着盖子，里面是一堆五颜六色的衣服,房檐下的台阶上横七竖八地铺了一地书,都晒着太阳。有几张写着毛笔字的条幅也被扔到院子里,好像正在院子里闲庭信步。各类生活用具零散扔了一地,仿佛这院子刚刚被洗劫过。我站在院子问,有人吗?

竹帘晃了一下,闪出一个人影来。我一看,不是别人,正是范云冈。如今这整个院子里就剩她一个人了,她远远站在那里,看起来分外瘦小,竟把这院子衬得空旷了好几倍。我心里一阵难过,口气倒更蛮横了,你家这是怎么了?被强盗打劫了?

她向我走过来,脑后还是梳着一只蓬乱的大丸子,眯着眼打量了我好几眼,好像这才勉强想起我是谁,说,是你啊,打领带那个。你又是来借书的吗?你还真敢来。

这最末一句话让我对她又有了几分警惕,但我还是不动声色地问了一遍,你家到底怎么了?

这些书都是我爷爷的,你喜欢哪些随便拿去,反正我都是要送人的。

我惊诧道,你爷爷的书你怎么能送了人?他自己保存了那么多年,还给好多书包上了书皮。

她耸了耸肩,两手一摊,说,我算看透了,他再爱书,死了还不是一本都带不走。留这么多东西做什么,都是累赘,不如早些送了人,还算做了好事。

我的口气忽然就有点气急败坏起来,我像个长辈一样大声训斥她,你爷爷允许你把他的书都送了人吗?

她挑起一只嘴角嘲笑我,你是我家什么人?

我自觉失言,便坐下点了支烟猛抽起来。她立在我旁边说,喂,给我一根。我瞪着她,小姑娘家抽什么烟,抽烟抽多了连肺都能被熏黑。她叫道，那你怎么还抽啊。我又抽了两口才说，我烟瘾大，年龄也大了，戒了就没什么乐趣了。说着递过去一支烟，她点着了，装腔作势地抽了一大口。我估计她的很多动作都是从电视上学的。

她一边抽烟一边说，我要出门了，说不来一走就是几年，我把工作都辞掉了。一个人守着个十间房的大院子，晚上都觉得瘆人。

我猛抽了几口烟，把自己呛得直咳嗽，我痛心疾首地说，你爷爷费多大的劲才给你找的这份工作。

只见她叼着烟在满地狼藉里游弋着，说，我八岁就没有妈了，跑了，以后再没看过我。我二十岁的时候我爸失踪了，生死不明。我二十四岁的时候我奶奶病死了，然后，就剩了我和我爷爷，我知道他也会走的。我在心里早就做好准备了，我知道他们一个一个都会离开我的，最后会只剩下我一个人。所以我早就想好了，如果只剩下我一个人的时候，我该怎么办。我总不能一辈子就在一个馒头大的小镇上待着吧。大城市我也不去，累得慌，我可能去西藏、新疆，还可能去内蒙古。你看人家那些少数民族，成天骑着马在草原上跑来跑去地放羊，喝着酒唱着歌儿，不用找工作，不用巴结人。死了就拉倒，活人也不用为死人哭，因为人人都要死。每当我想为我爷爷大哭一场的时候，我就想，我也会死的，反正大家都一样。

她说得并不伤感，我的眼泪却差点下来了，默默抽完一支烟，把眼泪硬憋回去之后才说，人家是游牧民族，和我们不一样，那种生活在电视上看看就行了。人最后都是需要安稳的，我年龄比你大好多，你听我一句，其实在一个小镇上当个小学老师真的就挺好的。

她叼着烟看天，不吭声。

我以为刚才的话起了作用，忙又继续，不要以为自己比别人多看了几本书就和别人不一样了。你爷爷还是希望你有份稳定工作，找个好人结婚，再过几年你就知道了，其实安心比什么都好。

她忽然冷笑一声，既然结婚这么好，你怎么不去结？

我心里一惊，嘴上却硬撑，谁说我没有结婚，我儿子都十几岁了，个头比你还高。

她并不说话，只是嘎嘎大笑。我这才想到，虽然我还是愿意把她当成一个孩子，但事实上，她已经二十九岁了。我忽然想到，范听寒在去世前会不会把他所知晓的秘密已经告诉了他的孙女。

我心里一动，却不再有以前那种动辄一身冷汗的激灵感。我想到了那天站在黑龙峰上看到的无名湖，它像面小小的镜子一样裸露在大地上，反射着血红色的夕阳。也许，这世界上根本不止我一个人知道它的存在。想到这里，我反而有了一种莫名的轻松。

秋天的阳光烤着我，我微微闭了会眼睛，阳光里飘着翠菊最后的花香。再睁开眼睛时，忽见她抱着两只酒瓶子站在我面前，她把酒瓶朝我晃晃，你看我爷爷存下的老白汾也带不走，我不说嘛，人活一世就是个过客。怎么样，中午一起喝点吧？

她把菜园子里最后一个茄子和最后两根黄瓜摘了，把茄子蒸了，拌上蒜泥，又把黄瓜拍了，淋上香油。又说她爷爷在缸里还养着两条鲤鱼，要不要也炖了下酒。我连忙说，我从不吃鱼。她便只把茄子和黄瓜端上来，两只酒杯里都倒满酒，然后我们就在门洞里的小木桌前坐下来对饮。

秋风带着剑气从门洞里钻过，已经明显有了凉意，她举起杯子，我也举起，我们碰了一下。她说，以后要是去了新疆西藏，怕是就喝不到这么好的酒了。我说，去了哪里都有好酒喝的，就是过了阳关玉门关，照样有好酒。不管去哪里，我还是希望你能找个好人，一个人真的太孤单了。

她挑起一只嘴角看着我，一个人太孤单了？

我不再接话。

我们默默地喝了三个来回，我放下杯子，忽然正色问道，你爷爷去世前，你是怎么找到岔口饭店的？

她用一根修长的手指轻轻敲打着桌面，意味深长地看着我说，因为镇上去山里采木耳的人曾经在你那饭店里吃过饭，你那饭店根本不在镇上。而且你那饭店里只做四样菜，过油肉、酱梅肉、野鸡炖山蘑、烩土豆。我没说错吧？

我不语，咬了一大口黄瓜，满嘴咔嚓咔嚓脆响。她补充了一句，我早和你说过，一个馒头大的小镇能瞒住什么，镇东吃肉，镇西就能闻到。

我仍不说话，又咬了一口黄瓜，正使劲地嚼着，忽听她淡淡说了一句，我男人也去你饭店里吃过饭。

我的咀嚼猝然止住，我抬头看她，我们正好四目相对。我脑子里努力拼凑着那个男人的样子，却是怎么也聚拢不成一个人形。她说的应该就是那个凤城镇上暴尸街头的黑社会老大，他居然去过岔口饭店？而我却根本不知道坐在那里吃饭的人可能是谁。

我不寒而栗，忽然却咧嘴笑了一下，牙缝里露出绿色的黄瓜。

她给我倒上酒，我又和她喝了一杯，才假装漫不经心地问道，他去我那里吃饭也是进山采木耳吗？

她那根指头似乎闲得发慌，还在不停地敲打桌面，她说，他倒不采什么木耳，他只是对你好奇，觉得你是有些来路的人。一个人为什么要把饭店开到山里去呢？

我听到自己的心脏在胸腔里很响地跳了几下，但我的声音反倒愈发轻快，我说，进山里拉木料的大车司机也要吃饭吧，总不能所有的人都把饭店开到城里去。

那根指头还在敲,发出单调可怖的声音,她并不接我的话,只说,你不是经常去镇上卖木耳吗?他早就注意到你了,因为你的穿着就和别人不一样。

我想到直到那个男人被砍死在街头,我都没有见过他一次,甚至至今都不知道他长什么样。而当我在镇上卖木耳的时候,他可能就坐在我对面正仔细打量着我。

看来今天我根本不该来,范听寒已经不在了,我却又放心不下他这个孙女,毕竟,她没有了父亲,又没有了爷爷。听她的口气,她像是已经知道什么了。

我下意识地朝着门的方向看了一眼。离我并不远,我断定我可以随时从这扇门里离开,她毕竟只是一个年轻姑娘。做好打算后,我不动声色地给她倒了一杯酒,又给自己倒了一杯,然后笑着问她,注意到我?就因为我喜欢穿西装打领带?

她也笑了一下,他说他还没有想明白你到底是什么来路,如果是一个犯过事的人,大概也不敢穿成这样。他觉得你很奇怪。

看来她并不确定。我又想到那个男人既然能找到岔口饭店,会不会也已经知道了我住在哪里。我便试探道,他在我饭店里吃完饭都不和我打个招呼?既然都认识,怎么能不去我家里坐会呢。

她微微一笑,把杯里的酒一饮而尽,说,你家?你家在哪儿?

我不说话,看着她的眼睛。

她回看着我的眼睛,说,我男人那次下山后曾对我说,他猜你很可能就住在山里。

我纹丝不动,他还说了什么?

他还说他觉得你没老婆没孩子,应该是一个人过。

我竭力用平静掩饰着内心的狂风巨浪，我看到自己端起酒杯的手又在发抖，但我还是勉强和她手里的酒杯碰了一下，一口喝干，这才说，其实他要是早说的话，我一定请他去我家里坐坐，让我老婆给他炒两个菜，我和他好好喝顿酒。

说完这话，我又点了一支烟，一边递给她一支。

她把烟点着了，叼在嘴角，锋利的眼神忽然就钝下去了。她极安静地说，没机会了，后来他死了。

我没有说话，只是埋头抽烟。

她抽了几口，不再看我，只看着门外说，他这个人吧，你可能没见过，长得特别像个坏人，打架斗殴，还蹲过监狱……他只是长得像个坏人。你不知道他其实还像个小孩，喜欢捡树根做根雕，会用麦秸编篮子，会把南瓜刻成灯笼。

她没有声音地流着泪，嘴角还叼着那支烟。

我感觉自己身体里滚烫，手脚却冰凉。我便走到水龙头前把头伸下去灌了几口凉水，一抬头，正看到那口大水缸里盘着的那两条大鲤鱼，它们不知吃了些什么，越发肥硕。我胃里一阵抽搐，又伸头灌了两口凉水。

我重又回到桌前坐下，她脸上的泪迹已经收起，那根手指重新在桌上可恶地敲了起来，她边敲边忽然想起了什么，对了，你还有个奇怪的地方，你和我爷爷说过，你小时候是在海边长大的，对吧？但是你却不吃鱼。

我盯着她那根手指看了一会才说，不是这世上所有的事都能解释清楚的，有人讨厌吃鸡肉，就会有人讨厌吃鱼肉。

她诡异地笑了一下，说，是吗？那你觉得我爸爸还可能回来吗？他已经消失八年了。

我说，我记得以前你自己不是说过吗，觉得他只有两种可能，要么是他犯了什么罪躲起来了，要么就是已经被人害了。

她目不转睛地盯着我，那是我说的，不是你说的，你觉得哪个可能性大？

我摊开自己的手心比画着，说，我不会算命，这个我不知道，真不知道。

她又独自饮下一杯酒，然后，那根可恶的指头继续在桌上有节奏地敲着，笃笃，笃笃，笃笃笃。她慢慢说，你想知道我男人是怎么看待这件事的吗？他给我讲过，一个人几年不回家的可能性有很多，比如他以前的一个狱友，判刑之后被发配到新疆戈壁滩改造，刑满之后也不能回内地，就只能在那戈壁滩里待着，和家里人也多年没有了联系，家里人都当他已经死在新疆了。又说他知道有一个年轻女的离开家里去呼和浩特的一个饭店打工，她在工作的第二天就被奸杀了，公安通知了她父亲，她父亲不敢把真相告诉她母亲，就骗老伴说女儿跟着一个有钱男人跑了，过上了好日子，吃穿不愁，就是不记得往家里打个电话。一骗就骗了三十年，他老伴直到去世前还在等着他们的女儿回家，而杀人犯是在那女的死了十多年后才被抓住。他还给我讲过有个生意人被人抢钱害命，却几年里就是找不到尸首，家里人和公安局方圆十里地找，怎么都找不到，就成了无头案。结果你猜后来是怎么找到的？邻村有个人喜欢钓鱼，有段时间老去一个很远的废水塘钓鱼，他发现钓起来的鱼都比别的地方的鱼肥大，他就感觉有点不对劲，那人胆子大，决定到水下看看究竟有什么，结果看到水底有一具被大石头绑着的尸体，尸体上的肉已经被鱼吃光了。

我刚端到嘴边的酒杯忽然停住了，她也忽然住了口，整个世界像被一把利刃齐齐剁了开来，没有一点多余的声息。我端着那杯酒，再次迅速朝那扇门的方向看了一眼。

片刻的死寂之后，我说，你那男人，死了真是可惜了。

在幽暗的门洞里，她目光灼灼地看着我，忽然间她骄傲地微笑起来，说，我一直都这么觉得。

我还是举着那杯酒，说，我想敬他一杯。然后，我一饮而尽。

夕阳西下，我们两个人都喝得有些醉了，我心中想着还是快些离开，便摇摇晃晃地站起来，说，天快黑了，我该走了，把你爷爷的书送我一本吧，用他的话说，留个纪念。

她重复了一遍，我爷爷说过，是要让你留个纪念。

我拿起一本《花间集》，打开，里面居然也夹着一张写字的纸，看起来又是一首范柳亭致父亲的家书："谁道闲情抛弃久，每到春来，惆怅还依旧。日日花前常病酒，不辞镜里朱颜瘦。河畔青芜堤上柳，为问新愁，何事年年有？独立小桥风满袖，平林新月人归后。"落款时间是二〇〇六年三月十八日。我想我真的是喝多了，我竟对范云冈晃着这张纸说，看，你爸爸的信，你看他一直在给你爷爷写信呢。

她神秘地笑了，我爷爷经常给自己写信。

我把那本书小心翼翼地揣在怀里，然后终于向那扇门走去。她跟在后面，一直把我送到门口，门口不见人影，只有我的摩托车停在那排柳树下。我又是怕她，又是感激她，我知道这一定是我最后一次来这里了，我觉得我应该说点什么，把那些本想和范听寒说的话都说给她听，我甚至想和她聊聊她的父亲，我毕竟认识他。最后我却只客套地说了一句，你走的时候，我来送行。

她又习惯性地挑起一只嘴角，看着我的眼睛说，不用卖我人情，你走了就走了，反正我也是要走了。

我一只脚已经跨在了摩托车上，另一只脚踮着地。这时候我发现她是真的在让我走，是真的。我反倒犹豫了片刻，最后还是使劲一踩油门，摩托车突突突地发动了起来，就在那一瞬间，我心里仿佛有山洪涌过，我忽然扭头对她喊道，你上不上车，我现在带你去一个地方，就在这山里，我带你去看一个你从来没有见过的湖。

她愣了一下，眼睛里忽然波光闪闪，却依然站在柔媚的柳枝下，没有动。然后，她假装什么都没有听到，只用更大的声音喊回来，你说什么，我听不见，我一点都听不见。在摩托车飞出去的同时，我看到她转过身去，消失在了幽深的门洞里。

15

我潜入水中，再次向着无名湖幽暗的湖底游去。

红　妆

1

　　1970年的一个黄昏，杨秋平一个人躺在宿舍下铺的那张木床上。
　　其他七张床都是空的，木床很旧，蛀虫在其中沙沙地穿过，像踩在一片落叶上的脚步声，浩大而悲伤的宁静。腐朽的木质的清香如钟声一般响彻黄昏里的空气。她靠着自己那卷清冷的行李，如靠在初秋的石碑上，有露水沁过皮肤，浸到身体里一个很深很深的地方。七张高低床堆积着，这间高中宿舍在二楼，窗外是一棵古老的梧桐，肥大的叶子几乎遮住了整扇窗户，绿色的潮湿的阴凉像蛛网一样无声无息地布满了整间房屋。她躺在其中像这潮湿中的一片苔藓，柔软而冰凉。
　　商燕行就是这个时候进来的。她推开门的那一瞬间，在昏暗的空气里，她们四目相对。
　　杨秋平睁开眼睛的刹那，正好看到了镶在门框里的商燕行，她背着很小的行李，薄薄地站在那里。因为逆着光，杨秋平看不清她的面孔，她周身落了一层光线，毛茸茸的，看上去如同剪影。然后，吱嘎一声，那门开得的大了些，她从那门框里走了出来。她穿着一件暗红色的衣服，一种浑浊的像铁锈一般的红，使她看起来像座锈迹斑斑的雕塑。她站在那块窄窄的空地上，目光从杨秋平身上掠过去了，像一只鸟一样。她看着周围的木床，就像站在一片丛林里一样，举目四望却有些不辨方向。她选择了杨秋平对面的上铺，尽管下面的三张木床都是空荡荡的，但她还是费力地带着自己的行李爬到了上铺。她开始整理床铺，木床开始摇晃，她们两个始终没有说一句话，但空气里明显地拥挤了。上铺木床的摇晃在突然间停住了，杨秋平迟疑了一下还是抬起了头，正好接到了商燕行落下的目光。她的目光落在她脸上时有一种什么动物爬过时阴凉的感觉，这让杨秋平在一瞬间里有些微微的恐惧。很快，她们就各自把目光收回去了。

　　这是70届新生报到的第一天，这个晚上，只有杨秋平和商燕行先到了。两个人在各自的床上默默地吃着从家里带来的干粮，混沌的、带着羞涩的、躲闪着的咀嚼声。然后铺床，准备睡觉。杨秋平躺下了，向上看去，正看到商燕行铺床的背影，她窸窸窣窣地动着，从她下铺的方向，她只看到她那条长长的辫子在晃动，像一条蠕动在床上的蛇。她便翻身朝里睡去。

　　八个女生都到齐了。开课了。黄昏，女生们都拖着齐腰的辫子，一齐上课下课，到食堂买馒头，一齐到水房提开水回宿舍。杂粮馒头是隔夜的，因为碱放多了，看上去像一筐黄色的梨。女生们坐在床上，就着开水，咬破馒头外面那层坚硬的壳，把两个馒头迅速地吃下去，粗粮的咀嚼声沙沙的，就着开水往下咽的咕咚声在空气里浑浊地、此起彼伏地回响着。一天中最后的光线从窗外梧桐叶的缝隙里筛进来，像绿色的水纹，一缕一缕地落在她们的脸上、手上。坐在侧面的床上，可以看到这光线里浮动着无数的灰尘,像无数的鱼在游动。在这样的光线里,女孩子们的脸是绿色的,手也是绿色的,像上了一层釉。

下晚自习后,教室熄灯了,在短暂而如释重负的黑暗之后,还是有第一支蜡烛亮起来了,颤颤的在黑暗中咬开了一个口。然后烛光就像水一样无声而迅速地溢开去了,站在教室外面可以看到教室里已经是一片烛光的水面,这水面是柔软的,底下却是坚不可摧的。女生们用眼角的余光暗暗看着彼此,没有一个人肯站起来先回去。直到敲钟的老人敲响了熄灯的钟声,铁钟生了锈,钟声喑哑浑浊,像很多人杂沓的脚步声。她们站起来,吹灭蜡烛,三三两两地向宿舍走去。回到宿舍,宿舍已经熄灯了,女生们在黑暗中用旧皮毛一样干枯的毛巾擦个脸,就开始在各自的床上打开了电筒接着看书。打着电筒的女生都把自己和电筒的光线小心地埋在被子里,在无边的黑暗中切割下很小一块。被子很薄,光线从棉花稀薄的地方丝丝缕缕地透了出来,在黑暗中看去,就像每张床上都撑起了一顶矮矮的帐篷,每一顶帐篷里都坐着一个守灯的女孩。在当时一个县城中学的文科班里,一个班能考上大学的学生不会超过两个。

北方的秋天很短,像一夜之间就过去了。冬天来了,教室里生了一只很小的铁皮炉,放在讲台一侧的角落里。女生们的手上长满了冻疮,开始是鲜红色的斑点,斑点开始变大,像樱桃。后来变成紫色,紫色的冻疮密密麻麻地拥挤在手背上、关节上,黄色的脓水从里面不停地流出来,看上去像一只只紫色的眼睛。冻疮生多了,重叠在一起,于是关节就变得粗大了,手看起来突然肥大而透明起来,像秋天树上成熟的浆果。从秋天到冬天,商燕行一直穿着身上那件暗红色的衣服,星期天洗出来晾干,第二天再穿上。衣服是改过的,秋天的时候,衣服下面是土地一样的空旷,没有什么轮廓,哪里都是平坦的。冬天的时候，衣服下面像发酵一样填满了，衣服下面穿上了棉袄。北方的冬天很长，洗了又干不掉，就只好一直穿着。穿到来年春天的时候，商燕行这件衣服的袖口和胸前已经被磨得发亮，在春天的阳光下像镜子一样闪着光。她固执地穿着这件衣服，躲避着所有看她的眼睛，时间长了，她几乎不和别的女生说话。

那个时候，哪个学生有件旧军装穿是很令人羡慕的，哪个女生穿着件旧军装在校园里走过，好多女生都要回头看半天，走了好远了，还有女生回头不停地张望。杨秋平有几件可以替换的衣服，但都是绿色的。她经常在星期天的时候把所有的衣服全泡在洋瓷脸盆里，脸盆里加了绿色的染料，拿酒精炉煮上几个小时，她边煮边在旁边看书。脸盆里像煮着青菜一般，一盆热气腾腾的碧绿，翻滚着四溅开来。煮完后再捞出来晾出去。所以，她所有的衣服都是绿色的，上衣、裤子、袜子、内裤。染料不知道她是从哪里弄来的，最明亮鲜艳的草绿色。衣服染出来刚晾出去的时候还滴着水，像把大大小小的草坪晾在了操场的铁丝上，湿漉漉的滴水的草坪。这样染的颜色很容易掉色，而且容易染到皮肤上，所以隔上一个月杨秋平就架起酒精炉，在宿舍里煮衣服，衣服上发出的味道很奇怪，有些含混不清，是发酵了的隔年的气味。宿舍里的其他人都躲出去了，只留下她一个人蹲在酒精炉前煮衣服。一次杨秋平在宿舍里换衣服的时候，有个女生正好进来了，这个女生猛然看见杨秋平平时藏在衣服里的皮肤都是绿色的，只有露在外面的手、脖子和脸是陈旧的蜡黄色。那层绿色的皮肤看起来像某种丛林动物的皮肤，有些可怖。这女生便又告诉了其他女生。于是女生们在宿舍的晚上都在悄悄等熄灯前的那一瞬间，那个时候大家都脱衣服赶快上床。重重叠叠的上下铺都是戏台下，台上只有一个人，就是杨秋平。她们都等着看杨秋平的绿皮肤。这事后来还是被杨秋平知道了，她趁星期天宿舍没人的时候就拿毛巾一遍一遍地擦身上。但因为穿得时间太长了，这绿色像植物一样已经牢牢地长到皮肤里面了，她把皮都搓破了，那绿色还是牢牢地长着，像一片葳蕤的植物。以后她煮衣服的时候就对周围的人说，我这是不爱红妆爱武装。她眼睛空荡荡地看着周围虚弱地说这句话，并没有具体地在告诉谁。没有一个人应答她，好像她的声音刚从口里出来就已经消散不见了，她根本什么都没有说，她们什么都没有听到。她们陆续出去了，把她一个人留在宿舍里煮衣服。

　　春天来到的时候，商燕行回了趟家，她母亲死了，她回家奔丧。她家在离县城不远的一个村子里。不久，和商燕行在一个村子里的外班女生带出来一个消息，商燕行的母亲是个疯子，春天一到，疯病就厉害了，她父亲就把她装在大木箱里，只在箱盖上打了两个通风的眼，每天晚上把一碗饭送到箱子里，其他时间，吃喝拉撒全在这只箱子里。一天晚上，她父亲打开箱子时才发现，她已经死在箱子里了。她死后蜷成一团，像只风干的鸟的尸体一样很轻很零散地蜷在箱子的一个角落里。昨天的那晚饭一口都没有动过，还静静地摆在面前，碗的周围、碗的上面是一堆一堆的粪便。那个女生说，商燕行的母亲刚嫁过来时还是好好的，后来儿子死了就疯了。那时，她那个儿子已经有八九岁了。是商燕行的哥哥。一天晚上，他从外面玩耍回来，对他母亲说，有点头疼。他母亲就让他先睡会，饭熟了叫他。他就很听话地睡觉去了，临去睡觉前很奇怪地叫一声妈，然后就什么也没有说。他母亲也没说什么。等饭熟了去叫他时，发现他睡得很沉，侧着身，脸向里睡着。她走过去，摇摇他，起来吃饭。他还是不动，她突然有些害怕了，伸出两只手去拼命拽他起来，他的头却歪到了一边。他的身体是凉的。他已经死了。从那以后她就疯了，商燕行是被她父亲带大的。到她突然长高到没衣服可穿的时候，只好穿她母亲的旧衣服去上学。她只有这一件衣服。

等到商燕行奔完丧再回到学校的时候，女生们见了她都突然有些微微的害怕，似乎她死在箱子里的母亲正横亘在她身体里的一个角落里。杨秋平也在这堆女生里。商燕行不看她们，不看任何人，她仍然是一个人走在校园的路上。鞋面上缝着白色的孝布，眼睛里坚硬得一滴泪都没有。

转眼已经期末考试完了，第一名是商燕行，她的数学是满分。第二名是杨秋平。当时的高中只上两年，再上一年，就该高考了。因为这次考试，老师们认为一定能考上大学的是商燕行。因为对一个文科生来说，数学学得好是极有优势的，而且这样的学生往往很有潜力，分数还可以再提高。果然，到下个学期的时候，商燕行的成绩一次好过一次。她已经牢牢坐稳了第一名的位置。再复杂的代数题去了她手里只要几分钟就解出来了。她像是在突然之间周身长出了一种超乎寻常的能力，散发着令人害怕的气息。

无论在教室里还是在宿舍里，再没有一个女生会和她说话。有时女生们正在宿舍里说着什么，她一进来，话题便戛然而止。在这个过程中，所有的人把目光都放在了商燕行的身上，没有人注意到杨秋平，没有人能看到杨秋平的崩溃。只有她自己看到她正在对方的光彩中一点一点消失，像泡沫。事实上，从走进这个宿舍的第一天起，从那个黄昏开始，她知道她们两个就已经开始你追我赶、互不相让的过程了，只有她们自己看到了。现在，她觉得自己被这种马拉松式的嫉妒快蚀成了一具废墟。她像堵风化的墙一样随时会倒塌。

离高考只有半年了，模考开始了。几次模考，杨秋平都是第二。第二名和第一名不过几分之差，可是这个差距被放大到了无限。老师对第一名习惯性的重视,同学对第一名的仰慕,绝不仅仅是推波助澜,那种效果其实是致命的。这时候的商燕行对学习完全彻悟了,她悟到了艰苦枯燥的学习中适合自己的方法,方法的重要在于它可以轻而易举地摧毁别的艰辛而徒劳的付出。她看起来更从容了,她的从容和安静使她的脸上突然生出了奇异的色彩。她在不动声色中成绩一次好过一次,直到把第二名的杨秋平远远甩到后面。整个文科班都被她甩在了后面。

端午过后,一年中最热的时候到了。

这个燥热的夏天里,杨秋平已经牢牢地走进了一种恶性循环。连续几次没考好使她开始怀疑自己,又找不到症结,不知自己为什么没考好。从走进宿舍的那天起,杨秋平就觉得商燕行不应该比她好。但商燕行的成绩还是让她吃惊了。她在最初是本能地奋起直追,拼命鼓励自己。她从一开始的心理暗示到后来在自己的课桌上贴满了类似于"相信自己"之类的小纸条,正显示出她的自信其实在一点点地动摇和失去。她受伤了,但没有人能看到她汩汩淌血的伤口。自尊和虚荣受伤的后果必然是嫉妒,而嫉妒的后果又必然是受伤。只有商燕行一个人注意到了她的目光,那种目光复杂得可怕,绝望,凄凉,疯狂,仇恨,还有脆弱,大片大片的触手可及的脆弱,努力而脆弱地掩藏在摇摇欲坠的平静下。她太熟悉她的目光了。走进宿舍的第一天,她推开门,站在那扇门里的时候,第一眼看到的就是杨秋平的目光,像雪一样正无声无息地落满了她的身上。这一年多的时间里,她们说很少的话,从没有一起走着去教室。她们只用眼角的余光装着对方,事实上,她们一个最微小的动作都会被对方看在眼里。

杨秋平仍和别的几个女生在一起出出进进,却暗暗用尽全力和商燕行较量。有的晚上,杨秋平正在宿舍的床上看书,商燕行进来了,她就会下意识地伸手把正看的书堵住。商燕行看都不看她一眼就朝自己的床上爬去。所有的女生都在用能考上大学离开县城的微茫希望支撑着自己，女生们在自己的床上默默看书，直到熄灯。每天晚上，杨秋平和商燕行的电筒都是亮到最后的。女生们的电筒在黑暗中像开败的花一样一只接一只熄了，杨秋平趴在床上，不抬头，但她浑身的每一个毛孔都张开了，她能捕捉到商燕行床上传来的每一点动静。她细细地听着她的翻书声，猜测着她看到哪页了。有几次她差点睡着了，一瞌睡又醒了。醒来的第一个瞬间里，她有些茫然无措，似乎忘记了自己刚才在做什么。然后，商燕行电筒里的灯光从她眼角的余光里飘进来了，她立刻清醒了。一直等到商燕行先把电筒关了，她再学一会。这时候，整个宿舍里只有她一个人的床上还亮着灯，灯光有些萧瑟和飘零。周围是一片无边的黑暗和女孩子们已经睡着的呼吸声。她提着那只电筒，像提着一只灯笼在荒野里赶路。黑暗中，虽然不知道走了多久，却是有些凄凉的、得胜的感觉。终于电筒快没电了，灯光开始发黄，像秋天的落叶，枯而脆地落在书上。她还是不忍关掉，固执地把它举在手里。那灯光在一点一点消散，像融化的冰雪一样。最后她终于在一个人的一片灯光里怅然地熄了灯。宿舍里彻底地黑暗下来了，有个女生在说梦话，断断续续的，像从很遥远的地方传出来的，像灯火一样呜咽。灯灭了之后，老鼠开始出来了，她能听到它们蹑手蹑脚走过的脚步声，她一动不动地听着，突然，商燕行的床上传来了翻身的声音。嘎吱。微弱的却是清脆的声音。声音在黑暗中像刀刃一样尖锐地划过了她的鼻翼，原来，商燕行一直就没睡着。她在床上一定不动声色地看到了自己刚才举着电筒一个人发呆的样子。杨秋平在黑暗中闭上了眼睛，一动不动，像睡着了。

　　杨秋平早上很早就会醒来，她已经不用闹钟，忧愁和恐惧极容易让人失眠，即使睡着了，也很轻很浅，任何一点轻微的动静都能让她惊醒。早晨睁开眼睛的第一件事，便是看上铺的商燕行起床没有。如果没有，她多少会平静一些，穿衣看书，如果偶尔一次比商燕行起晚了，她一整天都会懊悔自责，还有加倍的恐惧。在教室里，课上课下她都会用眼角的余光注意着商燕行在做什么，在看什么书。她可以连着几个小时保持着一种看书的姿势，她专注到不把目光移开书半寸。

商燕行坐在教室的前排，不回头就能感觉到落在后背上的杨秋平的目光，只能是她的，坚硬的冰冷的绝望的目光。到了后半年，杨秋平已经到了看都不能看她的地步。只要远远地看到商燕行的一点影子，她就立刻转身，绕别的路走开，不管有多远。再后来，她对商燕行的一切，包括名字都极度敏感和恐惧。她极力把自己与商燕行活动的时间错开，生怕一不小心看到商燕行。商燕行的一切，包括声音和气息对她来说都是匕首。

2

有一天，突然有个陌生的年轻男人出现在文科班的教室门口。他说，邢老师身体不好，以后就不能带课了，高考前的数学课就是他来带了。这个年轻的男人叫李开阳，是天津来的知青。来这里之前，他是南开大学数学系的老师。因为县中缺老师，就临时把他从农场抽了出来，住在学校后面破旧的平房里。

高考前的几个月，课都改成了大课，两节课连着上，中间休息几分钟，学生们都不出去，纷纷趴在桌子上抢着睡几分钟。李开阳一个人站在教室门口，倚着柱子抽烟。他没有目的地看着操场的方向，那里有几个男生的影子正跑过。杨秋平坐在靠窗的方向，静静地、隐秘地看着他。突然铃声响了，他掐掉剩下的半根烟头，进了教室。课间让学生解题的时候，他一个人搬把椅子坐在窗口，看着窗外。

那个夏天，他永远穿着一件旧衬衣，白色的，已经洗得发青，像受冻的皮肤。领子里明晃晃地散发着一个男人身上的气息。这气息里有一种慵懒的清冷，像一堵墙，把人挡在了外面。那慵懒的核就是一点点，那就是，他是怀才不遇的，但，他不是小城里的人，始终不是，像油融不到水里。有时候，放学回家抄近路的学生路过他住的那排平房时，站在没有院门的门口就看到他那件白衬衣正湿漉漉地挂在铁丝上，水一滴一滴地往下落，落在接水的铜盆里，发出更漏的声音。他赤裸着上身坐在窗前的灯下看书，没拉窗帘。

杨秋萍第一次走进了数学办公室，这正是下午课间活动的时间，她拿着课本走进了数学办公室。办公室里只坐着一个人，是李开阳。他正在批改一摞卷子。她轻轻走过去，走到他对面的时候，站住了。她的影子像时间一样落在了他手边的卷子上，无声的，暧昧的。他抬起头匆忙看了她一眼，又低下去，然后，像没看清楚一样，又抬了起来。他若有所思地看着她，她知道他正在记忆里迅速找她。他带着两个班，一个文科班，一个理科班。每个班都有六十多个学生。她不等他想起什么，就把课本推到他面前，用铅笔指指那道题，老师，这个我还是没理解。李开阳一边看题，一边用手指着她，过来。她羞涩地绕过去，小心地站到了他身边。她俯下头开始听他讲题，她的头发细碎地落在了他脸上。像她与他之间一条游丝般的通道，她甚至感觉到，有气息正从这头发里蔓延着，流进了她的皮肤、血液。他衬衣领子里散发出一种气味,像是从很深很深的地方散发出来的,类似于黑夜的巨大和黑甜。在那一个瞬间里,她几乎落下泪来。从此以后,杨秋平就经常在课间时间里往数学办公室跑。回教室经过窗口的时候,一教室的目光像鱼鳞一样琐琐碎碎地粘了上来。她从头到脚穿着一身绿色的衣服,衣服上挂满湿漉漉的目光,目不斜视地向自己的座位走去。再上数学课的时候,杨秋平坐在那里分外精神,腰挺得笔直,眼睛发亮。虽是很平常地坐在那里,看起来却似乎比别人高出了一个头。

再到下一次模考时,杨秋平的数学成绩忽然突飞猛进,虽仍是第二名,却离商燕行不过几分之差了。本来,商燕行把她甩开主要靠的就是数学。商燕行坐在杨秋平前面,发卷子的时候,杨秋平不动声色地看着商燕行。商燕行脸上没有任何表情,接过自己的卷子就用两只手捂住耳朵,低下头看卷子。商燕行知道,这是她的习惯性动作,她把自己的一切表情和心理都埋在这个动作里,埋得深不见底。她看着商燕行的背影,目光清澈寒冷。但李开阳对学生们考得好还是考得差,似乎并不怎么关心,他趁着学生们看考卷的时候,倚在门口抽了一支烟。然后进教室开始点评考卷。过了几天,又是一次考试,杨秋平的数学成绩又离商燕行逼近了些。离上次考试不过几天时间,在高中岁月里不过像一小步,这次考试却让所有的人都感到了杨秋平这一步里的凶狠与朔气。她无声地、狠狠地、冷冷地追了上来。

再上数学课的时候,便是一种细细的深深的喜悦,像琴弦一样,从她身体里很深很深的地方拉出来,然后,细细地,却是自顾自地响着。这喜悦像是用石子打出的水波,在偌大的教室里一圈一圈荡漾开去。波光凛冽地从每个女生的身上掠了过去。杨秋平知道,即使所有的人都感觉不到,有一个人一定能感觉到,商燕行。

杨秋平站在教室门口的栏杆前,望着空旷的操场的时候,她能第一眼在人群里把李开阳找到，即使操场上的人再多，人影再小。她都找得毫不费力，准确地说，她是闻到的。她可以在熙熙攘攘的人群里准确无误地闻到他身上的气息，那气息像河底的石子一样沉潜在她身体深处的某一个角落里。即使在睡梦中，她也能清晰地感到那气息从她的鼻翼上划过。其实，她和李开阳连一个正面都没有照过。每次她去问他题的时候，他都是垂着头在讲题，并不曾抬起头看看她的脸。而她站在一边，永远看到的是他低下头去的脖领子。所以她一次又一次地毫无厌倦地背熟了他身上的气息，像反复煮着一锅汤，一遍又一遍地温习着。可是现在，她渴望见到他，从早晨一睁开眼睛的时候，她想到，今天有数学课，她可以见到李开阳，突然全身便长出了很多力气。她轻盈地起床，洗脸，跑步，去教室。上数学课的时候，她觉得那几乎是她一个人的课堂，教室里只有她和李开阳，其他所有的人都在无声地后退，后退。她悄悄地安静着，喜悦着，同时用一种凶狠的蛮力不动声色地把商燕行向一边推去。她的数学成绩一次好过一次。在这个过程中，商燕行和往常没有任何不同，照旧一个人独来独往，坐在教室里捂着两只耳朵看书，像什么都没有发生，一切还是从前的时光，从前的人。现在宿舍里的女孩子们除了不理商燕行，也不再和杨秋平一起走了。她和她都被排斥在了她们之外。要夺第一名的那个人必须孤独。这是学生们中不成文的规矩，像血液一样流在女生中间。

离高考更近了。这天，数学课改成了自习，因为李开阳请了假，他病了。整整一天都没有看见李开阳的影子。这天晚自习上到一半的时候，杨秋平突然感到一种陌生的心烦意乱。她把目光从书上移开，突然发现商燕行不在教室里。她有些奇怪，她会去哪儿？她从没有这样过。难道，她今天也病了？提前回宿舍了？因为教室里没有商燕行的影子，突然使她觉得一片空空荡荡。周围的人影似乎都是与她无关的，只有商燕行那个豁牙缺口般的座位却是无比清晰。这时候已是仲夏，六十多个人挤在一间教室里，心静的时候自身是清凉的，一旦不安静了却是有一点点烦躁，这炎热马上就侵蚀而入。今天似乎分外地闷热。杨秋平走出了教室。从进入高中，这对她来说是第一次。她沿着校园里的那排柳树慢慢往前走了几步，脚步微微有些踟蹰，走了几步之后，她略一停顿，便转过身，果断地迈出了一步。那一步踩下去的时候仍然是有些犹豫的、悬空的，似乎是在试探着一条河流的温度。然后，那脚步就落下去了，触到泥土了，她走得快起来，她向老师们住的平房宿舍走去。

　　走到李开阳的院门口时，她停住了，屋里是熄灯的。一片黑暗，看不到人影。她想，他是已经睡了，还是出去了？他不可能睡这么早。一定不会。她以一种巨大的、奇怪的固执告诉自己。看着他的窗口竟像看着他的人，多么可怕的熟悉。一种巨大的柔情汹涌地把她淹没了，她突然觉得没什么力气，就在院子门口的石头上坐了下来，看着来路的方向。在此之前，她从没有这样找到他家里来，甚至没有和他说过一句与数学无关的话，可是，现在，在等他的时候，她却觉得无比熟悉，像是已经发生过一千次一万次了。她坐在那里，平静得不能再平静。等待着他从那条路上回来。见到他说什么？她看着墙，看着路，都在无声地笑。等了大约半个小时的时候，突然下起了雨。她想，今天这么闷热原来是因为要下雨。站在屋檐下，她伸出手去接落下的雨点，却没有想到，应该走。她被一种奇怪的力量牵引着，固执地在滴雨的屋檐下等着。雨下了一会就变小了，空气里清朗起来了，流动着新鲜的冷冷的东西划过她的皮肤。她抱住了双肩。

　　就在这个时候，李开阳屋里的灯亮了。是突然地、没有任何设防地就亮了。像是一只潮湿的眼睛在黑暗中突然睁开了。她站在那里，裤腿和鞋都是湿的，她觉得自己周身都是湿漉漉的，她怔怔地与那只眼睛对视着，像在荒无一人的沙漠里与一只叫不出名字的奇怪的动物对视。有些恐惧，是因为不知道对方是什么。却是一定要有什么发生了。她已经听到周围的空气在慢慢裂开，像块巨大的玻璃在倒塌。原来，他一直都在屋里，他根本没有出去。他屋里的灯却是黑的。这时，吱嘎一声，门开了。从透着灯光的门缝里走出来一个人，却不是李开阳，是个女人，她看了看四周，用手当梳子梳理了一下头发。是商燕行。

整个世界都安静了，只有雨滴从屋檐下安静地滴下来，一滴一滴，更漏一般，踩着时间的脚，一步一步踩过去。她像潮湿的雕塑一样站在雨帘的后面静静地看着走到了面前的人。商燕行也看到了她，那一个瞬间里，她的脚步忽然迟疑了一下，但，那只是一个瞬间，迅速得用眼睛都看不到。她的另一只脚已经跟上来了，她连贯而流利地走到了她面前，眼睛看着她，脚步却依然没有停下来，甚至，连个停顿都没有。她看着她，眼睛里全是影子，影影幢幢的像一片茂密的森林。接着，她的眼睛也过去了，只有她的脚步声还留在潮湿的雨声里，也像更漏的声音，一滴，一滴，从心口上踩过去了。

第二天，杨秋平没来上课，她病了，回了家。这一病就是一周。一周后的一个晚上，同宿舍的女生来看她了。她屋里没开灯，一推，门开了，她们几个鱼贯走了进去。她们看到了满屋子流动的月光，像在水底，家具和蚊帐是水底飘摇的水草。最初的恍惚之后，商燕行看到了坐在床上的杨秋平，月光照在她脸上，她看到了她的目光。她突然感到了一种奇怪的恐惧。那是一种怎样的目光，极其的陌生，像有另外一个人在杨秋平身体内向外看。

商燕行知道，要发生什么了。不知道是什么，但一定有什么要发生了。

3

但什么都没有来得及发生。

杨秋平病好后刚到学校的第一天就听到一个消息，今年高考取消。所有的学生各自回各家各公社。所有的学生这才怀疑，其实学校里的老师们早已知道这个消息，只是一直不忍告诉学生们，不忍把他们命悬一线的挣扎彻底掐断，于是由着他们挣扎，再挣扎几天吧。两年时间积累起来的巨大惯性怎么能说掐断就掐断。猛然停下来的学生们就像被砸伤了一只翅膀的鸟一样，还是要不顾一切地往前飞一段时间，然后才慢慢地落在地上。这个过程里是看不到血光的，但老师们还是迟迟不忍。直到高考前。几天时间里，学校里的学生就走光了，像一地落叶遇到了秋风，转眼就烟消云散了。每个学生走时都背着自己的一卷行李，像一只只蜗牛背着自己的壳，向校园外移动。

商燕行先走的，她背好行李，把脸盆毛巾装进一只网兜里也挂在背上。她微微驼着背，经过杨秋平身边时，她忽然就对她笑了笑。因为微微驼着背，她的目光和笑容都像是挣着向上生长出的植物，倔强，寒冷。然后，她从她身边走了过去，在那扇门里消失了。杨秋平想起那个黄昏，她就是突然在这扇门里出现的。突然之间，她就像从来没有出现过一样消散了。杨秋平知道，高考取消，伤得最重的人其实只有一个，就是商燕行，因为，她是最有可能考上大学的那个学生。所以她只能最疼。她又想起了站在李开阳门口的那个晚上。现在，她们扯平了。

　　杨秋平家就在县城，她住校是为了节省路上的时间。回了家放下行李时，她才感到了真正的恐惧，到处是时间却无法打发的恐惧。现在手边都是无边无际的苍白的时间，却不知道该怎么过。她几天几天地不说话，沉闷着，母亲叹着气说，今年年底我办退休吧，你顶上我的班。母亲是机床厂车间的工人，蓝帆布的工作服上常年散发着一种陈旧的油哈气。她还是不说话，每天自动把做饭刷锅提水之类的事情全做了。就这样半年过去了。这半年里，杨秋平几乎没有出过门，偶尔一次出去买个盐醋要和人说话的时候，竟像在黑暗中待久了猛然见了阳光的人一样，疼痛陌生地抽搐着，却说不出话来。然后，这半年之后，即使她终日不出门，还是听到了一个消息，是母亲带回来的，商燕行要结婚了。

　　那是个中午，她正在和面，听到这话，她把两只因为沾满面粉变得肥白的手从面盆里抽了出来，开始搓手上的面，搓下的面像一条条白色的小鱼一样翻滚着落进盆里。像是过了很长很长时间之后，一双手像埋在面里的骨头渐渐浮出来的时候，她突然低低地问了一句，和谁？声音很平稳，像走在无风而光滑的水面上的脚步。她说这句话的时候仍然看着自己的手，手指很长，一望无际地伸展出去，指甲缝里，褶皱里，是刀刻上去一般的绿色。已经长在了皮肤上。母亲没有看她，边洗菜边说，好像是剧团那个弹扬琴的男人，四十多岁了，还死过一个老婆。最后一条面鱼随着这句话的尾音翻滚着落进了面盆，像落进了一面池塘。她的脸向那只白色的瓷面盆俯着，秋日的阳光从窗口落进来，落在了她侧面的脸上，也落在瓷盆上，都闪烁着一种奇怪的光晕。

又过了一个月，马上就是中秋了。这天黄昏，杨秋平正一个人蹲在院子里洗衣服，门口进来一个人。她是逆着光线走进来的，杨秋平眯着眼睛抬起头看她的时候只看到一个毛茸茸的轮廓。那轮廓的核是一团红。近了，近了，像是海面上的大雾里跳跃出的一轮明月。奇异地明亮和遥远。是商燕行的脸，她穿着一件崭新的红衣服站在离她一尺远的地方，正看着她。她也看着她。高中两年时间里，商燕行一直穿着那件暗红色的肥大的衣服，她母亲的衣服，那衣服穿在身上简直空旷得像间房子。里面都是她母亲的气息，她自己却连一点轮廓都没有。现在，她突然穿着一件自己的衣服，并且是那时候大街上少见的红色，一种鲜艳得有些凄怆的红。杨秋平突然就有些不忍再去看，低下头来。她突然明白，过去的两年里，她其实一直没有看到商燕行，其他人也没有。她被一件衣服套着，她被一件母亲的旧衣服囚禁了两年。她从没有想过，商燕行的一切有一天会从那件衣服下面汹涌而出。像潮水哗哗退去一样，她的胸，她的腰，她的脸，全浮出来了，原来都是这么的清晰，在一天中最后的光线里，她一双波光闪烁的眼睛斜斜插入鬓角，波光是柔和的，因为要嫁人的缘故？这快要成为新娘的女人在这个黄昏里美丽得有些遗世独立，她站在那里的时候凄艳得像枚岁月深处的标本。她来告诉杨秋平去参加她的婚礼，然后，她就走了。杨秋平坐在脸盆前，捞出两只湿漉漉的手，水珠像更漏一般滴答滴答地落下去。杨秋平一直坐着，直到天彻底地黑下来。她这个时候才明白了，那天夜里，为什么从李开阳的房间里走出来的不是她，而是商燕行。他是南开数学系毕业的，原来，他竟是这样的敏锐，或许是长期接触数学的缘故？隔着厚厚的衣服，隔着千篇一律的岁月，他能敏锐地闻到那些衣服下面身体深处的气息。原来，那个时候，他就已经知道，商燕行是这样的。

她往数学办公室跑了那么多次去问他题,她的数学成绩后来在突飞猛进,却都不足以换来他对她多一点注意,甚至多看她一眼。他认真而端正地讲题,完全无视她的性别,她在他那里,只是个学生,只是个壳,里面可以是任何人。原来,他早已经用目光剥掉了她们身上的衣服。原来,他早已是什么都知道的。现在,商燕行嫁的不是他,可是这与她自己又有什么关系?原来,她是从开始就没有过机会的。从来没有过。她守着那盆水,木木地坐着,直到月亮爬了上来,水盆里落进去一个,像一枚银币。

商燕行的婚礼,她终究没有去参加。因为是赋闲,没有一点收入,每花一分钱都要靠父母。虽是在自己家里,却有步履维艰的感觉,倒似乎是被困在了一座孤岛上一般,每走一步都有些山穷水尽的恐惧。因为没有钱,做什么都要衡量着,尤其是需要花钱的事情。又因为没有一点点可以拿得出手的变化发生,所以她干脆连着几个月没有出门,就像生活在深山里一般,有了一日千年的感觉,连个走动的去处都没有。因为吃家里的,喝家里的,年龄又实在不算小了,心里便老觉得愧疚,于是家里的活能干什么都抢过来干。但她还是终日阴郁着,说很少的话,像屋里角落里的一棵恹恹的植物,自残般地冷清着,萧索地把周围的人都推开。母亲叹气道,成天木着一张脸,好像谁都欠了你一样,找不下工作倒成了我们的不是。罢罢罢,谁让我生下你,这也快年底了,我提前退休了,你过了年接我的班吧,不用每天在家里给我们摆脸子看。反正就是上辈子欠了你,这辈子该还你。杨秋平就愈发地不吭声,动作迟缓地干活,一只碗可以刷半个小时。白瓷的碗上有水珠蜿蜒着爬下,也是时间的脚。

总算挨到了年底,想想不过半年的时间却像过了几个世纪那么长,这中间竟是每一分每一秒都是掐着过来的,因为一分一秒地过,日子都是不连贯的,像一条锈迹斑斑、四处被堵的水管,喑哑地挣扎着却也流过去了。小年一过,年味就出来了。那天,母亲一边在灶王爷的牌位前摆糖瓜,一边头也不回地对她说,商燕行进剧团了,还是正式的职工。听说是她男人教会了她弹扬琴,她会扬琴了,就把她弄进去了。这姑娘,心眼多得快成马蜂窝了,我说怎么就愿意嫁给比自己大二十多岁还死过老婆的男人。啧啧,不是一般人啊。看看人家,还用在家里等着工作逼着我们退休?母亲摆弄着糖瓜,糖瓜在屋子里迅速地融化着,有一颗沾到了她手上,甩也甩不掉。她看着母亲的那只手,觉得这只糖瓜像自己,甩也甩不掉。

　　像商燕行那样找个人嫁了?又嫁给谁?对李开阳,自从那个晚上起,她就不敢再朝这个方向靠一步了,究竟还是伤了元气。她不像商燕行,是得胜方,所以才会心平气和地嫁给一把扬琴吧,哪里是男人,分明就是嫁给了一把扬琴。难怪在高考前当她的数学成绩突飞猛进的时候,商燕行都没有过一点点恐惧,原来她是早知道她已经败在她手下了。大约从那个时候起,她和李开阳就已经开始了吧?她进他的屋子,熄了灯,乱了头发也一定不是第一次了。她天天和她睡在一间宿舍里,居然一点都不知道。她天天拿着课本跑到数学办公室站在那个男人身边的时候也不知道,他心里正想着谁。现在,她连工作都没有,哪个男人肯娶她?现在的男人生怕女人把自己拖累了,若是他自己有工作的,断断不会娶没有工作的女人。若是找个没工作的男人,两个人又怎么生活。她一边想,一边剥着过年用的瓜子。脑子里想地多了些,手上便也快了,噼里啪啦的,手边已经堆积起了一座壳山,黑白相映,像剪碎了的照片,不成人形。一使劲,一个尖尖的壳刺进了手指里,红豆大的血珠渗了出来,像珠子一样挂在手指上。

　　春天的时候,母亲的退休手续办全了,杨秋平接了班,正式进了机床厂做了工人。她穿着深蓝色的工作服，深蓝色的工作帽，帆布白手套。下班后骑自行车回家，仍然是要回家住的，不然住哪儿？下班后，她换下工作服再回家，工作服上一层油腻，穿着像盔甲。上班后，她添了几件衣服，灰色的，黑色的，最不引人注意也一定是最安全的颜色。她不再穿绿色，却也绝不穿红色。那红色和绿色像两只蚕茧一样，各自包着一只蛾子，绿色的包的是一段不愿回首的时光，像败下阵来的人绝不愿提起那块战场。红色包着的是一个女人突然浮出水面的影子，美丽、邪气而坚硬。似乎是这红色突然给了那女人脱胎转世的灵魂。茧子随时都会被这两只蛾子咬破飞出来，所以她绝不穿，碰都不碰。只是，至今，她脱了衣服仍然可以在镜子里看到自己被染成绿色的皮肤，深藏在衣服里，不见阳光也不见人，像背阴处的冰雪一样不肯化掉。她端详着镜子，想起自己当年的那句话，不爱红妆爱武装。她一个人无声地开始笑。

　　骑着自行车回家的路上，还是碰到过商燕行几次，她也是回家。杨秋平却发现，从那次见过商燕行之后，她居然也再不穿红色了。那件红色的衣服像是她的一件蝉蜕，一次之后就被丢弃在时光里风干了。但她不得不承认，商燕行从那件红色的衣服里褪出来之后似乎真的脱胎换骨了，她高高绾起头发，穿着黑色的高跟皮鞋，皮鞋的声音清脆地钉在一条街上。她走过的时候身上带着一种奇怪的气场，掺杂着扬琴上桐木的木香和琴弦上的清冷。她不看人，目光远远地、虚虚地从一切之上掠过去，看着前面一个遥远的地方。杨秋平觉得她的两只脚底下是空的，腾空过去的。每次见到商燕行，她都在暗暗注意她身上衣服的样式，她惊讶，她怎么凭空就生出了这么多衣服的样式？她现在简直像石缝里出来的那只猴子，没有成长，没有拜师，没有过程，就无师自通地学会了这么邪气的方式，似乎就是从石头里带出来的。

后来一次她去裁缝店里做一件衣服的时候，突然发现自己向裁缝指手画脚说的样式，正是上次见商燕行穿的样子。她突然就住了口，那只手也停在空中，像只皮影。她颓然地对裁缝摆了摆手。她一直在使尽全力，不让商燕行超过自己，可是，现在，自己怎么已经到了这样的地步，竟然走在她身后模仿她？上高中的时候，大家都觉得学习之外的东西都是罪过，可是现在呢？什么又是罪过？难道她已经连一点自己的余地都没有了吗？她终生就要在她身后了吗？

杨秋平经常想起李开阳，想起这个男人在这个县城的中学里也不过是个临时的代课老师，连自身尚且不保，所以商燕行直直跨过他，嫁给了剧团的扬琴师。想起来她竟觉得是心酸的。她也许是在知道高考取消的同时就决定了吧，学一门手艺，让自己不至于饿死的手艺。最后她选择了扬琴，她选择了一门乐器作为手艺。乐器，既是女人这只瓷器上的装饰花边，又是她谋生的工具。多么好。那李开阳呢，他又算什么？杨秋平听别人说，他至今还是单身，还住在学校的平房里。他的家在天津，在这个县城里，他不过是一片飘来的叶子。他和小城里的人始终是隔着一层玻璃，互相张望着，但谁也摸不到谁。她决定去看看他，她告诉自己，去看看他。那么多戛然而止的不甘心像水波一样推着她，去看看吧。

她推着自行车站在校门口的时候却踟蹰着不敢往前走了，原来她终究还是怕见到他住的那排平房，就是在那门口，灯突然亮了，商燕行从里面走了出来。那对她来说，就像一个战败之地，不能回首也不能故地重游的地方。学生们正是吃饭时间。校门口几乎没有人，她正犹豫着要不要往回走的时候，却看到一个人从学校里走了出来。只一个模糊的影子她就知道，是李开阳。她立刻紧张起来，连忙抓起停在一边的自行车，做出正要骑车的样子。这时候，李开阳已经走到她跟前了。她看着他，他也有些迟疑地看着她，但两个人什么都没有说。就在他们要擦肩而过的那一瞬间，她轻轻叫了一声，李老师。李开阳又回过头来，我就觉得你好面熟，是33班的吧。她笑，表示认可。他又简单地问了句现在做什么，参加工作没有的话，然后就走过去了，说他要去商店买点东西，又问她在校门口做什么，她连忙说，李老师，你忙去，我等人呢，估计快出来了。说着，做出向校园里张望的姿势。李开阳过去好长时间了，她还是那个张望的姿势，好像真的会有人从学校里走出来。她甚至很认真地做出焦虑等待中的表情，甚至看了看手腕上的表，不耐烦地拧着自行车把。她僵硬地表演着，甚至都没敢看一下周围有没有一个观众。但这并不重要，她完全是演给自己看的。最终，在戏收场的时候，她还是没有忍住。在她骑着自行车离开校门口的那一瞬间，她的眼泪就下来了。她也不去擦，泪水迎着风斜斜地向后滑去，像两条丝带般柔软。她近于自虐地又痛快地任它流着，她告诉自己，看到了吧，他连你的名字都不知道，他甚至记不清你是不是他的学生，你给他留下的所有记忆就是，有点面熟。

晚上，她一个人坐在灯下，看着镜子里的自己。灯光有些发青，落在她脸上，也是一层淡淡的蟹壳青。她把自己的眉、眼、嘴巴，一样一样细细看了，死死贴着镜子看，像是要把自己嵌进去才能看得真切。看过了，她又对着镜子做了几个姿势，然后猛地回过头，看着镜子里的自己笑了，笑得有些陌生。她想，凭什么他看上的就是商燕行，不过是因为她主动罢了，她先找的他，她进他的屋子里找他。她把灯关掉吧。而她现在已经嫁给了别人，她还能怎样？他不过是中学里一个代课老师，而自己现在是国有工厂的正式工人，她为什么不能去找他？

4

杨秋平再去找李开阳的时候,没有在校门口停留,那点狠劲还在她身上留着一点余温,借着这点余温,她骑着车子直直走到了他住的院子门口。正是下午下班后的时间,老师学生们也都在休息。她一站到这儿就想起了那个下雨的晚上,就是在这儿,她淋着雨,然后看到灯亮了,商燕行出来了。她像一面旗帜一样站在她面前,然后从她面前走过。不知哪个地方突然就疼了一下,这疼痛却突然生出了很多力气。她放下自行车,几步便走上前去敲门。门开了,李开阳站在门边看着她,目光还是迷惑的、遥远的。这遥远在一瞬间让她有些撕心裂肺,他怎么能这样,一次次地记不住她?一次次地把她往外推?为什么就这么对她?她力大无穷地往里走,一进去就看到桌子旁边有一张单人床,白色的床单很干净。她出神地看着这张床,那个晚上,商燕行一定就是在这张床上吧。胃里突然就一阵翻滚。李开阳在她身后说话了,你找我有什么事吗?杨秋平回过头,逆着门里的光线看着他,看了许久才说了一句话,我来你这儿坐坐,我是你的学生。他说,我知道。她不再说话,眼睛躲闪着打量着这间屋子,背过身去把眼睛里的泪影硬是吞回去了。

她在李开阳的屋子里一直坐到窗外的夜色汹涌而入,黑暗像长着手和脚一样,四处乱走,整间屋子很快就被淹没了。她一动不动地坐在黑暗中,他在离她很远的床沿上坐着。他的影子在黑暗中一点一点融化着,只剩下了两个反着光的眼镜镜片。她觉得身体深处伸出一只手来,直直地伸到喉咙间,张开。她有点口渴和眩晕。这时,他说话了,遥远地,像在河流的对岸一样,不早了,你该回了。

　　杨秋平第三次来找李开阳的时候,天黑下来了,她向外走去的前一秒钟里,突然把脸转向他,两个人的脸几乎就贴到一起了。她清晰地感觉到他的呼吸落在她脸上,她听到整间屋子里都是她的心跳声。突然地,借着最后那点狠劲的余温,她上前一步伸出双手抱住了他,把下巴放在了他肩上,低低地问了一句,你不是也是一个人吗?你就不想结婚吗?他不动,却也没有任何身体的回应。半晌,他突然说,我不定什么时候就回天津了,我不能在这儿成家。停顿了一秒钟之后,他突然又说了一句,你不要把鼻孔向着我的脖子,我很痒。她呆呆地把那个姿势又保留了几秒钟之后,突然地就把环着的两只手松开了,就像一只手镯从中间断开了。她一声不吭地向外走去。他告诉她,她连进来的一个窗口都没有。

　　就这样,一年过去了。杨秋平在工厂里干的活是给生产出的工具镀锌。她带着两只橡皮手套,站在锌池边,把生产出的金属工具扔进去泡着,再打捞出来。那些铁灰色的金属工具进去了再出来的时候,就像银鳞闪闪的鱼儿上了岸,争先恐后地闪烁着,跳跃着。厂里的年轻小伙子不少,平时上班的时候,大家都穿着一样的工作服,戴着工作帽,像相同的植物一样散布在工厂的各个角落里。就是脱了工作服,也从没有哪个小伙子留意过她。厂里年纪差不多的女孩子们都在谈恋爱,唯独她的周围,空旷荒凉,像一片沙漠一样寸草不生。回了家之后,因为她要把每个月工资的大部分交给母亲,两个人之间有了短暂的安详,很多的琐碎自觉沉到了水底,水面上便一片平静。可是,偶尔有石头冒出来,便是因为她的婚姻。母亲比她着急,一天晚上,正吃着饭,昏黄的灯泡因为瓦数小,就吊在头顶直泻下来,昏黄的灯光像雕刻刀一样把她的五官剥得无比清晰。母亲看着她,突然就说话了,这么大的人了,还是不知道收拾收拾自己,你照照镜子。就是个一根筋,看人家穿军装就只知道穿绿色,军装不流行了就只知道穿黑色灰色,每天穿得像个大妈一样。你也学学人家商燕行,一个农村姑娘把自己的工作给解决了,还把自己嫁了出去,看看人家。杨秋平因为每个月要上缴工资,没有一点心虚,冷笑着说,我现在没混着吃你的口粮吧,你用得着这么着急吗,不就是嫌我丢你的脸吗,你要觉得她那么好,你也生一个去。她倒是嫁了,那和把自己卖了有什么区别。你倒问问她去,她现在过得好不好。

　　这晚之后,母亲和杨秋平就一直不说话,这样过了一个月的时候,母亲先和她说话了。因为她带回来一个消息,商燕行今天又结婚了。商燕行和剧团的扬琴师已经悄悄离婚几个月了,现在她第二次结婚。你知道她嫁给了谁?杨秋平正在洗菜,她不看母亲的脸,不做声,连眼睛的余光也拼命地躲闪着,这时候,她母亲偏过头对她说了三个字,李开阳。她还是一声不吭,继续洗菜。她像洗衣服一样把绿色的菜叶按在水里,使劲地按住,搓洗,像当年她用绿染料煮着的一盆衣服。洗到最后,她唱起了一支歌。听不清歌词,却一个中午听到她在厨房里反反复复地唱过来唱过去。吃完午饭,她又抢着刷了锅,仔仔细细刷了两遍,把筷子整齐地码好,才说,去上班了。便出了院子。她一个人木木地走着,却不是向工厂的方向走,她走到老城墙下,一个人爬到破败的、长满了荒草的城墙上坐了下来。她急需要把自己先藏起来,先找个没有一个人的地方躲起来。一中午的时间,她使尽了全身的力气做饭、吃饭、刷锅,现在她真的是一滴力气都没有了。她趴在城堞上,像是睡着了的样子,一滴泪都没有。这一切的一切大约是从商燕行走进李开阳的屋子的那个晚上就开始了吧,从那个晚上他们也许就约好了吧，商燕行先嫁给那个剧团的扬琴师，把他的手艺学到，再让他把她调进剧团，然后，一年以后，感情不和，再离婚。然后，他就一直在那儿等着她呢，就像在一棵树下等着那颗看着长大的果子，知道它哪一天熟，最后，他把她安然无恙地接住，然后，他们结婚。而那个晚上，她正站在雨里等着他回来。我不定什么时候就回天津了，我不能在这儿成家。他居然说得那么逼真，那么不留余地。早已经是排好的剧情，她居然还在这灯火阑珊里跑了跑龙套，充当了一个配角。他们像设计一个阴谋一样设计好了一切，却把她扔在一边随她疼痛着。

整整一个下午，她就那个姿势趴在那里。她真的不想动，也动不了。她觉得自己现在就是一盘沙，稍微一动就会散得到处都是，无法收拾。无数个零零碎碎的感觉在她身体里像鱼一样游动，像牙齿一样咬着她的五脏六腑和她的血液。她就是没有一滴泪。她似乎突然之间被风干了。像一片干脆的树叶。一直到太阳开始落山，夜色从四面八方生长起来的时候，她还是不想动，不想回家。这时候，城墙上又上来一个人，只是她没有感觉到。这个叫王跃武的年轻男人经常在黄昏的时候上城墙上吹段口琴。这个黄昏，他一爬上城墙便看到前面趴着一个人。他吓了一跳，然后慢慢走过去问杨秋平，你怎么了。她不说话，仍是闭着眼睛，他有些害怕了，在她额头上一摸，没有发烧。他便说，天黑下来了，你还不回家？说着拉起她的一只胳膊。杨秋平眼睛都没有睁，就软软地倒在了王跃武身上。

王跃武扶住她说，你是不是病了，我送你回去吧，你家住哪条街。说着，他往前迈出了一步。但他又停住了，因为，她没有动。她像怕摔倒一样伸出一只手扶着他的腰，这是一个类似于拥抱的动作，带着含混不清的类似于暗示的东西。就是这个动作让他停住了。天边还有一天中最后的一缕光线，金色的，涂在她脸上，使她带着一种非人间的美和绝望。四周再没有人影，只有风掠过芦苇的声音，似乎整个世界就剩下这种声音了。整个世界荒芜了，就只剩下他们两个人了。她那只手仍是死死地放在他的腰上，像要拼命抓住些什么才不至于被淹没被卷走。那只手里有类似于血液的东西正从她的身体里汩汩地流进他的身体里，冲刷着他。他的身体成了一处河床，似乎有很多的时光过去了，无比漫长。他伸出一只手，托起她的脸，她的脸是苍白的，嘴唇却是要烧着了的颜色。他慢慢地伸出两只手去，试图去拥抱她。她便缓缓倒在他怀中，像是没有任何力气。又像是过了许久之后，天完全黑下来了，他们还是那个姿势没有动。他的一只手举起来了，试探性地摸索着，最后停在她衣服的一颗扣子边，像一只船无声无息地靠岸了。略一犹豫之后，那颗扣子被解开了。她没有动，然后，是第二颗扣子。

那晚，把她送到家门口的时候，他对她说，你要是想再找我，就在天快黑的时候上城墙，如果不下雨，我每天这个时候都在那里吹一会口琴。杨秋平什么都没说就进去了，关上了门。几个月后的一天中午，杨秋平正坐在院子里洗衣服，母亲在旁边刷锅。这时，杨秋平洗完了，她站起来把那些衣服往竹竿上晾。在她伸出手臂直起腰把一件衣服往上晾的一瞬间里，她的整个侧面的线条便全露出来了。母亲这时候抬起头捋了捋耳边的头发，那只手突然停住了，她一动不动地看着杨秋平，她看到了她的侧面，她已经微微隆起的腹部像一把锋利的刀刃飞进了她的眼睛里。她眼前一黑，几乎摔倒。她用一只手按住了胸前，缓缓地、缓缓地张开嘴，叫了一声，平儿。杨秋平转过头看着她，她说，过来。杨秋平向她走来。她说，到我跟前来。杨秋平蹲下来，蹲到了她面前。她那只湿漉漉的手朝着眼前这张脸上飞过去，啪的一个耳光过去了。杨秋平摔倒在地,她的脸朝着地上,久久没有抬起。鼻血一滴一滴地落在地上,鲜艳而凄怆的红。

　　母亲喘着气,挣扎着问了一句,你,和谁?杨秋平把目光移开了,却一句话都不说。她又沙哑着问了一句,是谁?杨秋平已经从地上爬了起来,脚步有些不稳,她向自己住的房间走去。突然,母亲在她身后幽幽地、一个字一个字地说,以后不要叫我妈了。杨秋平猛地停住了,却没有回头,她站在院子中间,最后的暮色把她的影子拖得空旷而寂寥,在风中微微飘摇。

　　杨秋平来到了城墙上,这是这几个月来她第二次上城墙。刚爬上城墙就听到了断断续续的口琴声,像把这黄昏里的时光撕成了一缕一缕的。她停下脚步听了一会,仍然听不出他吹的是什么。不成曲调的曲子。她向他走过去的时候,他竟扭头对她笑了一下。就仿佛一直在这儿等她一样。她的眼睛微微有些湿润,却不看他,然后说了一句,我怀孕了。男人呆了半天才说了一句,那,我明天带你去医院吧。两个人第二天就去了县医院。医生先给她做了个检查,然后对她说,你的子宫先天性发育不良,不能刮宫,只能生下来。男人陪着她一步一步往回走,走到路口的时候,他突然说,要不,你就嫁给我吧。杨秋平一句话都没有说。半个月以后,他们结婚了。在一个黄昏,杨秋平坐在王跃武的自行车后面,从自己家里去了王跃武家里。她一路上都没有回一下头,也不知道母亲是不是还站在门口看着她。晚上,在灯光下看着王跃武的时候,她才发现,这是自己第一次仔细看这个男人。她有些细碎地恐惧着。她又告诉自己,也许,也许,他待她也不会太坏吧。毕竟,毕竟,这个男人是喜欢一个人在城墙上吹琴的,虽然是一把口琴。吹琴的人,那大约也是因为他和自己一样吧,喜欢幻想点什么。

杨秋平生下的第一个孩子是个女孩。结婚以后，杨秋平才发现，王跃武没有固定工作，还有赌博的爱好。家里几乎没有一件像样的家具，她想，这就是他为什么一直没有结婚吧。因为没有人会嫁给他，也因为这个，他才会一个人跑去吹琴吧。他白天在铁厂干活，晚上吃完饭就说要出去玩，一直要玩到深夜才回家。王跃武出去玩，杨秋平把门从里面闩死，抱着孩子在床上躺着，一动不动。他回来后开始敲门，在外面不停地叫她的名字，他说，秋平，这是最后一次了，我给你跪下了，你快给我开门啊。到了第二天，他照旧还要去。他是个没有什么脾气的人，从没对她发过火，也没对女儿发过火，虽然他也很少多看女儿一眼。因为她是女儿。对他说什么，他全答应，但一切对他来说不过像沙滩上的脚印，第二天就什么都留不下了。他照旧把昨天重复一次。从铁厂干完活就是再晚再累，他也要出去玩。他像是对明天有着很深的恐惧，他手里能抓住的就是眼前这几个小时。铁厂里的辛苦乏味像两只手一样绞着他，把他像毛巾一样绞着。他知道自己什么都改变不了了，所以必须借助点什么做个寄托。但赌博最后都会成为恶性循环，他像一株赌博上长出来的植物，下面有根和血管连着。

她不再管他了，只把自己每个月拿到的工资小心地藏起来。她把二十多块钱的工资分成几份，藏在被角里、箱子底下、米袋里。第二年，她又有了孩子，生下来还是个女孩。刚过满月这天中午，她把二女儿哄睡着了，自己也在她旁边睡着了。再醒来的时候，已经是下午。在睁开眼睛的一瞬间里，她有些疑惑自己在哪里。屋里的光线已经转暗，斜斜地落在被子的花纹上。被面上满是粗糙繁复的花朵，光线像针脚一样绣进去。斜斜的光柱里飘动着无数的灰尘，周围的家具若隐若现。那一瞬间里，她觉得自己正在水底。她伸出一只手，向身边的小被子摸去。空的。她迟疑了一下，随即就猛地坐了起来，看着右侧，是空的，只有一张小褥子。褥子上是空的。她伸出一只手，慢慢地向那褥子摸去。她一个手指一个手指小心翼翼地落了上去，像在试探一杯水的温度。小褥子是冰凉的，已经没有了她的温度。她呼地掀开被子，鞋不见了，她爬到床下找鞋，刚把鞋找到的时候，一个人进来了。他站在门口迟疑了一下，还是向她走了过来。他有些犹豫，像是不知道该怎么走，连脚步都陌生了。走近了，是王跃武，他提着红糖和挂面站在她面前。他说，怎么就起来了，会受风的。说完，他很重地把红糖和挂面放在了床边的桌子上。像一个人的喉咙里故意发出的很响的咕咚声。

　　她问了一句，二苗呢？她的大女儿叫苗苗，放在她母亲家里了。因为紧张和恐惧，她的声音听起来像什么东西撕裂开了，嘶哑而锋利。他不说话，微微低了低头，然后突然说，看我给你买的鸡蛋挂面，忘了给你买香菜了，晚上给你买回来。杨秋平又问了一句，二苗呢？声音却明显地低下去了。他不再说话。她也不再说话。两个人静静地坐着，又似乎过了好长好长时间了，两个人都像睡着了一样。杨秋平突然低声地对着窗外说了一句，你把她送人了？他还是不说话，似乎就要那样沉默下去了。她的目光突然落在了桌子上的挂面和红糖上。她呆呆地看了一会，突然尖叫起来，不对，你是把她卖了？他还是不说话，仍是刚才的姿势，真的像是睡着了。又是顿了一顿之后，她突然就带着呼啸的风声向他扑了过来，她的指甲深深嵌进了他的肉里，他的耳边是她断断续续的破败的风一样的声音，你……不是人的……你把她卖到哪儿了……哪儿了，连她的小褥子都不拿，你就把她……他任由她抓，任由她打着，他一动不动地，用一种遥远的声音自顾自地说着，孩子多了养不起的，还得生儿子，还没有儿子，有人愿意要她，她去了也吃不了苦的。直到夜很深很深的时候，两个人都没有动，也没有开灯。杨秋平在黑暗中有一声没一声地哭泣着，细细的、干枯的哭声。

5

杨秋平的第三个女儿，三苗也是这样被王跃武悄悄卖到了外县，直到她生下了第四个孩子——是个男孩，王跃武才答应她去做结扎手术。虽然是个男孩，前面两个姐姐也都不在家里了，杨秋平还是固执地叫他四苗。家里又多了孩子，两个人的工资经常花不到月底就断了。王跃武赌红了眼睛，他一心想赢点钱补贴家里却是越输越多。除夕的晚上，债主们还是找上门来了。

杨秋平带着苗苗和四苗躲进了里屋。外屋一片吵闹声，然后是摔东西砸东西的声音，像打仗一般乒乒乓乓地响成了一片。后来，人声渐渐就没了。杨秋平放下已经睡着的四苗，走了出去。外屋里除了剩下一张破旧的木床，别的都没了。平角柜、衣柜、旧黑白电视、收音机、缝纫机，甚至墙角的铁皮炉，都没有了。屋子变得前所未有的空旷和寂寥，像有很多很多的风声住了进来。那张旧木床就像水面上露出的一角礁石一样孤单着。她走出屋子，王跃武正蹲在屋檐下。屋檐下的一堆过冬用的煤球居然也被拉走了。大年初一的早晨，杨秋平从里屋走到外屋的时候，看到外屋地上放的一盆昨晚洗过脚没有倒掉的水已经冻成冰了。她站在那里久久地看着那盆冰，剔透而清澈，可以透过冰面看到洋瓷盆底的牡丹花，就像是刚开就被封在冰里的花一样，标本的凄艳。

就在这个大年初一的下午，王跃武一进院子，见苗苗正抱着四苗在院子里玩雪，他便突然有些紧张，硬硬地问了一句，你妈呢？苗苗不抬头，说，睡觉呢。什么时候睡的？中午就睡了。王跃武几乎是冲进了屋子，他一脚踢开了里屋的门，杨秋平正睡在床上，身上盖着被子，一动不动，像是睡着了。他慢慢走过去，揭开蒙到她头上的被子。她还是一动不动。屋里弥漫着一种奇怪的气息，清醒而凛冽的味道，像闪着寒光的利刃把空气划开了，那是死亡的味道。他向杨秋平伸出的那只手在剧烈地抖动，像秋天的一片树叶。在揭开被角的一瞬间里，他看到她紧闭着双眼，泪从她的眼角悄然滑落。他摸摸她的鼻息、她的额头，然后挣扎着跑出去，拿来一大碗肥皂水，给她灌下去。她已经没有知觉了，药水流了出来，他便发了狠一般，突然力大无穷起来，按住她，撬开她的嘴巴，使劲往里灌，把她的衣服全弄湿了。然后，邻居们来了，杨秋平被送到了医院。她被洗了胃。她吞了安眠药，这瓶药，她在抽屉里已经放了很长时间了。

杨秋平还是被救活了，只是她躺在床上不睁开眼睛，不看任何人也不吃饭。王跃武在炉子旁煎药，他呆呆地看着炉子里的火苗，不动。屋里的空气生硬而寒冷，像裂开的瓷器的一角，涩涩地疼。他一个人走出了屋子，在院子里呆呆坐了一会。忽然之间，他觉得无处可去。他猛地站了起来，进了灶间，拿了一把刀进了里屋。他把一只手放在朱红色的板柜上，没有说任何话就挥起那柄刀向那只手上的大拇指砍去。很钝的一声响，然后就是片刻的巨大的寂静，没有一点声音，就像在一个很深的睡梦里。然后是王跃武的脚步声，他一步一步走到了杨秋平床前，把那只滴着血的拇指向杨秋平背着脸的方向扔去，他说，给你，我再不会赌了。然后，又一步一步地走出了房间。

杨秋平终于开始下床走动了，王跃武的那只大拇指长痊愈了，却成了折断的树枝一样的残枝，只剩下了一点点。把其他四个指头衬得愈发修长。因为少了大拇指，铁厂把他开除了。他回了家，在路边摆了个小烟摊，从一大早到天黑透都坐在路边，回家的时候，脸上身上都是厚厚一层灰尘。从此以后，他真的没再赌过。

杨秋平和商燕行再次在街上碰见的时候是在1983年的一个早晨。杨秋平正骑着自行车往工地上走。她是开始计划生育后被厂里作为第一批典型开除出厂的。被开除后，她经一个亲戚的介绍在一家建筑工地上给工人们做饭，王跃武还在街边摆烟摊。她们两个人站在街头看见了彼此，然后都停了下来。她想，真是奇怪啊，就在这么小一个县城里，她们居然也几年没见过面了。商燕行的脸看起来却突然很生硬，她的脸是白的，唇是红的。她化了妆。那时候在一个县城的街头几乎看不到有人化妆。她们默默站着，正不知道该怎么开口时，商燕行突然说话了，李开阳回天津落户了，过段时间可能我也回天津了。听了这句话，杨秋平宽容地笑着，把目光挪开了。这话听起来太陌生了，陌生得让她心酸。这样的话怎么能从商燕行嘴里出来？那样一个缜密得让人害怕的女人，可以把所有铁一样坚硬的秘密消化在自己的肚子里，把所有的事情不到最后一步都绝不会说出半个字的女人，怎么会说出这样的话？除非，她，已经回不去了。临走时，商燕行突然拉住了杨秋平的一只手，她们认识十几年，这却是第一次，杨秋平吓了一大跳，似乎握住她的，不是一只手。她的手冰凉苍白修长，像一尾黏湿的鱼一样落在了她的手上，跳跃着，喘息着，滑腻着。她牢牢地抓着她的手，悄悄地说，什么时候去我家吧。就在剧团的宿舍，你过去吧。啊？她用了这样一个奇怪的叹词，啊？带些撒娇和祈求的语气，不依不饶地说出来了。她愈加慌乱地躲闪，商燕行却拍拍她的手，又说话了，从上高中开始，你就想比我强。那时候咱们都在上学，都一心盼着考大学考出去。我哪好意思和你说啊，你就是不会打扮，我教你吧，我教你化妆，教你怎么穿衣服。我想起你那时候每天从里到外地穿绿衣服就想笑……呵呵。这句话带着挑衅直直扎到了杨秋平最敏感的穴位，但她也笑，好啊，我哪天下了班就去找你去，你等着我。

杨秋平是又过了几天才去找商燕行的。这几天里，她特意向别人打听了一下。一个五分钟就可以走完的县城，想要忽略一个人容易，想要打听一个人却更容易。她才知道原来已经发生了很多事情，只是她这几年因为忙于应付生活，忙着生孩子，竟一点都不知道。当然更主要的原因是，她在潜意识里根本不想听到商燕行和李开阳的任何消息，如果他们过得好。事实上她真的以为他们过得好。

原来，剧团已经解散了，李开阳两年前就已经调回天津了，把儿子也带走了。那个曾经和商燕行一起在剧团的女人一边向杨秋平描述一边皱着眉头，啊呀，你是不知道啊，她就生了这么一个孩子都不给他喂奶，她奶水足得和什么一样，就是不让孩子吃，让孩子喝羊奶。她是怕喂了孩子把乳房拉长了，身材就走样了。她那个孩子从生下来就没吃过她一滴奶，所以呀，和她一点都不亲，临去天津连哭都没哭一声就走了，就像没她这个妈一样。你说孩子都有了，还当自己十几二十岁地活，在胸罩下面垫那么厚的海绵，恨不得把胸挺到天上去。在我们剧团里，成天就是和这个男人那个男人眉来眼去地，恨不得把所有男人的眼睛都勾到她身上，都看着她。你看她走路那样，就像有拍电影的正跟在她后面给她拍一样，眼睛看着天上，不看人，和谁都处不到一起。其实人家李开阳啊，早看出她不是省油的灯，早不想要她了，回天津说是只能带一个家属，就把她放下，带着儿子走了。人家找了个借口说，回去以后活动活动，就把她调过去，傻子都能听出来这还不是骗人的？这不，人家回去以后，通过两封信之后就没信了，更别说调动了。她还每天等着，人家说不来已经在天津又结婚了。她不把自己当这个县里的人，倒好像自己就是个天津人，迟早都要回天津一样。对身边的人从来都冷冷淡淡的，就急着想去天津。她这么等着自己也着急，这个人又特别心重，什么都不和别人说，我看她都不太对劲了。你别和别人说啊，你千万别和别人说。就我们剧团的人知道。她为了能调到天津，先是和我们团长睡，然后又和县委的什么李书记睡，然后又和人事处的王处长睡。有一天晚上，那李书记刚在她屋里和她做完那事，刚出来就迎面碰上了往里走的王处长。这两个人关系一向就不好，因为升迁的事好久以前就不对了。那晚，他们正好在商燕行家门口碰见了。那个姓李的书记看见姓王的处长正准备进去，就丢下一句话，她屁股上可长着一颗红痣呢，不仔细看还真看不出来。姓王的处长进去后急忙脱下她的衣服，一看屁股上果然有颗红痣，也不是一次两次了，他以前却真没注意到。那处长当时就软下来了，折腾了一晚上都进不去。听说这以后他还吃了不少中药。你说要是和这些头头们睡也就算了，她后来又和宣传部的一个什么都不是的人睡，那人除了会写材料什么也不是，酸文假醋的，可能也是答应要帮她调动吧。睡完了还要告诉别人说，第一次完了他都没拿出来，就在里面放着几分钟后就能接着做第二次。这话传得全县委大院都知道了。杨秋平静静地听着，一句话都没说。

第二天从工地出来，杨秋平没有回家，骑着车子来到了剧团的宿舍楼下。打听商燕行家太容易了，她随便问了个人，别人就指给她看，就那个窗户。声音里带着一点莫名的兴奋。她眯起眼睛看着指窗户的人，那人也看着她，目光明亮得像里面装了一面镜子。

她一步一步朝那扇门走去，周围的墙是灰暗的、颓败的，像舞台上的幕布一样在迅速地后退，后退，灯火昏暗的舞台要开场了。她突然就有一种巨大的凄凉，几乎站立不稳。门开了，立在门框里的就是商燕行。一刹那，她以为是回到了十三年前那扇高中宿舍的门里，那个黄昏，她就是这样出现在那扇门里，然后，她们四目相对了。原来，那一眼，却并不是无缘无故的。她走进了商燕行的家里，四处张望着，她看到桌子上、柜子上都是厚厚一层灰，东西扔得到处都是。她想，一个女人住的家？商燕行很高兴的样子，说去给她烧水，打开了炉子又跑过来，把那天路上说过的那几句话重复了一遍，然后，很快地，她就把话题转向了她身上的衣服。她说，你看你，到现在了都不会穿衣服，你不能看着别人穿什么你就穿什么，不要跟着她们赶什么潮流，那时兴的衣服没几件是好看的。就像你上高中那会，哈哈，把身上都染绿了。我那时候是因为家穷，没有人给我做衣服，我知道你们常在我背后说什么，那时候我就想，等着看吧，不就是个高中两年吗，等着看以后吧，你们以为你们是什么，就你们那几件染色的衣服就可以笑我？

杨秋平没有说话，笑着看着眼前的女人。今天，她是第一次这么从容这么平静这么没有一点畏惧地坐在商燕行的面前。从来没有过的。因为今天来之前她就知道自己已经胜出了，她来，不过是看看她，看看她是不是真的已经和传说里一样了。来看看她像阳光下最后的冰雪一样最脆弱的高傲，看看她究竟坍塌成什么样子了。她真的垮了，无声的像雪崩一样地在垮下去。当她一次又一次地回忆为什么会嫁给这样一个叫王跃武的男人，为什么一步一步走到今天这个样子的时候，她就觉得这一切是和商燕行有关的。现在，她就在她的面前。当她想起自己的一切的时候，她突然明白她其实已经在把这个女人垫在自己脚下了，因为，她连自己都不如。没有工作，没有男人，没有孩子。这个她曾使尽全力去追赶的女人，为这个女人她差点把自己送了命。但是，现在，她为什么还是这么难过。她开始流泪，无声地，默默地。

商燕行坐在她对面，呆呆地看着她哭，一句话也不说。直到她止住哭声了，才小心地看着她，然后站起来，急不可待地拿过一只化妆盒。打开，她把那只弹扬琴的手伸进去，像是从箱子里取什么易碎的玻璃器皿。她极力忍住炫耀的口气，说，这是口红，这是眉笔，这是胭脂，这是香粉，这个可以擦在两腮。你看啊，我教你。她整张脸上都是波光闪烁的，像河底倒映着波光的石子，到处是波光，到处是水影。她举起一只口红向她做示范。她也不照镜子，就那么一圈一圈地在嘴唇上涂着。嘴唇越来越红，越来越厚，最后成了触目惊心的血色。她一边慢慢涂一边看着杨秋平，似乎杨秋平是透明的河流，她在她的身体里可以看到自己的倒影。涂完了，她举着口红的手慢慢地，像只鸟一样垂了下去，有些颓然地，有些不甘地。她的脸上没有一丝表情地看着杨秋平，其他的五官都暗淡下去了，只有这嘴唇却像木棉花一样燃烧着。她端庄地、严肃地让她看她的嘴唇，突然说，涂点吧，都八十年代了，给生活找点盼头。你那时候说你不爱红妆爱武装，快把我笑死了。女人哪个是不爱红妆的。是你不会。

说这句话的时候，她挑着眉毛看了她一眼，开始描眉，打粉，抹腮红。杨秋平看着她的脸一点点地鲜艳起来了，像一朵艳丽的植物在幽暗的空气里轰然开放。她一直坐在那里安静地看着她在那里给自己画，像坐在台下看一出戏剧。观众只有她一个人。其实，从高一那年开始，她的观众就只有她一个人，如果没有了她在观看，她一个人在台上又有什么意思？她终究是孤独的，终究是落寞的，所以她最后还是要找到她。她不能没有她。她们之间隔了窄窄的一尺，却像有一辆火车呼啸着开过去了，每一节灯火阑珊的窗口里都是商燕行不同时期的脸。火车渐行渐远，面孔在变化变化，一直到最后，落在眼前这张脸上。再不动了。她喧嚣拥挤的嘴唇、眉毛和腮上的红晕都像站在一幅画里，在画里看着她笑。她不真实得近于可怖。

商燕行又站起来拉开了角落里的那个衣柜，刚一拉开柜门，就有衣服像水一样哗地汹涌而出。杨秋平呆住了，她没想到她会有这么多衣服。衣服像花朵开败一样杂沓着残败着铺了一地，颜色互相浸染着，互相反射着，像块地毯。商燕行坐到了上面，她坐在一堆衣服上看起来小小的，像是这堆织物里生出来的婴儿。她拿起一件衣服，并不看杨秋平，自顾自地说，看到了吗，这是用我以前的衣服改成的。又抓起一件，说，这件是我自己做的，这件也是。我从来就不管衣服有过时不过时的，我的旧衣服会比她们穿得更好看。你看看，你看看，这都是我自己改过来的。我把别人不要了的衣服也拿过来改，改成我自己的，这件衣服，看不出来吧，是拿男人的衣服改的。她正看着衣服的脸忽然抬起来了，无比清晰地对杨秋平说，你知道你为什么永远超不过我吗，因为我比你用心。在上高中的时候，在你们都笑我的时候，我就知道，你们都不是我的对手，你们算什么？我就知道有一天所有的男人都会喜欢我，就像在那么多的学生里，李开阳只是喜欢上了我。她坐在那堆衣服上看着杨秋平，就像在一条河流的中间遥远地寒冷地看着杨秋平。

杨秋平突然想说，那后来呢，那后来他怎么就离开你走了呢？突然觉得这是多么无聊啊，她宽容地笑着，什么都没有说。

杨秋平说她该走了，商燕行突然又一把抓过她的手，这个你拿去用。是那只化妆盒。她又急忙抓起几件衣服塞到她手里，这个，这个，你都拿去吧。我多着呢。她的声音突然有些疲惫还有些哽咽。杨秋平说，都给我了，你去哪里？她便抬起头，看着她突然一笑，我能去哪儿，我去天津，过段时间就走了吧。杨秋平也笑，是啊，我怎么忘了，你是要去天津的。说完就往出走，商燕行也没再说什么。杨秋平一步一步地下了楼梯，没有回头看一眼。走出好远了，她突然回头看了看那扇窗户，窗帘的水波里埋着一个影子，小小的一动不动地站在那里。因为看到她回头，那个影子一晃就不见了。

　　第二天，杨秋平去工地之前突然掏出了那支口红，对着嘴唇细细地涂了一圈又一圈。然后再慢慢擦掉，唇上，唇周围却都留下了血一般的痕迹，像刚擦过的伤口。

　　又有很长时间没见到商燕行。因为嫌做饭给的工资低，除了给工地做饭，杨秋平开始给他们做翻砂搬瓦的小工。她卷起裤管，穿着背心，站在烈日下，和男人们一起赤脚在泥灰里踩，把泥灰踩匀了，再用桶一桶一桶地挑到房顶上。她的皮肤晒得黢黑而坚硬，像金属的颜色。那层绿色竟悄悄不见了。有一段时间，她甚至想，商燕行是不是真的去天津了。那么想着就恍惚以为她真的不在这个县城里了。忽然有一天，她又在街上碰到了商燕行。

　　那时候已经是七月了，那个早晨，她往工地走的时候，迎面走来一个戴口罩的女人。这个人在这么热的夏天戴着口罩？她想，便有些好奇，却莫名地紧张着。等走近了，她突然看到了口罩上方露出的两只眼睛。她浑身打了一个寒战，是商燕行。商燕行戴着口罩，一边左顾右盼的样子一边往前走。她一伸手就抓住了商燕行的胳膊，她说，商燕行，你怎么了？商燕行的眼睛看着她，却一句话都不说。她也看着她的眼睛，她感到害怕了。因为，商燕行的目光已经是陌生的了。像是有另外一个人正站在她身体里向外看。她一把扯下她的口罩，声音尖厉而恐惧，商燕行，你怎么了？商燕行紧张地向左右看了看，把一只手指放在嘴边嘘了一声，悄悄对她说，嘘，别说话，有人往我饭里放毒药。都有毒，哪里都有毒。说着，瑟瑟地抓起口罩又戴了上去。

  杨秋平突然想起了那天从她家里离开时，她执意要把她的化妆品和衣服塞给她，那是因为她已经意识到了自己的意识在一点一点坍塌了，她想在自己彻底毁掉之前，在最清醒的时候，留给她点什么。原来，那对于她来说，其实就是一次生离死别了，她用最后的意志和她告了别。从此以后，在这个世界上，在人群里，在面对面的时候，她们已经不再相识了。她再认不出她，她迷路了。在彻底走散之前，她使尽全力和她道了一次别。她毕竟做了她这么多年里唯一的观众和对手。也是唯一的知己。

  她从来都是这样清醒地知道自己下一步要怎样，就像上高中时，她就知道，所有的女生都不是她的对手。高中毕业后，她知道，她要先嫁给那个扬琴师。叫自己去她家时，她就已经知道她快坍塌了。

  商燕行在酷热的天气里每天戴着口罩在街上走，见到任何人都悄悄告诉对方，有人在我饭里投毒药了，要把我毒死。每天黄昏的时候，县城里的人都能看到杨秋平骑着车子满大街找商燕行，然后把她带回家。商燕行的饭都是她给做的，衣服也是她洗的，所以商燕行每天在街上出现的时候，都是干干净净的，有时候竟涂了些口红，抹了些胭脂，看上去像个被母亲打扮得簇新的准备去上学的小女孩。

  商燕行一直没有去天津，李开阳也没有再回过县城。

  这个古老的县城街头上，人们每天都会看到两个女人，一个穿得干干净净的疯女人戴着口罩乱跑，后面一个皮肤黢黑粗糙看上去很老的女人骑着自行车在后面追她。

坐在街边的人们看到女疯子商燕行时就会不经意地拈出她年轻时的一两件事。她毫无知觉地戴着口罩在前面跑。她像花边一样点缀着这个古老的县城。

十八相送

1

终于盼到了这堂文艺美学课。朱家明提前一个小时就把自己安置在了教室里。偌大的教室里就坐着他一个人,他又高又瘦,旗杆似的插在桌子中间。清冽的空气从窗户里钻进来又钻出去,一条条小蛇似的从皮肤上划过。日光灯苍白安静,捶打出桌椅的影子,参差肃穆地铺了一地。清晨的教室有些墓园式的荒凉。

来得实在有些太早了,连楼道里正勤工俭学的学生都不能不对他有意见了。不就上个课吗,怎么搞得像投胎一样,擦着天黑就奔过来了?他把教室的门关上,这下安全了。朱家明略一沉吟,便占据了教室里第一排最中间的座位,好像讲台上有一场精彩的话剧即将开演,他这么早颠颠跑过来原来是来占座位的。

坐定之后,他从书包里掏出一面小镜子,机敏地打量了一下四周,见四下里确实无人便把镜子藏在手心里,把整张脸都埋进了镜子里。他仔细观察了一下自己今日的气色,然后又翻开嘴唇看牙齿缝隙里可有墨绿色的韭菜。尽管不见韭菜的影子,他还是对着镜子,用舌头把两排牙齿细细舔了一遍,算是把它们清洗过了。末了他还是不放心,又对着手背哈气,哈上去再凑过去闻,看可有韭菜的余味。他无法想象对着人一张嘴就喷出一股韭菜味会是什么样的情景,他眼前出现了一架喷气式飞机的幻影,拖着一条粗长的尾巴,遮天蔽日地翱翔在人们的头顶。人们不能不对它屏息致敬。

"检修"完牙齿,他还是不放心,捎带"检修"了一下毛发——眉毛和胡子。胡子有一根木秀于林,他皱皱眉头,跷起两根手指去拔那根胡子。蓦地,他从镜子里看到了正盛开在自己手上的兰花指。兰花指跷得雅致中正,和精致的小圆镜往起一配,真是风鬟雾鬓,香艳得很。他一愣,啪一声把镜子扣在了桌子上,好像他在镜子里无意中看到了什么鬼魅,急于要把它收进瓶子里去。

他每次看到自己手指上开出的兰花指都会感到一种恐惧,还有一种罪恶感,就像是它们长错地方了。他用力把它们摁下去,恨不得连根拔掉,可到下一次,它们还会再次在他指尖默默地轰然开放,像种子要发芽一样拦都拦不住。后来他才想明白,它们会不停长出来全是因为那种子就长在他的身体里。

陆陆续续开始有学生往教室里走了,快上课了。他悄悄看了看那道半开的门缝,那扫楼道的影子终于不见了,这让他内心舒服了一些。有个来选修的学生不知水深水浅,咬着油条坐在了他身边的座位上,忽然,该学生停止咀嚼,嘴半张着,迷惑地打量着他。一边看他一边暗暗抽着鼻子,一边抽鼻子一边又不相信地看着他。好像他是刚从动物园里跑出来的稀有物种。

朱家明明白了,他一定是闻到他身上的香味了。他有给自己和自己的衣服熏香的习惯,没办法,这是母亲张茉莉教给他的,对他来说,熏香是第二层皮肤，少了不行。以前他在221宿舍里一给衣服熏香，宿舍的其他三个哥们儿就赶紧逃窜到别的宿舍去避一避，谁若是胆敢在朱家明的熏香里坐上半刻，然后再香喷喷地晃到宿舍外面去，那简直就是一只电灯泡自己发电把自己在人群里点着了。男生女生都要对他侧目，男生想，这哥们儿是男人吗，怎么能香成这样？女生想，这货在自己身上搽了几瓶香水啊，简直是孔雀开屏。一时雌雄莫辨。除了朱家明，没有第二个男生敢顶着这样一头浓烈妖艳、坚如城堡的香味出去招摇过市。可是对于朱家明来说，任是谁都不能剥了他这层皮，这会让他鲜血淋漓。

　　每次熏香的时候，他也觉得有点难为情，因为又要把他们轰出去了，他便站在地上讪讪地笑着来段经典的解释，我母亲说衣服就是要熏香才好，这样既能除湿又能除臭。又是他母亲，全中文系都知道这个著名的朱家明母亲。因为自打朱家明入学第一天起，他几乎每说一句话都要加一个不朽的前缀，我母亲说过。从此以后，这个母亲便在中文系的上空无坚不摧地活下来了。这个女人的美丽能干、无所不能几乎连中文系不认识几个字的保洁阿姨都知道，因为朱家明不厌其烦地把这些往他们的耳朵里锤了两百次都不止，连英语四级一直过不了的男生都能背下这个女人的所有傲人特征。她像尊高大的观世音塑像一样霸道地盘踞在他们呼吸的公共空气里，对他们所有的生活细节指手画脚。她时而出现在雨打梧桐的凄恻灯光里，时而出现在杏花如雪的月光下，时而又是平林新月人归后，独立小桥风满袖。

　　那时候朱家明还没有换宿舍，221宿舍的其他三个男生总觉得他们宿舍里是住着五个人，除了四个男生，还有一个就是朱家明著名的母亲。她的魂魄无时无刻不盘旋在他们头顶，坐在他们椅子上，住在他们的柜子里，就差钻进他们的被子里了。这让他们觉得恐惧而拥挤，但是他们没有任何办法把她赶走,她简直是无孔不入的,只要朱家明一张口,她就被放出来了,她又开始了余音袅袅的新一轮轰炸。我母亲说……我母亲她……我母亲就是这样做的……三个男生不得不再次落荒而逃,把221宿舍留给朱家明同学一个人独享。

宿舍里只剩下他一个人了,他把熏香点着,百合味,玫瑰味,他和他的衣服共同沐浴在一片千奇百怪的绚烂花香里,宿舍里一时烟雾缭绕,如同寺庙里香火旺盛。他静静坐在烟雾中有如僧人入定。每到这个时候,他就觉得他又在母亲身边了,母亲又伸手把他揽在怀里了。从他记事起,母亲就告诉他,她是为他活着的,她的每一天都是为他活着的;他是她的全部,没有了他,她的儿子,她一天都活不下去的。当年的母亲心高气傲,高中毕业后一直遇不到意中人,父母双亡后,她便寄宿在她哥哥家中。嫂子嫌她不出嫁白吃她家的饭,来来回回从她窗口经过的时候就噼噼朝她脸上吐唾沫。这唾沫一吐就是好几年,三十岁的时候终于撑不住,草草嫁给了一个自己不爱的男人,她和那男人的相亲颇有戏剧性,第一次见面,她就开门见山,你愿意和我结婚吗?那男人倒和她棋逢对手,居然敢说,愿……愿意。于是丁零当啷领证结婚,并和哥嫂永远断绝了关系。此后即使在路上碰见嫂子,她也根本不多看她一眼,好像根本就不认识这个人。至于那个丈夫,对她来说只是个工具,她想要个孩子。只有孩子才是她自己的,世界上别的一切的一切都和她没关系。然后,儿子出生了,于是,他理所当然地成了她的全部。

他坐在缭绕的烟雾中,松开了身上所有的毛孔,那些最深最暗最牢固最柔软的记忆再一次从他身体深处浮了出来。为了让他穿上好看的衣服,母亲特意去学会了缝纫,晚上下了班就在昏暗的灯光下一件一件给他做衣服。没钱买新布,就把自己穿旧的衣服一针一线地改,改成他的合身衣服。直到上初中,他身上穿的都是母亲亲手做的衣服,亲手织的毛衣,当时流行什么款式,都会最早出现在他身上。以至于一些家长特意去学校观摩他身上的衣服。一天他想吃饺子,母亲十二点下班了开始急急忙忙剁馅,结果切掉了自己一截小拇指。一次他小学放学的时候,母亲因为急着去接他,居然穿着一只白色的帆布鞋一只黑色的皮鞋就来到了校门口,所有的人都盯着她的脚看的时候,她还浑然不觉,不知道他们为什么要看她。八岁的时候,他不小心撞倒暖水壶,壶碎了烫伤了他的一只脚。整个脚面的皮几乎全烫坏了,需要植皮。母亲连考虑都没有考虑就把自己背上的皮割下植到了他的脚上。至今他左脚上的皮还是母亲身上的,没事的时候,他经常会静静地抚摸这只脚,摸到这只脚的时候就像是又摸到母亲的怀抱了。

他在熏香中仰着脸一动不动,静静地流着泪。小的时候,一到下雨,母亲就这样给他熏衣服,生怕他的衣服潮了会感冒。母亲还极喜欢带着这样一身香味去上班去街上,因为这会给她一点点可怜的尊严感。他知道她其实是一个多么爱美的女人。所以他极享受这种独处的熏香时光,仿佛这些香味在这屋子里已经不是气体了,它们变成了无形的固体,像青砖一样每块都有着沉沉的重量。他乐此不疲地把这些砖块在他周围垒起来,他一块一块地往上垒,像要建一座城堡一样,把自己则关在了城堡的最中间。这让他觉得安全而温暖,仿佛自己又变成了一个缩回母亲子宫里的婴儿。周围是无边的黑暗和祥和。

开始的时候,男生们还在背后悄悄议论朱家明。

……他怎么张口闭口都是他母亲,莫非是没有父亲?

……我记得开学的时候就是他父亲送他来报到的,怎么可能没有父亲。但是看他那样子,和父亲的关系应该是比较冷淡,他父亲扛着两个大包,他也没有过去帮忙的意思。

……他好像对女生也没什么兴趣，从没有见他追过女生吧。好像全世界在他眼里只有他妈一个是女人。

……他那么娘，看那兰花指跷的。哪个女生敢靠近他，都觉得瘆得慌，难道谁还敢找个性别不辨的人谈恋爱吗？

……真是朵奇葩，你们谁见过那传说中的朱家明母亲？

…………

到后来，大家像服毒服多了有了抗药性，喷再多的药也杀不死他们了。往往是他站在地上刚开口要说我母亲的时候，上铺已经伸出一个脑袋来，对着下铺正抠脚丫子的男生吼道，老李，你丫快去洗脚，把人都熏死了，你那臭脚敌敌畏似的。话音刚落，临铺的哥们儿两眼发光地抖开了白天攒下的一个包袱，你们知道不，五楼外语系的那哥们儿带回一个夜总会的小舞女做女朋友，对小舞女还宠得不得了，人家还说是遇到真爱了。结果没两天小舞女跑了。估计是他把一学期的生活费都花光了人家就跑了，看他这学期剩下的日子怎么过，讨饭都没地方。另一哥们儿接着往下评论，这小子是脑子有问题了吧，怎么放着那么多女生不找，去找舞女……哦，老被女生拒绝啊，那就难怪了。……这还不简单，他要报复女生们呗，是啊，就是因为他人财两空了，他才觉得他为自己报仇了。自虐呗。你放心，现在他心里舒服得很。

没有朱家明能插上嘴的缝隙，他呆呆站在那里，嘴角抽动，以示那是一个尚有余热的微笑，脸上还挂着一层凄凉的谦逊，他心甘情愿让着他们，让他们先说，他和他的母亲可以靠后再靠后。还是没有空，他的嘴唇哆嗦了几次又重新合上，他嘴里的母亲几次欲钻出来却又被关回去了。他开始烦躁不安了，用一只脚蹭着另一只脚，然而，住在他身体里的母亲比他更着急，她想出来，他安抚着她，更加努力地笨拙地微笑，像一个努力要骗得大人们信任的小孩子。这时候，宿舍熄灯了，咣当一声，所有的人都掉进了黑暗，包括朱家明嘴上那半截微笑。

男生们关于小舞女的话题还在黑暗中向前蔓延，因了黑暗的烘托，这香艳的话题加倍妖娆，似乎话题的身上又长出几只涂着蔻丹的纤纤玉手，指尖阴凉地划过了男生们的脸上、嘴唇上。于是话题愈加鲜活，简直像树上刚摘下来的水果一样，青翠欲滴，在男生们嘴里和心里活蹦乱跳。话题里的雄性荷尔蒙越分泌越多⋯⋯哎，你们知道不，某某某和某某某已经睡到一起了，在校外还租了间房子。⋯⋯这算什么，听说某某系的男生敢带着女朋友回宿舍过夜，两人就当着其他任人的面睡在一个被窝里。⋯⋯听说新闻系那系花又换了一任男朋友，这都第几任了，真是数也数不清，听说她的前任们还经常聚在一起对她加以点评，当然，主要是点评在床上的那些细节，他们就像使用着同一品牌的热水器一样，互通有无倒是方便得很。呃⋯⋯

朱家明在黑暗中点起了一支蜡烛头，然后接回一盆水，坐在椅子上开始泡脚。昏暗的烛光刚刚能够到他身上、脚上，他坐在那里披着一身烛光，缓慢地搓着两只脚，像一具土黄色的陶俑。那三张床烛光照不到，黑黢黢的，好像那三个男生都沉在海底了。他们还在渐渐下沉下沉，说话声越来越稀薄，最后，终于连声音也沉没了。黑暗把三张床牢牢焊在了一起，它们结成了一个庞大的整体，像一艘钢铁制成的战舰一样漂浮在黑暗的海面上。他看着他们却无法靠近他们，就像他们之间隔着一扇玻璃。他在这边，他们在那边。

蜡烛头快燃尽了，他把两只脚从水里捞出来，用毛巾细细擦干了，然后他坐在那里细细摸着那只有过烫伤的左脚。最后一点烛光熄灭了，宿舍里忽然响起一阵大声的呜咽，震动着整间宿舍。深夜里一个男人的呜咽声让人听了还是很受刺激的,寒冷而赤裸,好像一块揭了皮的鲜红的肉。其他三个刚睡着的男生全被惊醒了,手足无措地看着大声呜咽的朱家明。

这个晚上,他没有在嘴上把他母亲叫出来陪着他。此时他真像一个在人群里和母亲走失了的儿童,凄惶而无助。听他的哭声确实可怜,然而这种凄惶一定要长在一个二十来岁的年轻男人身上,他们又不能不厌恶他。

至此,宿舍的三个男生离他更远了,他们觉得他还没有断奶,本质上还是个嗷嗷待哺的婴儿。况且,有他那个无处不在的庞大母亲四处遮护着他也就够了,哪需要旁人陪着。他们甚至觉得奇怪,他这么依恋他母亲,还出来上大学干什么?在家里陪着他母亲过小日子不就得了。偶尔有男生忍不住问他,朱家明你怎么来这么远的地方上大学,在家那边上学多好,又不用和你母亲分开。朱家明用指尖捂着嘴角不好意思地笑,这学校里有我认识的一个人,我就是为他来这儿上学的。对方想,朱家明也学会暗恋人了?又不好意思再问。

此外,他们对他的一些小动作也早已深恶痛绝,比如他会一遍一遍往脸上擦化妆品,会偷偷照小镜子,吃东西时会跷起兰花指。他们恨不得把他扫到女生楼里去住,似乎那里才是他真正应该待的巢穴。男生厌恶他,女生也并不喜欢他。他比女生还要娇弱爱美,女生们自然不可能考虑他做男朋友,倒是更适合做姐妹。连最文弱的女生到了他面前都觉得自己有一种女汉子气概。然而女生们谁也没有那么多的男子气概可以施舍给他,她们更愿意依靠在一个孔武有力的男生肩膀上撒娇。于是,朱家明在这校园里终日形影相吊,孤魂野鬼似的晃到教室再晃回宿舍、食堂。他所到之处,人群纷纷避让,好像他是什么毒药,洒到哪儿,方圆几里都寸草不生。

玻璃唇

2

　　开始的时候，他拼命想讨好他们，在这校园里，他感觉自己像一个被放逐了的囚犯，无家可归，没有人愿意收留他。女生不收留他倒没什么，他本身对她们也没有什么兴趣，这些花枝招展的女生，哪一个能和他母亲相比？那些男生居然要哭着喊着去追她们，真是自取其辱。男生也不收留他就让他有些恐惧了，他心里清楚他就是个男人，就是把他烧成灰了他也还是个男人，可是这些男生，却个个攥着明晃晃的尖刀，要把他的性别剐掉。他们一起去校门口吃粗粝的大碗盖浇饭，一起去打篮球，回来的时候个个穿着短裤还热得大汗淋漓，浑身上下的每个毛孔里都蒸腾着雄性的荷尔蒙气味。如此多的雄性荷尔蒙刀光剑影地沸腾在一起，顿时让空气里有了一种歃血为盟的壮烈感。这种气味像闪闪发光的广告牌一样标明这群男生可是群爷们儿，是男人。朱家明受到了鼓惑，忍不住想蹭到他们中间去，成为他们中间的一分子，可是他不敢。三个男生拿起脸盆毛巾，嘻嘻哈哈地朝楼道里的水房走去。正值八月，酷暑难耐，整个夏天，男生们是不去澡堂洗澡的，就在楼道的水房里冲凉。他们冲凉的办法很简单，浑身上下脱光了，在水龙头下接一盆凉水从头顶浇下去。有时候几个男生一起脱光了赤身裸体地相互冲凉。反正楼道里来来去去的都是男生，至于身上的零部件嘛，谁还没有，被人看着了也没什么稀罕的。只不过被人在暗地里比比尺寸罢了。有的男生发现自己零件硕大，比常人大出一号，便不能不暗自得意，一有时间就跑到水房冲凉，好亮出自己彪悍无比的家伙威慑四方。

　　朱家明自然知道他们是去水房冲凉了，他头脑轰地热了一下，几欲起身跟着他们走进水房。自打住进这宿舍楼，无论夏天天热成什么样子，他从没有在水房冲过一次凉，他实在没有勇气把自己脱光了晾在众男生面前。就是去学校的澡堂洗澡，他也恨不能在自己淋浴时把周围围上一圈遮布，在澡堂里架上一座蒙古包。可是现在，已经到了千钧一发的时候了，他想，如果他此时跟着他们进去了脱光了，和他们一起冲个凉水澡，也许他们从此就接受他了。男人对男人的接受总是需要些仪式感的，他想他们也许等着他为自己颁一个成人礼。这是个验明正身的宝贵机会，一种从没有过的豪迈在他心头噼里啪啦地燃烧着，几乎要把他烤焦了。他下定决心，于是从原地跳起来，抓起自己的脸盆和毛巾也向水房冲去。水房的玻璃门嘎吱一声之后，三个赤身裸体正嬉笑冲凉的男生忽然看到了衣衫完整的朱家明出现在了水房门口。

　　天哪，他们都已经是一丝不挂了，他还完整地穿着衣服、袜子和鞋，他眼见他们正坐上一辆火车即将轰隆隆地驶去，而他却只能吊在车门上唯恐他们把他抛下。三个男生好奇地看着他，他嘴里嗫嚅着，手有些不听使唤地在身上乱蹭着，却不知道如何下手。他觉得此时自己像一个打包得严丝合缝的包裹，他连道拆开自己的缝隙都找不到。他正尴尬着，身材最魁梧高大的李飞鹏对他说话了，朱家明，你是来参观我们洗澡来了？他的嘴唇又动了动，还是抖落不出一个字来。三个男生大笑起来。他们裆里的家伙跟着笑声一起抖动，他怕了，抱着盆落荒而逃。他终究是没赶上他们远去的火车，他仿佛已经看到了那辆火车越驶越远，而他只能一个人被滞留在原地，周围空无一人，广袤荒凉如同来到了月球。他即将被孤零零地留在月球上，连只做伴的兔子都没有，就只有他一个生物。他不能不提前害怕。

正当他胡思乱想的时候，他们三个冲凉回来了，他们穿上了短裤，拖着拖鞋，背上胳膊上还满是水珠。不行，他不能这样就束手就擒，他不能被他们孤零零地抛下。他一定要为自己凿出一条通道来。他盯着他们背上的水珠看了片刻，忽然他拿起毛巾走到李飞鹏的背后替他擦起水珠来。李飞鹏像受了什么偷袭一样，猛一转身差点把朱家明撞倒。朱家明后退了好几步，脸色苍白地看着李飞鹏，李飞鹏也怪异地看着朱家明，好像不认识他一样，他说，朱家明你走过来的时候也吱一声，忽然把手放在别人背上真让人觉得瘆得慌，怎么像个女人似的。谢谢你的好意，我自己会擦。说完，他探出一只手去费力地擦着背上的水珠。

他知道他们已经离他越来越远了，只是，他也不能拽着他们的衣襟，死皮赖脸地挽留他们吧。他坐在那把椅子上呆呆坐了片刻，忽然又开始了低低的啜泣。他像个女人一样竭力压着嗓子呜咽，怕自己哭出声来，这有一声没一声的抽泣却加倍刺激了男生们的神经。听着一个男人的哭声就好像被什么邪恶的音乐催眠着，他们被刺激着，心里疼痛着，却又加倍想虐待他，而前提却不过是他也在虐待他们，他以他独特的方式一直在虐待着他们的神经。李飞鹏他们已经换好了衣服，他们又要集体出去了，他们不能忍受和这个生物待在一个宿舍里。出门前，李飞鹏忽然回过头，在已经昏暗下来的光线里认真对他说，朱家明，你也不是什么坏人，你也没有做错什么，可是我们实在不是一类人。我们看不惯一个男生熏香，看不惯男生照小镜子跷兰花指，这都不是你的错，可是我们很难接受。对不起，我们也不是存心要和你过不去，就是觉得看看你照小镜子跷兰花指的时候，背上总会起鸡皮疙瘩。还有你一口一个你母亲如何也让我们无法忍受，好像我们和一个幼儿园的小朋友住在一起。我们其实早想和你说了就是说不出口，因为知道你不是坏人。你还是和系里申请一下换宿舍吧。要是我们向系里提出来对你也不好，别人会觉得是我们把你赶走了。你自己搬出去对谁都好。

说完，他们三个人齐齐从宿舍门口消失了，只留下他一个人呆坐在那把椅子上，连啜泣都忘了。这一天终究是来了，他们彻底地抛弃了他。他蜷缩在椅子里，闭上了眼睛。因为一下到底了，情知没有什么更可畏惧的了，他心底忽然便滋生出几片安宁。只是这安宁疲惫得无以复加，像破蛛网似的罩在他心里。

辅导员给他调换了宿舍，把他安插到了三楼历史系的一间宿舍。只是，即使换了宿舍，他还是得和三个男生挤在一起住。三个完全陌生的男生，一切又得从头开始。他心惊胆战地搬进了328宿舍，草木皆兵，唯恐再一次被人赶出来，要是再被赶出宿舍，他就真成丧家之犬了。从搬进去的第一天起，他就不停告诫自己，绝不能现了原形。绝不能偷照小镜子，照一回镜子像做贼一样，唯恐被人抓到了。绝不能再跷兰花指。每次伸出手指的时候，他就在心里默默呵斥着那根不由自主跷起来的小拇指，回去，快回去。为什么不能像个男人。然后，他硬生生地把它给掰下去了。他知道，作为生命在这个世界上它本来有它的自由，如果它想跷成兰花指，那也是它的自由，可是不行，一根小拇指其实和人类一样，生来就软弱而低贱。活着的最大意义便是怎样才能和所有的人一样，如果不一样便会遭到驱逐。没有人愿意这样孤独，那么，就还是软弱低贱一点吧。只求变成一个同类项能被合并进去。

他努力要把自己装扮成一个男人的样子，要在自己身上挂满雄性荷尔蒙作为配饰，就像原始人文身以示自己的勇猛。他换上短裤和他们一起去足球场踢球，一场还没完他就被踢出去了，因为动作太娘半个球都进不了，拖了大家的后腿。为了讨好他们，他替他们熨衣服补袜子，他一边抢着给他们补破袜子，一边掩嘴笑着说，这有什么，我母亲教我的，我小时候的衣服都是她做的，我看都看会了。他没有意识到，他正把盘旋在中文系上空的他母亲的塑像一块一块地搬到历史系来。328的男生们一开始是边感动边惊讶，朱家明你还会这个，真比女孩子还厉害。慢慢地，他们开始感到惊恐了，脱下的臭袜子即使藏得再深再偏僻，也能被朱家明孜孜不倦地找出来，他像只老鼠一样循着气味一路找过去，挖出来后先看看有没有破洞，没有破洞就帮他们洗了。经常是其他三个男生一进宿舍便看到阳台上有一长串灰鼠似的湿袜子正在那里滴水，等这串灰鼠刚干了，另一串就又被挂出去了。

　　328的男生们为了逃避被朱家明先下手洗袜子的命运，不得不自己先下手，养成了每日清洗臭袜子的习惯，三个人争先恐后，似乎这洗袜子直接和奖学金挂钩了。仨人在水房里集体洗袜子的时候，总有男生过来看稀罕，你们宿舍是不是刚被那谁谁洗过脑？现在怎么这么勤快？然而还有更可怕的，趁他们不在的时候，朱家明把宿舍打扫得一尘不染窗明几净就不说了，他还在宿舍里熏香，熏衣服，捎带把其他仨人的衣服都熏了一遍。等到仨人晚上回去的时候已经来不及了，香喷喷的衣服明晃晃地挂在了他们床前，香飘十里。他们都要给他跪下了，大哥啊，行行好，饶了我们吧。仨大老爷们儿，穿上这么香的衣服，明天怎么见人啊。香味三日绕梁不去，以至于这仨哥们儿都过了好几天了，走在路上还会不由自主抬起胳膊闻闻自己腋下。让别人还以为他们仨都有狐臭，唯恐散发出什么味道来污染空气惹人嫌。

　　这仨哥们儿除了要面对被打劫一般的补袜子洗衣服，还要面对朱家明那永垂不朽的母亲。迄今为止，朱家明已经基本上把遗留在221

宿舍的关于母亲的碎屑都搬到328宿舍里来了。328宿舍终于和221宿舍一样了，也挤了五个人，四个男生外加一个老女人。四个男生每时每刻都能感觉到这个叫张茉莉的女人的存在，我母亲说……我母亲就是这样……我母亲就喜欢这……三个男生面面相觑，虽说这活在朱家明嘴里的女人听上去似乎精致讲究，可是以朱家明的衣食来判断，显然也不是出自什么大户人家，最多也就是个平民百姓。就算他喜欢熏个香，那也一看就不是长在他骨子里的东西，只觉得戴个翅膀就像天使了，生硬而滑稽。他这著名母亲究竟是何路神仙？在一起住了几个月了，也从未见这女人来看过他儿子。只是每天耳朵里要被强行塞进关于这女人的点点滴滴，时间长了，便觉得是和一个看不见的鬼魅生活在一起。即使看不见，她也照样占了你的空间，占了你心里脑里的地盘。甚至，他们感到他们宿舍的生活标准也渐渐地是被这女人一手制定出来的了。宿舍每天要拖一次地，是张茉莉说过的话。每天要开窗至少一个小时，换换空气，也是张茉莉说过的。衣服要定期熏香除湿除臭，也是张茉莉说过的。球鞋洗过后要用卫生纸裹起来晾，当然也是张茉莉说过的。张茉莉正在成为328宿舍的教母，她躲在一个无形的角落里，微笑着控制着他们每日的衣食起居。

这种做傀儡的感觉实在可怖，再加上与一个无形的女人长期共处一室也委实诡异，朱家明之外的三个男生有一天忽然意识到问题症结所在了，那就是，他们在朱家明母子的笼罩下，居然失去了自由，连什么时候洗自己的臭袜子都没有了自由。他们商量了一下，决定反抗。这天晚上，熄灯后，三个男生躺在床上终于向朱家明表明了心迹，那就是，希望他搬走。因为住在一起实在觉得别扭，尽管他让他们宿舍干净了不少，但他们还是情愿要从前的自由。宿舍的室长是个性情温和的男生，唯恐把话说重了，他吞吞吐吐地一再向朱家明申明一点，他朱家明绝对是个好人，而且是他从未见过的好人。除了他朱家明，不会再有人帮他补袜子帮他洗衣服熏衣服，要不是他朱家明，这宿舍还不知道有多脏多差呢。他先把朱家明猛夸一顿，之后，才婉转地补充道，可是我们实在性情不投，就是说……不是一类人，觉得……还是有点别扭。也许，也许你换个宿舍就会好很多，也许你换了宿舍也会舒服很多。

他好不容易把自己的意思表达清楚了，他知道一旦说出来了就再也收不回去了，所以说完最后一个字，他赶紧闭紧了嘴巴，再也不肯多放出一个字来。宿舍里一片死寂，朱家明并没有什么反应。其他三个人都庆幸选对了时间，在熄灯之后说可以逃避看到朱家明的表情。他们真的不想看到他的任何表情，一个人被一个集体赶出去毕竟不是什么光荣的事情，一个人被赶出去只能说明他不是什么好人，说明他有怪癖有恶习，说明他不能被人群所接受。可是从良心上讲，朱家明真的不是什么坏人，就是娘了一点，就是太爱干净，就是有点恋母情结，可是这些都不能算作恶习，甚至自打他住进来之后还帮他们做过很多事。他们知道，他一心想讨好他们，想让他们喜欢他接受他。可是，他们还是残忍地决定，要把他赶出去。

朱家明在黑暗中一声不吭，其他三个人尽管把脸埋在黑暗中，还是感觉到了划过空气的残酷和锋利。他们希望他说点什么，哪怕骂他们几句也好，骂他们几句他们反而会心生舒服，似乎只有这样才是对得起朱家明了。可是他们没有听到朱家明骂人，却听到了低低的啜泣声，一开始他们怀疑是个女人的哭声，一时背上一阵发凉，难道是张茉莉替儿子哭了？听了一会才明白，那是朱家明躲在自己的被子里抽泣。这哭声忽然让三个男生有些愤怒了，同样都是男人，他朱家明为什么这么不把自己当男人？像个女人一样随随便便就能哭出来，哪里还有半点男人的尊严？他就连反抗一下都不会么？都不会理直气壮地问一句，我究竟做错了什么，你们凭什么这样对我？

朱家明在黑暗中久久啜泣着，忽然开口说话了，其他三个男生听到的是，我改还不行吗？我以后不照镜子不翘指头不提我母亲了还不行吗？我知道你们是嫌我照镜子嫌我翘拇指嫌我老说我母亲，我可以改的。说完他接着抽泣。其他三个男生听得悲愤交集，至此他们已经彻底看不起他了，一个人没有什么权利了总还有说自己母亲的权利吧，他居然因为要被赶出一间宿舍就这么没骨气地摇尾乞怜，居然乞求他们，求他们给他一次机会，竟然还信誓旦旦说以后再不提自己的母亲。学历史的学生个个愤青，心中充满各种高大上的人文关怀，只觉得这朱家明简直是面目可憎了，太没有骨气了。却没有想想自己正在剥夺朱家明那一点点显摆母亲的自由。

这晚之后，他们倒是也网开一面，想着事情不要做绝。奈何朱家明更加殷勤让他们无法喘息，再加上他动辄流泪也给他们徒增压力，一个男人的眼泪实在不好消化。于是，三个男生集体找系里要求换走朱家明。

朱家明再一次被驱逐。

3

这次倒没有被遣送回中文系的宿舍，相反，他有了专享特供。他一个人被安排了一间宿舍，这下倒好，四张空荡荡的高低床上就睡着他一个人，他想睡哪儿就睡哪儿，一宿从上铺到下铺来回几趟，就是翻几个跟斗都没人管他。每次他在一个人的宿舍里走动的时候总能听见自己脚步的回声，像一枚硬币被装进了罐头盒里一般，一摇便空空作响。

他在这间宿舍里突然获得了空前的自由，他再不需要看别人的脸色，再不需要像个丫鬟一样抢着给别人补臭袜子来讨好别人了。他可以肆无忌惮地日夜熏香，就是把这屋里的每一只床腿都熏得香喷喷的也没人会干涉他了。开始几日里，他甚至有了些小孩子过家家的雀跃，他拖地抹桌子擦玻璃，一副要在这里长治久安的架势。但是，最初几日的兴奋感过去之后，他觉得他的身体开始寒冷、迟钝，一种面目模糊的恐惧像浓雾一样悄悄驻扎在了他的体内。尽管他这间宿舍也在男生楼三楼，和别的宿舍也没有什么两样，可是他却分明感觉到，他这间宿舍像一座荒凉的坟茔。虽然不小心坐落在人烟稠密处，却仍然保持着坟茔才有的安静与阴森。他和楼道里这些来来往往的男生多少有些阴阳两隔，他们好像根本看不见他，他就像一缕烟一样无声无息地从他们身边飘过去了。

可不是，像楼道尽头的这种特供宿舍，都是隔离一些有传染病的学生用的，谁敢没事到那种宿舍串门。蛰伏着多少资深病菌，躲都来不及。朱家明虽没有传染病，却享受到了传染病人才有的待遇，他也被隔离起来了。白天晚上的没有人和他说话，这样过了一段时间，他开始坐在宿舍里自言自语。谁要是认真地听一会他的自言自语就会发现，他其实不是在和自己说话，他还是在和别人对话的。他在和他的母亲说话，他从没有像现在这样思念过她。他拼命去回忆过去以减少孤单，他想起那时候他已经六七岁了，已经很重了，母亲还经常把他背在背上，她背不动了，佝偻着腰咬着牙，背着他一小步一小步地往前蹭。

黑暗中的回忆疯狂生长着，他又想起上小学时，一次期末考试没考好，中午放学了他不敢回家，就一个人躲在教室里。后来母亲来学校找到了他，母亲什么都没说，用自行车带着他去割了一斤猪肉，买了一把韭菜，一回去就给他包饺子吃。平时只有过节母亲才会包饺子给他吃。他一边吃一边哭，母亲也哭了，抱着他说，明明你可要好好上学啊，你是妈妈的全部希望了，妈妈的前半辈子像没过一样，没有一个人真正疼过我，都白活了，后半辈子就指望你了啊。还有一次是六一儿童节，母亲带着他第一次去公园，他在公园里好奇地看看这看看那，不小心就和母亲分开了。绕了一圈，他四处找也没找到母亲，快到中午的时候，忽然看到湖边围着一大圈人正在看什么，他也往里挤，原来是个女人正像泥一样摊在地上号啕大哭，哭得都起不来了。他钻进去一看正是母亲在哭。母亲看见他说不出一句话来，只是死死抱着他哭得更凶了，他知道母亲以为他是掉进湖里去了。似乎是被刚才的余悸吓坏了，他们在湖边抱着哭了很久很久，直到最后两个人都哭得没有了走路的力气。之后几天，母亲让他寸步不离地跟着她，哪里都不许去，生怕一转身他就消失了就化了。

　　他在黑暗中躺着回忆着这些童年的往事，一边微笑一边流泪。黑暗深不见底广袤无边，他可以任意想象任意回忆，无论多少回忆，一旦出来了就被无边的黑暗吸收了吞没了消化了。然后他在黑暗中做出了一个拥抱的姿势，就像正把什么人抱在怀中。他流着泪紧紧紧紧地抱着她，似乎那影子里正流出新鲜的血液来正一点一点地注入他的身体，灌进他的血管和肌肉，灌进他的五脏六腑。他和那影子被血液紧紧紧铸在了一起，他们成了黑暗中的一块血色琥珀，再也不能分开。

　　就这样，朱家明在空空荡荡的宿舍里独自住了半年，转眼就是大二了。大二新开了一门文艺美学，代课的是中文系系主任赵斌。朱家明在拿到课表的第一时间就上网把赵斌的资料全部搜了一遍，搜完之后，他坐在椅子上半天都没动弹一下。山西祁县人，没错，就是他了。这就是他要找的那个人。从他记事起，母亲就一直和他说起一个名字——赵斌。赵斌和母亲是高中同学，母亲一遍又一遍像小女孩一样，半是兴奋半是羞涩地给他讲述当年赵斌是怎么追求她的。他把写给她的信夹在她的书里，一共写了两封信。他放学后在魁星楼下面等着她，等她终于来了又不敢和她说一句话。朱家明像个配合默契的观众，笑着问母亲为什么没好下去呢？母亲看着窗外表情复杂，然后又幽深烦躁地叹气，你想那是在高中时代啊，怎么敢谈恋爱呢。其实我心里对他也一直有好感，他学习很好，人长得高高大大，可我就是不敢，一见他就躲，生怕被老师知道了。

后来呢？

……后来他考上大学走了，那年我们班只有两个人考上了大学，他考了第一名。连道别都没道别一声，我们就分开了。

后来呢？

后来他去外地上大学了，我就留在了祁县进了工厂。我一直想着他回来也许还会和我联系的，但是一直也没有。后来他连封信都没来过。毕竟人家考上大学了，我也不求着他和我联系。他就是再不和我联系，我也照样能活下去。这世上谁离了谁是活不下去的？

再后来呢？

后来我听说他大学毕业后就留校当了大学老师，大约很快就结婚了吧。再后来我就不愿意知道他的消息了，他过得好与不好又和我有什么关系，我们什么都不算，连手都没拉过一下。他就是当了省长那也是他的命，我有我自己的命。

妈妈，我长大了也当大学老师好不好？再把你接过去和我一起住。

明明你是我在这个世上唯一的亲人了，没有你妈妈可怎么活下去啊。等你考上大学了，我就跟着你一起离开祁县，我到你的大学门口开个小商店或小饭店，租个房子住下来每天给你做饭，食堂的饭菜很难吃的，肯定要把你吃瘦。我就这么陪着你，一直陪到你工作了赚钱了娶媳妇了。明明，你将来要是娶媳妇了会不会就离开妈妈了？

妈妈，我不结婚，我永远不要和你分开。

妈妈希望你长大了做博士出国留学也带上妈妈好不好。妈妈还从来没离开过祁县呢。

好。

……然后，他记得母亲在昏暗的灯光下取出那两封精心保存的发黄的信，赵斌当年写给她的。都不知道这是她第几百次拿出来展示了，她讪笑着得意地给朱家明看，他是唯一的观众，明明你看他写的这些话，羞死人了。母亲满脸绯红，滑稽如舞台上的小丑。她恨不得让全县人都知道，有一个大学教授曾经喜欢过她。他一边心里刺痛着，一边笑着吵着要往下读，还要读出声来。母亲则笑着捂上耳朵，她要害羞，好像她此时是他可怜的女儿。他必须得安慰她，只有他一个人会安慰她。

就是他了。他站在窗前木木地看着窗外却什么都没有看到。脑子里反反复复出现的只有这句话。这句话像闪电一样一次又一次地从他身上击过，头顶上是蓝得惊心动魄的天空。

他特意提前一个小时就赶到教室原来不过是为了能占据一个最佳位置来瞻仰赵斌。上课铃打响之前，来上课的学生基本上已经坐好了。朱家明作为这堂课的第一个拥护者，得意地环顾了一下四周。整个第一排只坐了他和一个女生，第二排第三排都是女生，所有的男生都缩在教室的最后几排，还有一个男生干脆像隐身人一样把自己安置在了最靠后的一个角落里，趴在桌子上已经做好了准备睡觉的架势。整个教室的前半截就坐着他一个男生，真是鹤立鸡群。他又向门口张望了一下，简直是望眼欲穿。

铃声刚落，赵斌夹着讲义进来了。朱家明像在机场接到了久违的美国亲人一样，一阵脸红心跳，他只觉得自己呼吸紊乱，几乎要晕倒在课桌上了。赵斌已经开始讲课了，他看着自己的讲义，并不看下面。朱家明坐在那里偷偷做了几个深呼吸，惹得他旁边那女生诧异地看着他，这人怎么好像有高原反应？朱家明抬起头仔细打量着赵斌，赵斌果然高大魁梧，毕竟是中年男人了，有些发福，但这丝毫不影响他的形象。他今天穿着一件白衬衣，不时伸手推一推鼻子上的眼镜，看起来儒雅沉稳。

旁边的女生在低头做笔记，朱家明一动不动，呆呆地只是盯着讲台上的赵斌看。这个男人，他从刚记事起就认识他了，也就是说，他认识他其实已经有十多年了，其熟悉程度绝不亚于对自己父亲的熟悉，也许比父亲更为熟悉。因为父亲就是活在他的身边，他也有权利看不见他，因为母亲不爱他，因为他根本配不上母亲。而赵斌却是一直活在母亲的嘴里和记忆里的，在母亲那里，他有着极为强大彪悍的生命力，怎么也死不了。这十几年来，他的名字像榕树巨大的气根一样盘根错节在他们母子的生活里，镶嵌在他的每处记忆里。他简直就是他们母子身边的一盏灯，常年不朽地陪着他们单调枯燥的岁月，陪着他们一天一天往下过。这个男人是母亲情感世界里唯一的一件纪念品，所以她才那么珍爱。母亲一次又一次地在他面前惋惜着，他走了以后就再也没有回来找过我。你说他为什么不找我呢，他真的喜欢过我吗？我觉得他一定喜欢过我的，不然为什么给我写那两封信，可是他后来再也没有来过信。也不能怪他，他考上大学了，我没有考上，谁都不怪。……明明，你不知道那种感情有多美好，那时候大家都那么年轻那么单纯，喜欢也就只能在心里，没有谁敢说出来，可是他就敢，只有他一个人敢。他对我说他喜欢的时候，你不知道我的心里有多乱，我又是害怕又是高兴，可是，我却没有答应他。你说我是不是太傻。

　　她一遍一遍地对着自己的儿子倾诉，好像这坐在对面的儿子是她的闺蜜，是她在这世上唯一的朋友。是啊，他确实是她唯一的朋友和亲人。她只能不停地长年累月地向他倾诉，长年累月地把这个叫赵斌的陌生男人焊进他的心里。现在，这个叫赵斌的男人就站在他对面，离他不过两米开外。这种感觉是如此的不真实，就像忽然在现实中迎面撞上了一个自己梦了八百回的陌生人，简直有些诡异。然而，他心底又无比明亮地知道，这一天终究是来了，高考时他之所以报考这所学校的中文系，就是因为他知道赵斌是这个系的老师。他知道，他的母亲也知道。他们母子俩在遥远的山西小县城里不惜余力地打听着关于这个男人的一切。他们对他的熟悉程度甚至超过了他自己。

　　现在，他就站在他对面。他想起了母亲精心保存着的那两封他当年写给他的信，那些黄而脆的纸，裂缝处被精心补过，仿佛是什么价值连城的遗嘱，绝不能少了一个字的。母亲一遍遍拿出那些信来的时候，他也在那些信里跟她重温了一遍那些日子，他和母亲一起把它们过成了最美好的日子。他在心里对张茉莉说，妈妈，我替你看到他了。他就站在我面前。

　　想到这里，他的泪忽然下来了，曾经有多少委屈，此时便有多少补偿汹涌而来，直至把他淹没。他泪水模糊地看着他，却不只是自己在看，他知道，张茉莉也在他身体里正看着他，这个唯一带给她爱情的男人，这个在所有黑暗的岁月里带给她唯一光亮的男人。此时，他多么想牵着母亲的手走上前去和他团圆。好像他们三个本来就是一家人，只是他们失散了，失散这么多年后却终于还是团聚了。他坐着没有动，只是泪水哗哗往下流。如果有当初，如果他们能在一起相爱的话，那今天的他就是他的儿子了。他有这样一个让他骄傲的父亲该多好，为什么他不是他的儿子？也许就那么阴差阳错的一步，他就在这个世界上和他再也没有了任何血缘关系。他就和他还有他的母亲永远擦肩而过了。

他一阵比一阵悲伤，以至于再也忍不住地开始了啜泣。就连这泪水也不只是他的，他也在替张茉莉流泪，似乎这么多年都过去了，这点眼泪才找到了它的真正归属。这一声大过一声的啜泣在教室里很是扎耳，坐在旁边的女生好奇地看着他，坐在后排的学生也开始窃窃私语，最后连赵斌也注意到了，他停止了讲课，扶了扶眼镜对朱家明说，这位同学怎么了，是不是需要休息一下？朱家明刚才还只是偷偷抽泣，赵斌这一询问，倒像是给他提了个醒，他连抽泣都不加压制了，干脆就号啕大哭起来。他这没头没脑地一哭，坐在后面的学生轰的一声笑了，好像观看了什么滑稽的表演，不由得笑场了。

赵斌从讲台上走了下来走到了朱家明身边，低下头又询问他，同学你是不是哪里不舒服，叫个同学送你回宿舍吧。朱家明一边埋在桌子上哭，一边在心里呐喊，不要叫我同学，我有名字，我叫朱家明，我是张茉莉的儿子。张茉莉，你不记得张茉莉了吗？她可是你的初恋啊，她可是你这辈子喜欢过的第一个女人啊，你难道不记得她了吗？她却从来没有忘记过你。当然，这样的话他不敢说出口，他只是边哭边像小孩子一样抵赖，我没事的，我一会就好了，我不回宿舍，我不回去，呜呜，我不回去。后面的学生们接着笑，已经接近于看猴戏了。

赵斌看他死活不回去也就不管他了，走上讲台接着讲课。朱家明虽说按捺住了哭声，却还是一声接一声地大声抽泣着，似乎是余痛未消,他暂时还无法做到平静。他每抽泣一声,赵斌讲课就停顿一下,简直像打嗝一样尴尬。学生们哄笑几声之后,自觉无趣,笑声也就慢慢平息下去了,正在这时候,下课铃响了。赵斌如释重负,又走到他身边,一只手放在他肩上,建议他如果不舒服就去校医院看看。他突然间离他如此之近,以至于让他措手不及,他看着赵斌的脸,嘴空洞地张了几张,又合上了。他全身的神经都提到头部了,罩住了他的五官,最后他一个字都没说出来。

见他不肯说话,赵斌就夹着讲义走了。他是系主任,不可能一直陪着他这样一个哭泣的男生。他探着脖子目送着他走出了教室,拼命想用目光拽住他的衣角。

4

此后每到周三的文艺美学课,朱家明就早早起来,披星戴月地赶往教室占座位,其实并没有人会和他去抢个第一排的座位,他要占领的不过是一种心理上的制高点。好像站在这个点上,他就是爬到了山顶上,有权利把全班学生都俯视了。他浑身上下熏得香喷喷,岿然不动地稳稳占据第一排的最中间,已经成了教室里一道风景。坐在后排的学生一边啃油条一边观赏着朱家明的背影下饭。

这天早晨上课铃打响的时候,朱家明忽然发现第一排多出了两个女生,她们俩正坐在那里悄悄笑着议论着赵斌,他坐着不动却竖起耳朵仔细听她们的话,大致听明白这是赵斌的两个崇拜者。顿时他心里隐隐有些不快,就好像别人占了他的自留地,他又不能明着把她们赶走。这时候赵斌进来了,开始讲课。两个女生唰唰做着笔记。朱家明仰头看着赵斌,又拿眼角的余光盯梢着旁边的两个女生,生怕她们虎口夺食,把赵斌从他眼前抢走了。半堂课都过去了,他一个字都没听懂,也不做一个字的笔记,就那么干巴巴地戳着,腰板笔直,像支脱了帽的钢笔。

他斜眼偷看着两个女生,心里忽然不由得生出一种优越感来,他忽然就觉得,她们是沾了他的光,她们正赖在他家的客厅里享受着他家的阳光和音乐。而这一切都是他赐给她们的。甚至,他觉得全班人都是沾了他的光,他们哪里知道他和赵斌的关系。他不能不得意,赵斌可是他母亲的初恋情人,初恋啊,一辈子可就一次,他追求过他的母亲,而他差一点就成了他的儿子,就差一点啊。就算他现在不是他的儿子,但从情感和历史上来讲,他也休想赖掉他。从源头推算,如果他赵斌当年执着地回来找张茉莉,张茉莉就不会随便嫁给一个自己不爱的人,张茉莉不嫁给别的男人就不会生出他来,可是,他毕竟是被生出来了。既然他已经被生出来了,那他赵斌就应该对他负责。他坐在文艺美学的课堂上,心里斩钉截铁地划定了他们之间的关系。他和一个中文系系主任之间的关系。

这种关系不能不让他得意,他想要让人人知道,恨不得人家都能问起他,甚至能拿他母亲和赵斌的关系打趣他几句,可是没有人理睬他。他望眼欲穿地等着有人走到他跟前,哪怕就问他一句,你为什么一上文艺美学就坐到第一排啊。是啊,上别的课,他从没有蹭到第一排去,他恨不得能躲到教室最后排,躲到没人能看得见他的角落里。只要有人一旦问起他这个问题,他便可以滔滔不绝地引出下文,引出那幽怨凄美的爱情。可是,没有一个人注意到他的反常,似乎他坐在第一排和最后一排是完全没有区别的。上课下课的路上仍然没有一个人肯和他并肩走,在他方圆几米之内保持着一个巨大的气场,水火不入。在这校园里,他是介于男生和女生之外的第三种性别的人,别人和他无法合并。

他暗地里打听关于赵斌的一切,当他得知赵斌至今还是单身时,由不得全身上下热血沸腾,他为什么不结婚,原因很简单,他心里一直有人,就算这个人不在他身边,就算他们经年没有再见,他心里也只能容得下她一个人。看来赵斌从来就没有忘记母亲张茉莉,他简直要泪下了。转而又听说赵斌结过一次婚的,还有个女儿,后来他妻子出国了移民了,他不愿出去便只好离婚了,女儿也被前妻带出国了。听到这个消息,他又不由得有些沮丧,因为他并没有如他所期望的那样为张茉莉守节。可是这么多年都过去了,他结过一次婚又有什么不可以?张茉莉不是也结婚了吗,还生下了他,这个不该来到人世间的人。于是,他又在心底暗暗原谅了他,就像原谅了母亲出轨的情人。

他疯狂地想见到他,只恨文艺美学课一周只有一次,他恨不得能长在文艺美学课上。只要看见赵斌,他便有一种巨大的想哭的冲动,就觉得赵斌和母亲之间的往事又轰然复活了,那些纯真的美好的青春被回锅煮了煮又可以继续享用了。他看到了高中时代的赵斌和张茉莉从他眼前走过,拉着手,表情羞涩幸福。他像个慈祥的长者一样目送着他们走在夕阳下,晨光处,柳树林里,还有他们即将延续下去的无限美好。在前方也许将有一个和他长得一样的小孩子出生,而这个小孩子却不姓朱,也不叫朱家明。啪一声,他的笔掉到地上了。旁边的女生推了他一把,以为他睡着了。幻想中止,他俯身拾笔,只觉得痛心疾首,又几欲泪下。

在校园里晃荡的时候,他总盼望着能和赵斌不期而遇,他一千次地幻想着,如果和赵斌面对面遇上了,他该怎么和他说?告诉他他是张茉莉的儿子？他会不会吃惊？他尽管离过一次婚却没有再娶，那么，也许他心里还是有个女人的。可是张茉莉？在没有真正和赵斌面对面遇上之前，他已经在心里把和赵斌的谈话彩排了一万零一次，却只恨没有用武之地。

他终于按捺不住跃跃欲试。这天下午，他鬼使神差地走进了中文系的办公楼。楼道里静悄悄的，所有的办公室都掩着门，他一直往里走，终于看到了系主任的办公室。门安静地闭着，不知道里面有没有人。他久久在门口徘徊着，几次欲伸手敲门都缩了回来，然后他又大口做深呼吸，一副即将跳水的架势。他有些担心，怕这时候其他办公室突然出来个老师看他鬼鬼祟祟站在这里一定会生疑，说不好还要把他送到保卫科里去。站了不过十分钟，他却觉得已经在这门口站了十几年了，简直是一辈子都在这儿站岗了。他又想起了母亲对他讲述起赵斌时的哀怨和不甘，他心里一疼，手上忽然有了力气，那只手不受自己控制地抬起来在门上敲了三下。

里面有人说，请进。居然有人？他简直要被吓坏了，疑心自己刚才在门口的猥琐是不是都已经被他看在眼里了。可是，他必须进去。他屏住呼吸，一头冲了进去，倒像个打劫的。办公室里只坐着赵斌一个人，赵斌抬起头看着门口的来人。他显然对他没有印象，学生太多，他根本没有时间去记住他们的脸。他和蔼地问来人，同学你有什么事吗？朱家明见赵斌认不出自己，一阵失望，他可是每节课都坐第一排的啊，他居然记不住他。这失望刺激着他，他反而豁出去了，反正进都进来了，再说了，这坐在桌子后面的男人又不是什么陌生人，他从三四岁起就认识他，他休想赖掉这十四年的光阴。

他决定从同乡入手，他张开嘴，结结巴巴地说，赵老师，您是……山西，山西祁县人……人吧，我，我也……是。赵斌听了微微一笑，哦，是个小老乡啊，来，坐。开局不错，朱家明松了口气，坐在了旁边的沙发上。赵斌问，要喝水吗？他急忙摇头，然后，因为怕赵斌找不出话来尴尬，他又急急开口了，赵，赵老师，我……我是张茉莉的儿子。

说完这话，他紧张地盯着赵斌的脸，急切地等待着这句话在他脸上产生的化学反应。他会惊讶、高兴，甚至恐慌？可是，他在赵斌的脸上只看到一团空空的茫然。这茫然是真的，他看出来了，这茫然不带一丝一毫的水分，是原汁原味的茫然。他居然不知道他在说什么，也就是说，他根本不记得有个叫张茉莉的女人。

他像隔着放大镜一样看到了他脸上转瞬即逝的每一丝表情，每一丝表情都因为夸张而显得近于可怖，仿佛是被追了肥的树叶长得过于汹涌而变了形。他不甘心，他等待着，他继续盯着他的每一丝表情，他想把他的每一丝表情都连根拔起，还看看那表情的下面究竟是什么？难道，难道那下面根本就什么都没有吗？赵斌脸上的茫然还在蔓延，然后这团空白的雾气遮住了他的眼睛好掩饰他的尴尬。毕竟他是个有修养的人，不能开口就问，张茉莉是谁？可是，朱家明看出来了，他是真的想不起张茉莉究竟是谁。

赵斌打着哈哈问，那你家住在祁县哪条街啊，家里几口人啊，父母都是做什么工作的啊？他居然用这样的外交辞令和他说话，纯粹地敷衍他，纯纯粹粹地敷衍，连点水分都没有。他嘴角神经质地抽动了一下，想笑，这笑抽动了只一下便戛然而止。他的泪下来了，他不能再让张茉莉跟着他受辱了，他慌忙站起来，一句话都不说就跑了出去。

正是日落时分，校园里到处是如血的残阳，黄昏里的燕子像音符一般高高低低地从头顶掠过。朱家明披挂着一身霞光低着头往前走，好像生怕被人认出来一样，头也不抬。一直走到小树林里他才停下来，抱住一棵白桦树开始放声大哭。这个男人，他和母亲在这十几年来像供奉神一样供奉着他，在一个最卑微的角落里一直仰望着他，尤其是张茉莉，就靠着他留给她的那一点点回忆和两封信维系了这么多年的时光。那点回忆和那信上的字噼里啪啦地一直燃烧着，供她取暖供她走夜路，以至于她小心翼翼千方百计不敢把这火堆弄灭了，为此她不惜把自己当成柴火添进去。可是多年之后，他却在这个远离家乡的地方忽然看到了不该看到的真相。他怎么向张茉莉交代啊，他眼前又出现了张茉莉向她倾诉时的表情，她像抓住救命稻草一样向他一味倾倒，她表情沉醉，目光恍惚，似乎她正沉在一个极乐世界里，她的身体连同她的灵魂都泡在了酒里，为了攫取这点回忆，她不惜把自己制成一枚酒精里的标本。

他久久地哭泣着，却并不就此死心，他感到张茉莉的气息正飘荡在他的上空，她与他如影相随，她说过的，无论他去哪里，她都会一直一直陪着他的。他对着空中叫了声妈妈，再一次泪如雨下。他决定再去找赵斌，他一定要让他想起来张茉莉究竟是谁。他怎么能对得起张茉莉？

再上文艺美学课的时候，朱家明仍然是雷打不动地坐在第一排的最中间，仿佛整堂课整间教室都是他家的，只有他一个人才是真正的主人，其他学生不过是来蹭课的宾客。他并不听课，只是仰着头目不转睛地盯着赵斌看。赵斌终于感觉到他的目光了，抬起头与他对视了一眼，他目光犹疑了一秒钟，显然是想起他了，那个自己送上门做自我介绍的小老乡。赵斌对他微微一笑。朱家明坐在那里受宠若惊，在那一瞬间，他恨不得把这个微笑拍下来做成海报，向这地球上的每个人都发上一份。那份惊喜，不亚于深宫里一个终于被宠幸了的宫女。他记住他了，他终于记住他了。他忽然有了信心，有了这个做开头，一定会把张茉莉牵出来的，他一定会想起张茉莉的。他钱包里有一张张茉莉的照片，他要找机会给他看，铁证如山，想来他也没有健忘到这种程度。除非，她根本就没有进过他心里，那也就无所谓出去。

讲课还在继续，而朱家明已经因为这个微笑而神游八方。赵斌先是认下了他这个小同乡，然后再想起了张茉莉，于是不能不对他另眼相看，昔日恋人的儿子都已经这么高了。而他作为系主任必定会对他青眼相加，无论其他人怎么对他，怎么排斥他孤立他，只要有赵斌一个人对他好那就足够了。或许他还会得到保研的机会，即使不能保研，他也一定会帮助他找个好工作的，因为不如此便不足以对得起张茉莉。……忽然他听到旁边有女生窃窃的笑声，扭头一看，坐在旁边那女生正看着他偷笑。他忽然想到，一定是刚才展望大好前景的时候，脸上露出了愚蠢的笑容，不小心被人看到了。他心里忽然一惊，好像自己揪住了自己的尾巴，从这尾巴一直看进去，他发现自己居然这么猥琐。难道这才是他要和赵斌认亲的最真实原因？只不过他连自己都骗了？他有些不寒而栗。

他刚拾掇了一下表情，下课铃就响了。

赵斌往外走去，朱家明犹豫了一秒钟，在众目睽睽之下追了出去。赵斌回头一看是他，便说，你是那我那小老乡吧，怎么了，有什么问题？朱家明再次语无伦次，赵……赵老师，我，我喜欢听您的课……赵斌拍拍他的肩膀，我还要去开会，没有问题我就先走了。说完就大步走了。朱家明站在原地一直目送着他，看着他的影子一点一点地消失不见了，他才活了过来。只是肩上那一拍还热辣辣地盛开着，他希望它常开不败。希望它即使干枯也能变成他身上的一个标记，好让人一眼就认出他来。这时候猛一转身，他看到了镜子里的自己，他吓了一跳，站在那里仔细端详着自己脸上的表情。他有些诧异他脸上怎么会有这样的表情。这么猥琐的得意。难道是因为刚刚谄媚过？他忽然感到一阵恶心，不愿再看镜子里的那个影子。

然而他不能就此罢手，不把母亲送回到赵斌手里，他死也不能甘心。他开始跟踪赵斌，他要搞清楚他住在家属院的哪栋楼里。去办公室不方便，办公室肃穆清冷，毫无人味，他要和他说的话不适合在那里讲。他偷偷跟踪了他两回，终于搞清楚赵斌住在2号楼一单元3层。他选定了一个周末去找他，因为觉得赵斌周末也许会不忙。

这个周末晚上，他提前洗澡洗脸更衣，然后便朝赵斌家走去。走进家属院的时候，前面正好走着一个长发女生，他只看到她一个背影。奇怪的是，她一直和他保持着同一个方向，倒像是他在跟踪她一样。他跟在她后面走进了2号楼，然后，他看到她在三楼停下了，他忽然一阵害怕，再不敢往前走半步了。三楼只有两个单元，他屏住呼吸看她要去的是哪扇门。她轻轻敲了敲赵斌家的门，然后，嘎吱一声，门开了，站在里面的男人正是赵斌。女生一句话都不说就进去了，万分熟稔的样子。门又关上了，楼道里的感应灯再次灭了。朱家明连同楼道一起沉入了黑暗的水底。

5

朱家明像头石狮子一样在2号楼下一直蹲到半夜，等到十二点的时候，三楼赵斌家那扇窗户里的灯熄灭了。他知道，那进去的女生今晚是不会出来了。

他最后看了一眼那扇黑暗下去的窗户，冷笑一声，转过身慢慢地踟蹰着离去。

他走得很慢很慢,周身有一种要虚脱的感觉,好像他刚才用尽力气不小心捉了一场奸。而奸夫却是自己母亲的情人。好错综复杂的关系。他忍不住想起了那句流传在学生中的话,赵斌单身多年是因为心中难纳他人。好一个痴情的男人。为此他自作多情地把母亲献出去去填补那个空缺。直到今晚他才知道他为什么会单身多年,是啊,女本科生女硕士生女博士生来投怀送抱的总是不缺的,连他一个男生都觊觎着从他这里蹭点什么好处,更何况是那些年轻貌美的女生。今晚去的是这个,明晚去的还不知道是哪个,大约是排好了值日表的,不然还得在楼下撞车。女人就这样吧,任何一个领域里的女人都不乏业余卖淫者。难怪他想不起那个叫张茉莉的女人,原来在这么多年之后,他那可怜的母亲早已被一拨又一拨的年轻女人淹没了,甚至,在他这里她连点泡沫都没有留下,连那海里的人鱼都不如。就算她消失得不彻底不干净,偶尔还留下一点残羹剩饭,这点残羹剩饭让他想起来的时候大约也只觉得是羞耻吧。他大约会独自微笑着嘲讽自己,这种事也只有在十七八岁的时候能干得出来吧。是够丢人的。那样一个女人,一个女工人……

偌大的校园里好像只剩下了他一个人了,学校后面的山顶上坐着一轮巨大的金色月亮,仿佛一只洞开的眼睛正怜惜地悲悯地看着他。他一路流着泪,一步一步朝那月亮走去。他觉得自己再走几步就可以走到那月亮里面了,就可以永远地离开地球了。他情愿住到月亮里去,哪怕整个月亮里就只有他和他的母亲,那也足够了。他再不需要第三个人的陪伴。活在这世上,只要有一个人的真正陪伴,那也不算孤独了吧。这些同学,这些老师,他们算什么,全是齑粉。真正与他相依为命的只有母亲一个人。走了几步,他忽然停住了,他听到一个声音残酷地问他，你就真的这么悲伤吗？还是，你只是恼羞成怒了？你千方百计让他想起你的母亲，本质上也不过是作为和他套近乎的资本吧？但是，他对你这点资本都不屑，就像一个乡下人背着辛辛苦苦种出来的土特产去送领导，想巴结人家，却被人家转身就扔了出去，因为不仅嫌脏，还嫌占地方。这才是你真正愤怒的原因吧。

他站在那里跳着脚，歇斯底里地大喊着，不是，不是，绝不是。

那个声音冷笑了，你不承认是因为你其实连自己也看不起，你这从没有断奶的可怜孩子。要是你是个女生，你能保证自己不会向他投怀送抱？其实你现在的行为在本质上与投怀送抱也没有什么区别，你凭什么看不起她们？你的母亲不过是你为自己遮羞的一件道具。因为只要你足够悲伤，你就不会再觉得自己无耻。当一种伤口的疼盖住另一种伤口时，你就会以为下面那个伤口是不存在的。

这次，他没有再暴跳如雷，他只是恐惧地站在那里，绝望地与那轮月亮对视着。因为他突然发现，那声音就是从他自己的身体里发出来的。

再上文艺美学的时候，全班人都发现第一排只坐着一个孤零零的女生，朱家明不见了。众人环顾左右，最后才在教室的最后一排找到了他，他像乘上滑梯一样径直从他们头顶滑过，滑到最后面去了。他呆呆坐着，不看任何人，眼睛里空空的像雾气弥漫的湖面，而他自己则是插在湖边的一棵柳树，湖面上只有他一个人的倒影。赵斌照常讲课，和往常没有什么不同，甚至都没有注意到每次坐在第一排的那个男生忽然不见了。他也从没有点名的习惯，学生愿意来听就来，不想来他也绝不勉强，颇有名士风度。不过，做到系主任了，连这点假设的名士风度都没有的话，他也实在无颜面对自己了。拿什么来面对那么多女生的爱慕？说钱，他自打离婚至今积蓄也不过几万块钱。连一个摆地摊的小贩都不如。说权力，权利之下他所得的也就是这点福利了，女生们爱慕一下崇拜一下，爱慕过头了崇拜过头了就投怀送抱一下，他也不好拒绝。不过那都是晚上的事，白天他还是教授、系主任，自恃和一个女生睡一睡，也算不得道貌岸然。

课上到一半，学生们忽然听见教室里什么地方传出了嘤嘤的哭声，在寂静的教室里，这点哭声阴森而突兀。所有的学生都循着哭声找过去，在教室最后一排找到了源头了，是朱家明正趴在桌子上偷偷抽泣。一教室的目光压了过来，好比压了十几个人的体重，朱家明感觉到压抑了，奋力反抗，便哭得越发大声了一点。这回连讲台上的赵斌也听到了，赵斌停下讲课，扶扶眼镜，往教室最后面张望着，学生们纷纷低头让道，好让他一览无余。他见哭泣的又是朱家明，忍不住皱了皱眉头，这个男生怎么老是选在他的课堂上哭？倒好像他一上课便足以让他悲伤难抑，仿佛有什么磁场干扰着他一样。

他忍住心中的不快，依旧和蔼地问了一句，最后排那同学，你怎么了？又不舒服了吗？朱家明趴在桌子上头都没抬，听他这么一问，他索性就放开声音肆无忌惮地大哭起来。以前是最前面那同学，现在成了最后排那同学。在他赵斌眼里，他永远是个没有名字没有身份没有出处的人，他都忍辱负重跑过去做过一番自我介绍了，他还是记不住他的名字，更不用说记住他的母亲。他居然还幻想着，让这母亲的初恋情人帮助他直研帮助他找工作。事实上，他不过就是一个符号，一个以爱哭为显著特征的可笑符号。他决定惩罚他的健忘，惩罚他对他的侮辱。他哭得声音更大了，教室里一片哄笑，像是喜剧又上演了，舞台深处的灯光下，形影相吊的演员只有一个，就是他朱家明。

赵斌问了两次，只问到一片哭声，也有些生气了，他看看表，再这样下去，一堂课的内容就讲不完了。他便又耐着性子说，这位同学，你还是先回宿舍吧，如果不想回去就先到隔壁的教员休息室好不好。

他埋着头想，他居然想把他赶出去，他觉得他成了一个累赘。他偏不走，他就不走。他心里狂乱地喊着，嘴里更大声地号哭，两条腿死死不动，他今天一定要把这教室坐穿。赵斌终于发火了，他指着他大声说，你这男生怎么回事，还有没有一点男人的样子，动不动就哭，这样半男不女的能成什么气候。

哭声戛然而止，以至于让全班人和赵斌都吓了一跳，似乎是这男生忽然要变身了，变成什么更可怕的东西。然而，朱家明只是抬起了头，目光炯炯地盯着赵斌。连他都说他半男不女？他把这四个字一个个掰开了往下咽，仿佛一个饿极了的人在冰天雪地里生吞狼肉一般凶狠。周围的学生看着他忽然都觉得有点害怕。咽到最后，他忽然阴阴地笑了。

这回赵斌终于记住这个学生了，这个学生简直让他头疼，可是他又没犯什么错误，只是喜欢在他的课堂上哭，简直让他的课堂有了坟地的悲戚，似乎是专供排遣悲伤用的场地。他和辅导员说找这个男生谈谈心，看他心里是不是有什么问题。辅导员说，朱家明啊，谁都不喜欢他，都没有男生愿意和他住一间宿舍，他已经被赶出来两次了，他倒不害人，就是整天半男不女的，我也拿他没办法。

再去这个班上课的时候，赵斌简直都有点提心吊胆了，生怕朱家明又在他课堂上哭，这么哭来哭去的，传出去成何体统，让其他老师还以为他对这学生做了什么残忍的事情。他又暗暗期望这学生今天请假没来，上次课堂上他训斥了他，他也许根本不愿来上他的课了。

站在讲台上往下一扫视，他第一眼就看到了坐在教室中间的朱家明。他又换地方了，又从最后一排搬到教室中间去了，简直是游牧民族。他究竟在寻找什么？看到他的一瞬间里，赵斌脑子里闪过这样一个念头。讲课刚开始没几分钟,教室里就飘过一阵浓郁的韭菜包子味,学生们纷纷侧目寻找源头。不用费力就发现了,朱家明正坐在教室最中间的位置上大口吃韭菜包子。韭菜的味道喷出来溅得到处都是,女生们捂住了鼻子,男生们偷偷笑着。赵斌也闻到了,他愣了一下,没停,接着往下讲。可是这韭菜包子味有增无减,如庞大的轰炸机一样在他们头顶盘旋不去。学生们连同赵斌都觉得奇怪,这包子怎么吃不完了,这是一口气把包子铺的包子都买下来了吧。吃了半天,势头毫不见减弱,看这形势,估计朱家明是要把这节课吃穿了。不仅如此,他还边吃边发出了咂巴嘴的声音,吧嗒吧嗒,给人一种错觉,这教室里开了一个猪圈,几头猪吃得正欢。赵斌终于忍不住说话了,那位同学,你要吃就到教室外面吃,课堂上不能吃东西。

又是那位同学,他朱家明就像一个无头人,永远不可能有自己的名字。他暗自冷笑一声,又从书包里取出一袋包子,打开了,趁热接着吃。赵斌气得脸色发青,又不好过去把他推出去,这种不体面的事情只会破坏他的形象,尤其当着这么多女生的面。

罢课愤然出走吧,又显得他太小家子气,像个动不动就发脾气的小妇人,也不妥。赵斌无奈,只好就着浓郁的韭菜包子味继续往下讲课,学生们则捂着鼻子继续听课,心里后悔没戴个消防面具来,下节文艺美学课一定不能忘了。大约是吃得太撑了,吃到尾声的时候,朱家明打了两个大大的饱嗝,每一个都把教室震了一震。快到下课的时候,他又抬起屁股放了个很响的屁,差点把周围的学生熏倒一片。赵斌已经面色如土,匆匆忙忙讲完最后几句,铃声一响,他便夺路而逃。学生们则逃的逃跑的跑,没逃的冲到窗户旁边打开所有的窗户通风透气,好拯救这间教室。最后全教室的人都跑光了,只剩下朱家明一个人像个战胜的英雄一样坐在座位上岿然不动。

赵斌已经怕了朱家明了，每次来上课的时候先心惊胆战地看看朱家明来了没有。他期望着有奇迹出现，比如说朱家明生病了，或者是对这种游戏终于厌倦了，再或者干脆罢课不来了，等等。但是，每一次他都要失望，他往教室门口一站，就看到朱家明已经万事俱备只欠东风地坐在教室最中间了。因为他坐在最中间，其他学生只好往边上坐，于是他周围便空出了一个巨大的荒凉的圆圈，只有他一个人像国王似的屹立在那片疆土里。真是一夫当关万夫莫开。

这天赵斌正低着头讲课，忽然听到课堂上一声尖叫，在这妖气森森的课堂上，他的心脏简直都要承受不起了。一个女生站起来尖叫着说，她正在做笔记，朱家明忽然坐到她旁边摸了她一下她的胸。什么？在他课堂上袭胸？教室里嗡的一声乱了，简直赶上了菜市场，女生们吓得都站起来往教室最后面躲，生怕下一个被摸的就是自己。男生们则半是义愤填膺半是不怀好意地看着那被摸女生的胸，说实话，他们倒是忍不住开始钦佩朱家明的勇气了，这小子怎么忽然有种了，几日之内雄性荷尔蒙激增？只可惜没有原则地乱摸，这么平的胸，摸也白摸了，估计什么也没摸到，只有那女生自我感觉她的乳房一定是被摸了。女人嘛，真是越没有越敝帚自珍。

赵斌愤怒之极地冲朱家明咆哮道，你现在就给我出去。以后再不许上我的课，我现在就告诉你，你这门课不及格。朱家明从座位上慢慢站起来，微笑着开始收拾自己的书包，收拾好了，他在众目睽睽之下不紧不慢地朝教室门口走去。走到教室门口的时候他站住了，他站在那里就像一个末日世界边缘里的一个门童，邪恶地诡异地站在那里随时要走进那扇门消失。在消失之前，他忽然回过头来，他邪恶地微笑着，对赵斌说，我是摸了一下她的胸，还什么都没摸到。我是不要脸，你呢？为什么那女生晚上进了你家之后就再没有出来，为什么最后连灯都关了？

教室里鸦雀无声，一片可怕的死寂。几秒钟之后，是赵斌完全变形的声音，滚。

快要疯掉的赵斌让辅导员连夜联系朱家明的家长，通知他的家长马上来学校一趟，这个学生心理有问题。他坐在那里大口喘着气喃喃自语，这个学生心理一定有问题。辅导员联系的结果是，朱家明只有一个父亲，母亲在七八年前就去世了。他和父亲的关系很不好。他父亲说从山西坐火车赶过来怎么也要两三天，他会尽快赶来的。赵斌一愣，他没有母亲？辅导员疑惑地说，我也奇怪，平时他嘴里永远都挂着他的母亲，全中文系上下都知道他母亲，就是因为他说得次数实在是太多了，已经足够让人起茧子了。很多学生因为这个而讨厌他，甚至不愿意和他在一间宿舍住。所以他被赶出来两次，现在就只能一个人住。他无法合群。

6

最后的一点阳光马上就要消失了。一缕玫瑰色的光线像虫子一样在他手上蠕动着，像渐入深秋一样，它在慢慢变小慢慢消失。朱家明独自坐在学校后面的半山腰上看着夕阳西下。他感觉到身体里面的心脏像只铁锤一样结实坚硬地压在那里，以至于压住了他的全身，使他整个人看起来都安如磐石。他无比平静，没有任何的恐惧和不安。

他已经在这里坐了整整一天了，他一点都不后悔自己的所作所为。打嗝放屁袭胸，他愿意让自己出丑，他就是要让自己出丑。每一次出丑之后，他都会觉得心生舒泰，都会觉得全身上下的每一个关节都是舒畅的。这么多年的软弱自卑猥琐卑微不安全，从来无处安置，他一心只想着拼了命地为自己遮丑，所以他要熏香，所以他省下饭钱给自己买一件像样的衣服，所以他从不愿意让人知道他是个没有母亲的孩子，他想让所有的人以为他有个美丽的能干的母亲。可是他越是用力越是什么都遮不住，所有的人都排斥他，无论他怎么用力讨好他们，他们都不喜欢他。男生讨厌他，女生也讨厌他，辅导员也讨厌他，最后连赵斌也讨厌他。他多么想把肩膀放在他们身上靠一靠，取取暖，可所有的人都会把他一把推开。后来他终于明白了，丑陋和卑微是遮不住的，他只能让自己加倍出丑才会抵消它们。果然，在彻底抛弃自己之后，他真的无比舒服，这么多年里从没有过的舒服，他亲眼看见自己是那么的猥琐无耻，他终于把自己证实了，也就没有什么可恐惧的了。可是，他为什么还是觉得心里这么痛。他坐在山腰上一遍一遍问自己，他们为什么都要讨厌他，他究竟做错了什么？就因为他太像女孩子吗？可是他从小就这样，他从小跟着母亲张茉莉在一起，张茉莉恨自己的丈夫，他便也跟着恨他的父亲，所以从小，他在心理上就是一个失父的孩子。他的全部生命里只有母亲，母亲让他做什么那便是他的真理。

　　母亲的哀怨凄婉像毒药一样浸染了他，所以他的举手投足才会像女孩子吧，从小别人便说他是个假男孩，更像个女孩子，他早就习惯了。他也没有觉得这样不好，可是为什么到了大学他就要被所有的人排斥，仅仅就是因为他不像个男人吗？一个人的性别模糊不清也是罪过吗？他们那么排斥他，几乎要用孤独把他置于死地。

　　他忽然想，如果不是母亲张茉莉，他也许根本不可能变成今天这个样子，如果不是母亲浸透给他的一切，也许他长大后也是一个正常的男人，也会正常恋爱、结婚生子，会和一帮哥们儿称兄道弟，一起喝啤酒喝到烂醉。可是，他回不去了，这么多年里，张茉莉的魂魄始终跟着他，他根本做不了自己的主。他只是她的一个奴隶。

难怪有时候他会那么憎恨自己，憎恨自己的一切，原来，他真正憎恨的其实是附在他身上的张茉莉的魂魄。因为她是他无法选择也无法摆脱的，还因为他爱她爱到了骨髓里。她是他在这个世上唯一的亲人，要想不孤独，他只有用性命去爱她，别无选择。

最后一缕阳光彻底消失了，他看着天边黑暗下去的一瞬间，忽然明白了，其实，这么多年里，他有多爱她，就有多恨她。

从半山腰上下来，夜已经很深了。朱家明孤独地在校园里晃来晃去，他不知道自己该去哪里，哪里也不会收留他。他得罪了系主任，下一步怎样他也无法猜测，也许学校会把他开除吧，他们一定会把他开除的。可是，那又怎样。他好像已经无所畏惧了，对什么都不再害怕了，简直像换了一副钢铁之躯。这么多年里，十九年的岁月里，他从没有这样地无所畏惧大义凛然过。真是漂亮，太过瘾了，他简直要崇拜自己了。

走到小树林附近的时候，他看到一个女生正匆匆往过走，这么晚了，这女生怎么还没回宿舍？是出来约会偷情的，还是去向赵斌那样的人投怀送抱去了？他不知不觉跟着她走去，那女生可能是感觉到有人跟着她了，慌慌张张回头看了看，加紧了脚步。她这一加快脚步反而刺激了朱家明，朱家明脑子里嗡一声，也加快了步子。他并没有多想什么，却只觉得心跳加快，血往上涌。女生马上要绕过小树林的边上了，前面是几排台阶，女生向台阶走去。

就在这个时候，走在后面的朱家明忽然冲了上去，一把拽住了女生的头发，把女生摁倒在地。女生吓得大喊大叫，一边挣扎着要往起爬，朱家明看着地上挣扎蠕动的女生忽然笑了。这么多年里，他从没有体验过这种感觉，就是把一个人摁在地上的感觉。如此陌生又如此安全。他心里还是很疼，可是，如果不能结束或缓解这种痛苦，那就让它来得更猛烈、更极端、更直接一些吧。

女生开始尖声哭叫，就是这哭声让朱家明下定了决心，他一只手按住女生，另一只手使劲撕下了她的裙子，女生已经是在号哭了，和他厮打着，他脸上被她的指甲划了一下，出血了。这点疼痛忽然彻底叫醒了他，原来他可以这么像男人，原来他本质就是个男人。他再一用力便撕掉了她的内裤，然后在她那里摸了一把。女生已经泣不成声了。朱家明解开自己的裤子，摸了摸自己，硬的。他笑了。女生以为他要脱裤子了，更加绝望地大叫起来，他却不再动，只站在那里无声笑着。

不远处传来几声急促的脚步声，估计是有人听到女生的喊叫跑过来了。朱家明没有动也没有跑，他一直微笑着看着地上半裸的女生，静静等着那几个正闻声跑过来的人。

在系主任的办公室里，朱家明的父亲详细把朱家明的情况告诉了赵斌。他说，朱家明的母亲和我没有感情，据说一直恋着她的高中同学。他母亲对朱家明的溺爱到了变态的程度，她有时候给儿子包饺子，就只包他们母子俩的，不仅如此，做完饭还要把火炉扑灭，为的是不让我做饭。我只是个普通的工厂工人，也就忍气吞声地过，愤怒了就和她打起来。所以朱家明从小就恨我，越是恨我越是依恋他母亲。他直到十几岁了还和他母亲睡在一起，母亲抱着他睡。所以他的一举一动从小就像女孩子，这么每天和母亲缠在一起的男孩子怎么可能不像女孩子？……他十岁那年，他母亲患肝癌去世了，为了他我没再结婚，可他后来就变成了这样，一口一个他母亲怎样，口口声声全是母亲，好像他母亲根本就没死，一直就在他身边似的。他经常一个人坐在那里和他死去的母亲对话，那个时候我都会觉得后背发凉。我也担心过他的以后，可是还是没想到会这样。他从小胆小怕事，特别爱哭，根本干不出什么坏事来。好在学习不错也考上了大学，我求求你们，能再给他一次机会吗？他才十九岁啊。

朱家明对自己的猥亵动机和行为供认不讳，根据犯罪情节被判有期徒刑一年。判刑下来的那一刻，朱家明忽然感到了一种从没有过的轻松，他整个人无比轻盈，简直要飞起来了。他慢慢离开法庭，走了一步忽然觉得身后有人，他猛一回头，除了警察没有别人，他又走，还是觉得有人。他忽然明白了，是母亲在送他。她寸步不离地跟着他，送了他整整十九年。十九年的日日夜夜里，没有一天没有她。现在，他把她所有的爱都还回去了，她送他终于要到此为止了。

监狱的门就在前面，朱家明忽然回过头，满脸是泪地对着他身后的空气笑着，然后他抬起戴着手铐的手，对着那团空气使劲挥手，挥手，好像正在和什么人依依惜别。他使劲流泪，使劲笑着，每走一步便用尽全力地挥一次手，一步，又一步。最后，他终于消失在了那扇铁门背后。

异　香

1

　　黄昏的山林里细若游丝地飘过一缕诡谲的异香。

　　就那么一缕，可是，很邪，邪到了锋利。

　　很细，很轻，像一页薄薄的宣纸，一放进水里就自己先化掉了，连点骨架都没有。这香味像是从两扇花纹繁复古旧、腐朽颓败的木门后面散发出来的。那两扇门紧紧闭着，寂静像野草一样凄艳茂密地包裹着这两扇门，却无从猜测这门后面究竟是什么。这异香究竟是从哪里来的。

　　这么妖冶、陌生的香味。妩媚得过了，已经近于可怖。

　　这异香从树梢间擦过的一瞬间，像一只苍白、冰凉、诡异的手，只用寒香的指尖拂过了树梢。叶子乘坐着一天中最后的光线，旋转着往下落去，落去。这叶子触到卫瑜的皮肤时，她顿时觉得这点碰撞像根针一样直直往她身体深处钉去。她下意识地抱住肩，打了个寒战。

　　黄昏迟钝浑浊的光线从树叶中间筛下来，大大小小地向她身上砸去。她抬起头,从树叶的缝隙间看了看天色,她不知道这山有多高,但知道今晚是一定到不了山顶了,太阳马上就要落山,这山路恐怕也赶不得。没想到,这刚开发出的山还这么荒凉,山里全是原始森林,一路上竟连个人影都看不见。越走山林越深,树木越来越茂密,叶子肥大得像长了一树的手掌。一星半点的野杜鹃突然跳出来,猩得像血。更令她感到恐惧的是,不知道从什么地方突然飘来一缕一缕妖冶的香味,断断续续的,像从一个陌生的世界飘过来的音乐。她无端地觉得这异香的尽头一定系着什么神秘的东西。

这么妖冶的香味,不像是人间的。她不想撞见。

迟疑了几秒钟,她决定返下山去,显然她开始就估计错了,虽然已经赶了一段山路了,但山顶还遥遥无期,今晚到山顶都不知道是什么时候。还是在天黑之前到山脚下住宿,明天再上山顶。石阶仍然新鲜粗糙,可见素日里来这座山上的人还是很少。她开始往回返,往下走了没几步,忽然看到前面的石阶上晃着个人影。她吓了一大跳,在这寂静的、不见人影的山里,忽然看到一个人竟觉得比见了任何动物还吃惊,简直是天外来物。

渐渐看清楚了,果然是个人。是个男人。还是个年轻的男人。

男人像只蜗牛一样,背着一只巨大的黑色旅行包,正顺着石阶一步一步往上蹬。他走得很慢,边走边有些犹疑地看着周围。见是一个同类,卫瑜放下心来,干脆站在那级台阶上不再动,饶有兴趣地看着这个男人的犹疑。仿佛就是一瞬间,她把自己刚才那点恐惧全转嫁到这个男人身上了。现在,自己成了观众。隔着几个台阶,她看着他,就像看着他为她垫了底,心里竟也有些见不得人的得意。

他离她越来越近了。她甚至闻到了他身上散发出的男人才会有的气息。这气息像动物的皮毛一样蹭着她,潮湿却温暖,几乎把她的眼泪逼出来了。竟然在这深山老林里见到了一个人，还是一个男人。原来，人的气味竟是这样温暖。男人眼睛顾着脚下的石阶，还捎带着紧张地观察周围，不提防前面还站着个人。都走到跟前了，他还是看着山路，突然就看到前面有一双脚。简直是大骇，他自己的脚已经乱了方寸，倒退了两步才把重心压住，不至于摔到山下去。

男人刚才的一系列表情都纤毫毕现地收进卫瑜眼里去了。像深夜里的两只船好不容易碰上了，一个在这条船上瞥见对面船上的灯火时，便疑心那一定是狐妖所化，断不会是同类，又怕这船真的擦肩而过了，自己前面会是更渺茫的孤单，心里更是恐慌。她突然发现，因为这男人刚才脸上的表情太过真实了，看起来反而更戏剧性。原来，真实得过了，倒仿佛成了舞台上的表演一样。在她津津有味地观察着男人的时候，男人已经像火中取栗一般从恐惧中快速捡出一个判断，是遇到同类了。他摇摇欲坠地掩饰着刚才的惊恐，迅速整理了一下脸上的表情，然后，一手掩饰性地叉在腰上，仰着脸，眯着眼看着卫瑜。卫瑜抿着嘴，不敢笑。

男人明显是佯装出来的轻松，半生不熟的，喂，你是人吗？

卫瑜使劲咬着嘴唇，忍着笑，你才不是人。

你是不是这山上的山妖？一个女人在这深山里转悠，你不害怕？

你才是山妖。

那让我摸摸你的手，看有没有热气，要是凉的，就说明你不是人。你敢吗？

我不是人，我在这儿找食物呢，我今晚就吃了你。

男人先撑不住了，笑着作了个揖，山妖姑奶奶，饶了我吧，我家中还有老娘等我回去，你要吃了我，她就饿死了。

卫瑜也笑，她知道，通了。他们像两只昆虫把触角碰在一起，接上头了。

她在路边的石头上坐了下来，把刚才全身绷起的神经都松散地晾在了石头上。那些神经紧张多时，现在一条条都疲惫地爬不起来了。男人已经走到了她面前，她低着头，先是看到了一双昂贵的登山鞋，然后，再一点点往上挪去，最后看到的是一张似笑非笑的脸。凡是有这种脸的男人，多数是因为一双眼睛在作怪，看上去多少有些坏的眼睛。

这次是男人站着，俯视着她，你不要告诉我你是专门跑到这林子里来爬山的。

这山又不是你家的，你爬得，别人就爬不得？

这是女人爬的山？

女人爬的山都贴着标签吗？

你背这么点东西就敢来爬山？

谁都像你一样把房子背过来？

姑奶奶你都不背帐篷晚上睡哪儿？不怕野兽吃了你？

我到山下找人家去。

方圆十里你看得到人家？你胆子也太大了，没人管你？你老公呢？没老公，那你男朋友呢？都不管你？就放任自流地让你一个人跑到这深山老林里？

你不也一个人跑进来了吗？

你能和我比吗，我是经常登山露营的，经常就住到山上了。

那你刚才还那么害怕做什么，好像我会吃了你。

你突然跳出来，还是个女人，我能不害怕吗。总得搞清楚是人是妖吧。

我走得好好的，明明是你突然跳出来的。现在搞清楚我是人了？

还没让我摸你的手，试试？

话从男人嘴里生鲜地滚落出来，却也只限于嘴上那寸地盘。他的手根本没有要动的意思，只随便往身上一插，便无精打采地在卫瑜对面坐了下来。背靠着自己的大旅行袋，就像靠着一座小型的房子。卫瑜看得出，他正试图把身体里那些蜷伏着的疲倦和恐惧一点一点熨平了，他自己不也正在心里毛骨悚然，几欲先走吗？装什么装。

山上的光线越来越暗，透明的夜色像是突然在这山林里长出的植物，刹那已经长得漫山遍野。两个人被包裹在一团小小的暖湿的空气里，像一只透明的粽子，把他们和周围的夜色隔开了。两个人的恐惧撞击到一起时，竟像两把铁器撞出了火光，却可以拿来取取暖。其实只是两个人，两个人却横七竖八地坐在路边，如水母一般把手和脚都伸展开了。两个人都有些懒得动，似乎整座山都成了他们俩的，不过两个人跋扈地坐在这山上，竟像铺天盖地满山是人一般。管它天黑不黑。

可能是身体里的褶子熨得差不多了，男人体内又长出了说话的力气，他接着把刚才的话温了一遍，就像饭吃了一半，凉了，得回锅煮煮。他又问一遍，丫头，你跑这深山老林里干什么？

玩，这又不是你家的自留地，你管得着我吗？

丫头，这可都是原始森林，有黑熊有毒蛇的，你觉得好玩吗？

那你跑来干什么？你比别人多了个脑袋不成？

我这纯属个人爱好，一段时间不爬山我就浑身难受。每年我都要爬几座山的，一走就是一两个月。你能和我比吗？

我闲得发慌，出来散散心还不成？

你就不能挑个正经的去散心？起码也叫个男人陪着。这湘西的山里妖气最重，我一个男人都走得心惊胆战的，你胆子也太大了。怎么就没找个男人陪你来？不会连一个男人都没有吧。

我混得不好，就是没男人。那你怎么也是一个人来？

我每次出来都是一个人，早习惯了。你才多少点道行？修炼到我这步没有个十年八年是不行的。

你怎么不带个女人陪着你？不会混得连个女人都没有吧。

女人多了和没有一样。再说了，女人都是中看不中用，能把她们拉到山上来用？

女人多了和没有一样？你有很多女人？是女朋友还是别的什么？

呵呵，自个琢磨去吧，多了和没有一样。

不和你说了，我得下山了，要不今晚我真没地方住了。

快拉倒吧，天已经黑了，天一黑，野兽和妖怪就都出来了，就在路上等着你呢。你要敢，就试试。

那我睡哪儿？

在这座山上，你就暂时跟着我混吧，有我睡的就有你睡的。刚才我拿望远镜已经看到前面有座废弃的木屋，估计早没人住了，今晚咱们就住那儿去。

你负责我今晚的住宿？

我又不会吃了你，这么瘦的，吃也没意思。

你去死吧。

两个人为彼此壮了胆，重新背起包，跌跌撞撞地赶路。夜色开始慢慢浑浊起来，周围的一切轮廓在渐渐变厚变硬，铁画银钩起来。白天里太阳烘焙过的植物的清香现在一下发酵了，浓得像棉花堵着人的鼻子。这样的香味使植物突然有了荤腥的肉感。那缕诡谲的异香像一条柔软却锋利的芯子穿在这片植物的气息里，摸不到，从面前拂过时，却有类似于蛇尾扫在皮肤上的阴森。她有些害怕，紧走两步，跟上男人。

男人头也没回，却像是把她那几步疾走的脚步声全捏在手里了。她看不到他的表情，只听见他说，害怕了吧。我叫张楚河。她想，这人怎么一点逻辑都没有，自己又没问他叫什么。便说，你爸爸是不是喜欢下象棋，给你起的名字都是楚河。他不回头，却笑，告你个名字你就真信啊。她一愣，然后冷笑，你叫什么关我什么事，你告我你叫阿狗，我就叫你阿狗，你说阿猫，我就叫你阿猫，不过就一符号，你还那么敝帚自珍的。张楚河呵呵笑着，丫头自尊心还挺强，你看我都不敢问你芳名，将就着叫你丫头吧，你可别生气。

卫瑜想，看似嬉皮笑脸，实则拒人于千里之外。连个名字都不问，那就是说这男人也不过把她当个路人甲。路人嘛，有来，就有去，去了就当从来没有过。过后想起她的时候，可能连脸都是被蒸成一团的馒头，不辨眉目的。他像是怕他们之间要发生点什么，可不，这样的林子里，在这样与世隔绝的孤单里太容易发生点什么了，就是榨也能榨出点什么来了。所以，他从根子上就要早早截住，不给它一点点水分存活？卫瑜想着，嘴上还是留着刚才的一点笑泡，嘴唇却是干的，像是被风干了贴在那里，牙齿粘在上嘴唇上，下不来。她在心里冷笑着，你有三头六臂还是怎么着？生怕被别人惦记上了。

两个人终于走到那间木屋前了。这是间破败的吊脚楼，木门木窗都散发着腐朽的木质的清香。从那扇门里看进去，是一团坚固的不留任何缝隙的黑，那团完整的黑，似乎伸手就能掰下一块。卫瑜倒吸了一口凉气，张楚河放下背上的包，从包里翻出一只应急灯。一束雪亮的灯光拿在手里，像是拿着一件兵器一样壮了胆。两个人跟在这灯光后面向里面看去，灯光像尖利的牙齿把那团黑暗咬开了一角，其实里面什么也没有，连只老鼠之类的动物都没住着，单单就是一团黑横在里面。两个人跟在这灯光后面踏进了木屋,像坐在一节火车上突然驶进了陌生的异地空间。时空都错乱了。

应急灯的灯光钝了一点,有些萎谢。把一团毛茸茸的橘黄色投到地上,就像这点光在那里结出了果实。两个人坐在这团果实里,像两只小动物分食着这点不多的灯光。张楚河一边埋头在包里找东西一边说,明晚必须得找个人家住,应急灯和手机都得充电。张楚河正好坐在灯光的芯子里找东西,卫瑜则坐在了边上。就好像他正在舞台的那束追光灯里,她乐得做个观众再仔细观察一下这个男人。刚才遇到他时彼此只顾了提防,连看都没看清,只是囫囵吞枣地知道是个男人。

张楚河一张瘦长的脸,五官没有什么特征,总体来说是一张平庸的脸。除了看人的目光多少有点邪气,那目光戏谑下藏着一种很深的坚硬,像是水底的河床一样嶙峋。骨架瘦小,看上去也没多少安全感。但他身上有一种很奇怪的质感,那就是,他有一种几乎没有破绽的自来旧。手和脚自然是他的,关键是他全身上下的名牌,价格昂贵的旅行包和包里那些专业的设备,虽然没有盖戳,但看上去就是他的。没有刚打造出的粗鄙的新鲜,相反,一切都是旧的,旧得像黑白底片,泛着毛边,却一望而知是贴身的,像一层皮肤,下面连着他的血液。

这时,卫瑜已经初步断定。这应该是个有钱有闲的男人,从年龄和他这种闲云野鹤的游玩方式来判断,应该不是日理万机的成功人士,他有大把的时间可以挥霍。不像自己,一年出门两次都是加班多了攒下的轮休。那有可能是个富二代,寄生在一个有钱的父亲身上?第一轮演算下来,虽坐在原地未动,却感觉离这男人又近了些距离。看着他虽不像看着自家的东西,却是伸手可以摸到局部了。

她暗想,在这深山老林里遇到一个富二代?莫非这就是传说中的艳遇?自己这么多年走南闯北,一直等着在火车飞机上能有个把次艳遇，结果坐在旁边座位上的不是一脸凶悍的女人就是老眼昏花的老头。今天，这艳遇倒像自己长了脚一般走过来了。怪不得她突然就心血来潮决定来这湘西的山里玩呢，她每年要外出旅游两次，这也不是第一次出门了，这次怎么就单挑了这座山？原来是天公撮合。孤男寡女在一起待上几天，要不碰撞出点东西来，那就是两个人都有病。她有些暗暗的得意，但同时她又发现，她在为这点得意感到可耻。

想到这里，她趁着张楚河没抬起头，忙调整了一下表情，免得他觉得她有蜘蛛布网等猎物的嫌疑。她垂下睫毛看自己的脚。自己穿的是一双极普通的运动鞋，与张楚河脚上的专业登山鞋往一起一放，简直是连她的人都被打回了原形。她下意识地往后缩了缩脚。这时候张楚河把头从包里抬了起来，就像是那头是从包里长出来的。他看着她迟疑了两秒钟，说话了，丫头，和你商量个事吧，以后几天咱俩就一起行动吧，彼此有个照应，我们这几天里的费用 AA 制好不好？

卫瑜心里先是一凉，继而是冷笑，在他刚才那迟疑的一两秒钟里，她就已经猜到他要说什么了，一定是和钱有关的。陌生人之间就这点好，难以启齿的话说出口就像脱件外套一样容易，反正也没什么不好意思。她还没说什么呢，他一个男人家先把钱的问题赤裸裸地摆出来了。用着这么昂贵的登山设备和一个女人谈 AA 制，生怕她占了他一点便宜，真是越阔越小气。不过，不小气怎么能阔得了呢？越阔的人越怕别人是冲着他的阔来的，恨不得身上拴上一只警犬，日夜看护着他和他的钱，一有生人走近便狂吠不止。这时候，她突然明白怪不得他连她的名字都不问。他防着她，他从一开始就防着她。

他怕她对他有所企图。

可是这时候令她周身发冷的是，她对他真的有那么一点兴趣，而这点兴趣的源头正是他身上的那点阔。或者说，貌似阔。

她想起了那个笑话，下雨了，一个穷人往富人的伞下凑，想避避雨。结果，沿着伞流下来的雨水全灌进了他的脖子里。

她对自己笑，笑和唇都是凉的。

她坐在越发昏暗下来的灯光边缘，像坐在一团腐烂了的花丛里，面无表情地对他说，好啊。张楚河根本看不清她埋在暗处的脸，却仪式性地冲着她一笑，以示歉意。他的笑容和他的眼睛一样，埋在下面的全是波澜起伏的坚硬。他从包里取出踌躇了半天的食物，一包压缩饼干和一根火腿肠。他先象征性地问了一句，你包里有吃的没？要没有就分你一点。卫瑜心想，要吃你一点东西还不得付你钱？她理都没理他，吃了一点从自己包里拿出来的干粮。两个人似乎谁也不忍心看谁，都像是在暗中偷着吃一般，仓促地狼狈地很快就吃完了。

最后一点灯光越发地黄而脆，这深山老林的木屋里带着一点莫名的阴气，似乎灯光正被这阴气吸去，越来越少，越来越稀薄。张楚河边铺睡袋边说，丫头，你只有两种选择，要么睡在这又脏又冷的地上，要不就和我挤进一只睡袋，咱俩将就一个晚上。因为你没有睡袋，我也只有一只。卫瑜想，连块饼干都舍不得送给她吃，现在却舍得把一半睡袋让给她？如果她是个男人，他未必会这么做吧，在这深山老林的深夜里，还想抱着个免费的女人睡？他是不是甚至会想，要能做爱那就更好了。这算盘打的。她心里一针一线地想着，针针见血，嘴上却说，我哪敢和你一起睡，我还是睡外面吧。再说了，我要是睡你半张睡袋，不是还得付你一宿的租金？张楚河呵呵笑，我又没说我要做什么，你放心，这深山老林的，说不准半夜来只黑熊，你就是想做什么，我还没那心思呢。你要睡外面我可说好，半夜你要是被黑熊叼走了，我不负责救你。至于这半张睡袋的租金就免了，人道主义嘛，呵呵。

张楚河舒舒服服地钻进了睡袋，卫瑜一个人在门口枯坐着。虽是夏天，这山里的晚上与山外好比两个季节，加之身上衣裳单薄，坐了一刻竟全身瑟瑟发抖，心中便埋怨要不是遇上了这男人，自己早在山下找到住处了。真是的，为什么要跟着他来这儿过夜，为了一场即将发生的艳遇？真是偷鸡不成反蚀一把米。

　　她枯坐着，正疑心这男人是不是已经没心没肺地睡着了，男人却在一团漆黑中开口说话了，因为太黑，辨不清他的脸在哪儿，似乎这声音很独立地就自己跑过来了。他说，哎，你听说过湘西的赶尸匠没有？这是一种专门的职业，做赶尸匠的人得具备三个条件，一是胆子大，二是身体好，三是长得要丑。以前的湖南人要是客死他乡，尸体就要赶回来，不然据说会死不瞑目。赶尸匠在尸体头上戴顶草帽，在后面赶着走，你说奇怪不奇怪，不知用的什么神秘的办法就真赶回去了。他们白天休息，都是赶夜路，这种伸手不见五指的深夜就是他们赶路的最佳时候。他们不走人多的地方，专走深山峡谷，就是为了不遇到活人。这林子里说不来现在就有赶尸匠正赶着尸体走路呢，这屋子说不来就是他们休息的地方，要不你想怎么在这地方会有座屋子？

　　卫瑜听得毛发倒竖，连忙大声喊了一句，讨厌。男人的声音呵呵地绕着过来了，我说你还是进来睡吧，难不成你还真要在那儿坐一宿？地上那么潮你怎么睡？晚上山风很大，会着凉的。卫瑜想了几秒钟，觉得这样僵持着终究是自己不上算，一个晚上毕竟长了，怎么熬过去？她已经困得快撑不住了。她还是趁早踩着这台阶下吧，不过他要是打算做点什么别的，那是休想。空手套白狼？她冷笑，她没那么多便宜给他占。

2

卫瑜终究还是钻进了睡袋，多了个人一下就把睡袋填满了。两个人肩膀扛着肩膀地往那儿一躺，才发现实在嫌挤了一点。一身的骨头恨不得都拆开了重组一下。两个陌生人被迫叠在了一起，简直是骨肉相嵌，连点余地都没有。对方身上的温度直直就渗进自己身体里了，只觉得一大片空洞的嗡嗡作响的燥热，像有几只轰炸机在头顶上盘旋一样，却搞不清那燥热是对方的，还是自己的。沉默了一会，张楚河先开口了，他说，我想出一个节省空间的办法，但你不要觉得我是图谋不轨，我现在真的还没开始图谋不轨呢。说着他腾出一只胳膊摆成一个环，顺势把卫瑜嵌了上去，他笑，怎么样，严丝合缝吧。卫瑜想，倘若还挣扎一下以示节烈或清纯，也没什么意思。装也得讲究个时间地点吧，还是务实一点把这个觉睡好要紧。

他不是很紧地抱着她，只是若有若无地抱着，就好像他真的一点企图都没有，单单就是为了节省出一点地盘来睡睡觉。想到这儿，她不免又有点淡淡的气愤，无视她是个女人？可是，她不是被他哄进来的吗？他给她讲湘西的赶尸匠吓她，软硬兼施地把她哄进来了，现在还装作若无其事。那她就要更若无其事。她一动不动，装作睡着了。

夜有点深了，果然起山风了，呜咽着从树梢间掠过去，像有很多孩子在其间哭泣着。她忍不住往那个男人的身体上靠了靠。她必须承认，现在，就这一个瞬间里，这个世界上仿佛就剩下他们俩了。他身体上的温度是真的，她的也是真的。现在，他的这一点温度硌着她，又温暖着她,像一根鱼刺长进了她的身体里,无论怎样难受,那都是剔不出去的。她是一尾鱼,鱼刺就长在她身体里。周围是一种彻骨的坚硬的黑暗,那只睡袋裹着他们就像黑暗中生长出的一团琥珀,他和她都动不得。也许,他和她都情愿动不得。

就这样一直硌到了半夜,卫瑜还是没睡着,听着耳边不是很均匀的呼吸声,她知道这男人也没睡着。两人像两只饺子一样被煎在没放油的锅里,她想,这样的夜里是不是真应该发生点什么。不行,要是这么容易就真有点什么发生了,那仅有的一点可能就已经被拦腰折断了。其实折断也没什么,但总比没折断的好吧,起码还有可能像生米一样摆在那里,说不来哪天就被煮成熟饭了。留着以备后用。再说了,他虽然抱着她,却也没给她任何暗示,就好像她不是个女人,只是个人。简直是伤害她的自尊。一阵山风咣咣吹进门里,男人下意识地一侧身,顿时她整个人都被他搂进去了。

温存得像个陷阱。但她不能落进去。

他落在她胳膊上的那只手指像一条濡湿的虫子一样微微动了动,她屏息等待着,脑子里紧张地和自己商量着对策。可是那只手指就只是动了动便像支蜡烛一样悄悄熄灭了。她心中竟对他有些暗暗的不满,真这么忍得住?但同时,一种更深的喜悦像虫子一样从她心里悄悄爬了出来,细细地啃着她。她知道这是一个还算不错的开端,他的稳妥正说明他没有把她当成个一夜情的伙伴。这一夜足以为这一周的旅行垫底。她放心地靠着他,就像已经真睡着了。

早晨呼吸着山林里的空气就像刚洗了个澡,两个人背起各自的包,又把昨天才开了个头的路重新拾了起来。虽然没做什么,但抱着睡了一个晚上毕竟没有白睡。早晨并肩走在一起的时候,已经感觉不像昨天是隔着堵墙的,现在是隔了层纸了,再捅捅也就破了。她暂时忘掉了昨天晚上他不肯分她饼干的不快,一个人要是真想骗自己,那还不容易,怎么都能骗得了。他们之间像是真的要发生点什么了。她想,都说旅行是艳遇的最佳方式,果然不假,连这深山老林里都能有。

两个人才走了没几步,突然身后一只手伸过来抓住了卫瑜的包,卫瑜吓一大跳,回头一看,不知什么时候,一个头发花白的老女人已经站到他们身后了,很瘦很小,背深深驼着,穿着一件看起来辨不出年代的碎花衬衣,黑裤子,一双已经破了洞的白球鞋。这时候,卫瑜突然全身紧张起来,因为她发现,老女人身上正隐隐约约地散发着一种香味,而这香味和她昨天黄昏时闻到的那缕异香一模一样。

这异香莫非就是这女人身上散发出来的?可是,她昨天在哪儿?莫非一直跟着她?她简直不寒而栗。

老女人却只是拽着卫瑜的包,说,我给你们背包吧,我是专门给游客背包的,两个包十五块钱,一直给你们背到山顶,我家就住在山顶,你们上去了晚上可以住我家。来吧,包给我吧,这山高着哩,这路我再熟没有的,要到下午才爬得上去,给我吧。

卫瑜简直不相信自己的耳朵,这么大年纪的女人来给他们两个青壮年背包?她说,大姐……阿姨,您多大年纪了?老女人说,今年六十一了。卫瑜和张楚河对视了一下,以示惊讶,她说,您这不是开玩笑吗,您比我妈还大,我们好意思让您给我们背包?老女人说,不是白背的,收十五块钱呢。卫瑜说,阿姨,这么远的山路两个包您收十五块钱,我们就好意思让您背吗?她没有注意到,自打今天早晨起,她已经开始张口我们闭口我们了,就像已经认识了十年八年,俨然是一对情侣摆在这里给人看。

老女人说,你们不知道,靠山吃山,靠水吃水,我吃的就是这碗饭,你们让我背包就是赏我饭吃,就是照顾我了。嘴里说着,那只手还一直搭在包的带子上不放。卫瑜顿时觉得口干舌燥,阿姨,真不行,我们哪好意思啊,您这么大年龄了。老女人两只手都伸过来了,没事没事,我就是在这座山里长大的,嫁也嫁到这山里,打小爬山,和你们城里来的不一样。这山就像我自家的,一天爬两个来回也没有关系的,你们放心,一定能给你们背上去,不会白收你们的钱的。卫瑜也急了,可是,可是,阿姨,真的不好意思啊。她看那男人,男人看着她摊摊手,表示没有办法。

磨蹭了半天,卫瑜一直看着这老女人,见也没有什么异样,只是她身上不知什么地方散发着那种奇怪的香味。总不会是天生就带着这异香吧,像长着麝香似的。她看老女人执意不肯放手,又想了想,便说,这么着吧,我的这个包里没多少东西,挺轻的,您就帮我背这个包吧,他那个太重他自己背着。老女人千恩万谢的样子,说,行,真谢谢你了,那你就给我十块钱。我给你们带路吧。三个人开始爬山,老女人走在最前面,她走起路来竟然没有一点声音,刚才不知道跟在他们后面都跟多久了,他们竟一点都没听到她的脚步声。

现在,两个人跟在她后面。卫瑜和老女人搭讪着,阿姨,家里几个人?老女人说,三个,我,我老伴,我儿子。卫瑜说,您有老伴有儿子的,怎么不让他们干活,还得您这么大年纪干这活?老女人头也不回,嘎嘣脆地说了一句,老伴下不了床,儿子是个哑巴,不会说话,我都不让他下山,下山了受欺负。卫瑜说,那一家三口就靠您养啊?您就靠背包养家?老女人说,我每天一大早下去,在下面捡捡矿泉水瓶子,卖上几块钱,再给客人背包,我一天要是能赚够二十块钱,就够我家里用一天了。卫瑜说,那您到了山顶才赚十块钱,怎么办哪。老女人说,我下午再下山一趟,赶天黑了回去。卫瑜说,那家里种地吗?老女人说,早没了,没的种了,几年前说是要把这里建成旅游区,地就收了，就能在房前后种点菜。卫瑜几次想开口问她身上的香味是怎么来的，却怎么也开不了口，似乎一开口后面就会有洪水决堤而下。

她本能地不敢。

卫瑜跟在后面一时找不出话说，张楚河搭上话，悄悄说，她说什么你就信啊，像这种被开发过的山，他们的地都被征了，政府每个月肯定会给他们一定的补贴，肯定不会连饭也吃不上。她就是装得可怜点，好让游客多给她些小费。

卫瑜想，这男人怎么小气到这种地步，一双鞋大几千块钱也穿在脚上了，怎么连十块钱都放在眼里。真是越阔越小气。她说，她要是有钱花不会待在家里享点福？还用这么大年纪了每天给人背包赚十块钱？她就是装又能装到哪里，就为这十块钱装？

张楚河说，你也真够傻的，就是十块钱也得看花在什么地方。

卫瑜顿时色变，脸冷了半天才缓过来一点，她冷笑，你倒是聪明，精刮上算的，那你倒告诉我，这十块钱花在你身上能干什么？你留着这十块钱就什么都能干成？我没多少钱，可是少了这十块钱我也没觉得就少了块肉，我也犯不着就为这十块钱痛心疾首地睡不着觉。说完就自顾去追老女人去了，把他一个人晾在了后面。

老女人问，是男朋友啊。问的时候笑着，这点笑干干地浮在她的皱纹上，是用熟了的讨好，但还是不够流畅。这点讨好让卫瑜不忍再看，只得把头别过去含糊地答应着。老女人还要说，我看小伙不错，挺有精神。卫瑜龇着嘴，就他？

走了半天，卫瑜几次抢着要替老女人背一会包，老女人执意不肯，说，我挣的就是这个钱，你不要管我。张楚河也一直自己背着那只房子似的巨大的背包，没吭一声，果然如他自己所说，身经百战了，背着也是件小事。一开始，卫瑜还懒得搭理他，准确地说，是懒得搭理他的小气。后来这点懒得也渐渐地稀释不见了,在静静的树林里蒸发了。她一想,自己有什么资格生气啊,人家是你的什么人?没名没分的。想到这里,连赌气的那点心情都没有了,他爱怎么小气就怎么小气吧,和自己有什么关系,竟把自己惹得这般生气。

张楚河渐渐地又靠上来,凑到她身边,只是不说话。卫瑜用眼角的余光瞥见他满脸的汗水,就说了一句,你这么累还不让人家帮你背包。张楚河说,那么大年龄的人了,我怎么忍心让她背着,就是给她一百块钱这包也不能给她背,里面有帐篷有睡袋有台灯有……卫瑜想,这还像句人话。加上不想和他把关系搞得太僵,划不来,便搭讪说,装那么多东西,你那百宝箱里就差没塞个女人了。张楚河见她搭话,忙呵呵笑着,讨好地说,虽然没带来,在这里不也有了?卫瑜知他说的是自己,不由得耳红心跳,心中却有一丝窃喜。看来他想的方向和自己也差不到哪儿去。

就是,孤男寡女,在一起还能有什么事。

有戏。

刚才的那点紧张已经像栅栏一样被他们自动绕过去了。卫瑜仍是目不斜视地看着前面,说出来的话却自己拐到张楚河那边去了。她说,你没有女朋友啊?

暂时没有,我的女朋友们都是阶段性的。

女朋友很多?

……正常指数吧。一个去了一个再来,没有发展多边形的习惯。

……你,这么游山玩水的,工作不忙?

她一个字一个字地斟酌着,生怕哪个字面目可憎地一针戳到底,让他立刻觉得,她是在布一张蛛网。

他没有太明显的反应,工作,就那样吧,马马虎虎,我主要是爱好登山，一年不出来几次浑身都觉得难受，是不是骨头有点贱？

她想，故意避重就轻？于是她就更小心翼翼地绕开，却还是蹭着那点核。她沉吟了一下，说，你一年出来这么多次，不怕影响你正常的生活？

他很邪地一笑，正常？什么叫正常的生活？

她暗想，他没有一句话是扎实着说下去的，全在表面上漂着，可见他对她真的是处处设防，唯恐深入。不由得心里冷笑，看来真是被女人宠坏了的，以为我就那么稀罕你吗？但是他一脸的不在乎终究是让她感到疼痛了，他从一开始就无视她是个女人，这对她来说根本就是一种侮辱。她狠狠地想，难道你不是男人吗？你就真的不近女色？

他已经开始反击，杀出回马枪。他问，你呢？怎么也没个男朋友陪着？

她说，什么叫也？就只能你一个人是单身？好霸道。

他呵呵笑着以示歉意，不是那意思，我是说你这么漂亮的姑娘应该很多人抢才对。

她心里稍微舒服了点，微微一笑，说，那事实上就是没有嘛。话说出来觉得自己身上都起了一层疙瘩，更不用说张楚河了。

中午就在山路上吃干粮，两个人还是各自从背包里取出干粮啃，谁都没谦让谁。俨然已经习惯了。老女人从自己的布袋里拿出一根熟玉米，远远地躲开他们自己啃去了。卫瑜本想把自己的食物送过去一点，张楚河却喝住了她，你给别人留点尊严好不好，不要这么赶尽杀绝。卫瑜听了这话，回头看着他笑，看不出啊，还会说句人话。张楚河自顾吃东西，不理她。

这时候，路边的树上有几只松鼠正看着他们，张楚河见了，立刻换了一副表情，见了松鼠像见了熟人似的。卫瑜见了心里都觉得发酸，见了她，他都没这么眉开眼笑过。他二话没说就把手里的食物揉碎了扔到地上，唤松鼠来吃。然后拉着卫瑜躲开，松鼠犹疑了半天从树上下来了，远处几只鸟也落下来，和松鼠抢着吃。卫瑜刚想说话就被张楚河制止了，一直到动物们差不多吃完，卫瑜才有了说话的权利。她憋着一口气，恨恨地说，没想到你对人不怎么样，对动物倒是挺好。舍不得分给我吃，倒舍得分给动物吃。张楚河说，我对动物们感情一向很深，我妈说我上辈子一定是只动物，这辈子见了小动物就走不动。我见了它们就想笑，和它们在一起比和人在一起还让我觉得轻松。我喜欢来这种原始森林爬山就是为了能看到更多的动物。

这时候卫瑜开始理出些眉目来了，她想，自己往这深山老林里来其实是头一遭，不是旅游胜地，消费自然不高，说是心血来潮，其实也是为了省钱。可这男人一次一次反复往深山里钻却是自有他的底气。他这么甘心来这些荒凉的没有人迹的地方，八成是因为平素他身边太热闹了。一个长期孤寂的人对热闹根本没有那么强的免疫力。也就是说，他是繁华惯了，才来此清净的，从这些不说话的植物动物身上求得些慰藉。可见他心里虽是空的，却是难纳他人。不是太养尊处优也断不会如此奢侈地寻求安静。

她又暗想自己，遇见一个萍水相逢的男人都敢给自己这么多幻想，可见自己多么像个溺水的人，抓到一头绳子就全力想拴住自己。其实她知道的，她知道这种途中的艳遇充其量也就是个艳遇，最不靠谱，最没有根可以扎下来。可是，她却硬是想让它生长下去开花结果？就因为平素里，现实严丝合缝得连只苍蝇落脚的地都没有？

他说，我小的时候，家里很穷，孩子又多，我父母不管我，就把我扔给了我奶奶。我跟着我奶奶住在山里，周围连个玩的小孩都没有，一天到晚就只能跟动物们玩。后来我奶奶去世了，我也回不去了，这么多年和人打交道，忙着赚钱，还是觉得动物要比人好。你对它好，它就只会对你更好，连狮子老虎都是这样。我和动物们在一起的时候没有一点压力感。

她想，简直是只惊弓之鸟。怪不得呢，他生怕自己被人当成猎物。就是因为他那点阔也不是凭空来的，后天长成的有钱人，再怎么枝叶繁茂，根子上却还是穷的。大概脉络上也不及先天的富人通畅，一不小心就在自个儿的身体里结成了疤。这种男人要能有个固定女人也倒怪了，因为他每看见一个女人就想先透视一下，她是冲着我的钱来的吗？不是冲着钱反倒可疑。

她宽容地对着他笑了笑。因为，说穿了，她比他更心虚。

她想让自己在追猎的过程中被别人当成一只无辜的猎物。

这多么难，她想。

3

越往山上走，那缕异香越浓，卫瑜已经分辨不清是这香味从老女人身上散发出来的，还是从这深山上的某一个角落里飘出的。这香味越浓越诡异，绝不是寻常的花香。这香味跟着风走，时淡时浓，浓的时候又酽又厚，像一堵墙压过来，让人喘息不得；轻的时候便如阳光下的火焰，跳跃地燃烧在这深山里的树林上空。闻着这香味只觉得里面有玻璃的碎片，脆，亮，却是尖利的。她终于忍不住问了一句张楚河，你能不能闻到一股奇怪的香味？这是什么香？怎么香得让人觉得有些害怕。张楚河环顾了一下四周才说，我一直就闻到了，也是很奇怪。好像是从山顶上飘下来的。

太阳快落山的时候，三个人终于到山顶了。卫瑜和张处楚河看到自己正站在一排木屋的前面。这几间木屋孤零零地站在山顶的一处平地上，就像是突然飞到这里来的。木屋也是吊脚楼，很旧了，墙壁上的木板已经是腐朽的黑色。四间木屋有两间的门是关着的，两间是开着的。房前种着几块菜地，菜地里的颜色是深深浅浅的绿，像几块毛茸茸的毯子铺着。老女人说，这山顶上现在就住着我们一家了，别的都搬下山去了。你们今晚就住我家吧，住一晚上给我二十块钱就行。三顿饭我也做给你们吃，一天给我五块钱。

卫瑜先递过去二十块钱背包的钱，说，阿姨，今天的二十块钱就算赚够了，不要再下山了。等你再回了家都半夜了。老女人开始不肯接，最后虽然拿住了钱却感激得连话也说不出来。只是把他们往一间屋里让，说，你们就住这间了。我给你们烧饭去。说着就急急往外走准备去烧饭。进了屋，卫瑜知道老女人是把他们当成小两口了，因为这间屋里也就一张床。

卫瑜看看张楚河，怎么睡呢？张楚河把包放下，笑，又不是没睡过。卫瑜顺手抓起一只枕头向他砸去。两人开着玩笑，突然都松弛了下来。这时，张楚河突然拉住她说，你有没有觉得这屋里的香味很重，就是我们在路上闻到的那种香味。卫瑜安静下来才觉得果然又是那种异香。怎么漫山遍野都是这种邪气的香味，简直像是进了一处什么很深的巢穴，巢穴的尽头可能就是那点谜底了，他们却走不过去。他们也不敢。他们紧张地向四周看着，这时候，他们其实都心照不宣地在想同一件事，那就是，他们已经初步判断出，这几间木屋就是那香味的源头。

这种猜测让他们觉得恐惧而兴奋，仿佛是追踪着一点蛛丝马迹，渐渐来到了杀人现场,还没有看到尸体,只是见了一点血迹,心里却已经可以稳稳地告诉自己,就是这里了。只是,更恐惧的是,尸体在哪儿呢?

两个人把屋子仔仔细细打量了一遍,企图找出一点证据好证明这异香就是从这里发出来的。如果一直找不到这源头,就感觉这异香像一个架在空中的鬼,看不清眉目,却驱逐不去,因为它就在你的心里。可这木屋里异常简陋,就一张床一张木桌一把椅子。床还是新的,连漆都没上,看得出是专门辟出来给客人们住的。卫瑜说,你看看,还说人家生活不会困难到哪儿去,这还过得好?两个人住一晚才要二十块钱,吃三顿饭要五块钱,我都有点于心不忍。她说着,把脸转向门外,正好看到趴在门口的半张脸,她吓了一大跳,连忙拉住张楚河。张楚河看去时,那半张脸已经消失了。他们追到门外,一看,一个男人的影子正跑进另一间屋子。他跑过的地方是一片一片的异香,像铃铛般被串在一起,一路上诡异地哗哗作响。

张楚河说,应该是房东的儿子吧,山上不就他们一家三口吗,看年龄应该是她儿子。卫瑜说,听说某一个器官不好用的人就会有另一个器官异常发达,远超过常人,我家附近有一个盲人十年前只听我说过一次话,十年之后我一开口他就说是我。她这儿子耳朵不好用,那是不是也有什么别的特异功能?张楚河说,他就是怎样特异,也总不会把咱俩剁了馅做包子吃吧。卫瑜说,我怎么老觉得这山里有一种巫气。张楚河说,别先把自己吓死了,不过过会吃饭的时候是得仔细瞧瞧再吃,等他们先吃了咱们再吃。

可是等到吃晚饭的时候,老女人把饭菜给他们端进屋里来了,说他们一家人在那边吃,客人在这里吃。一荤一素两个菜,一碗汤,一盆米饭。俩人看着饭菜虽然饥肠辘辘却不敢下手,因为菜里也飘着那种异香。卫瑜说，你说她会不会在里面下了蛊，听说湘西一带蛊婆很多的。张楚河说，咱们出去看看他们吃的是什么。两个人轻手轻脚地走出去，天已经全黑了，屋里开了灯，两个人隔着窗户的缝隙看到老女人一家三口正在灯下一声不吭地吃饭。也是两个菜一个汤，和他们桌上的一模一样，桌上盛了三碗米饭。奇怪的是，虽然摆着三碗米饭，但只有她和她对面的儿子是坐着吃饭，而另一个人，应该是她的老伴吧，竟然是躺在床上的，可能是瘫痪了。他躺在床上一动不动，也不吃饭，其他两个人也不看他，也不叫他起来吃饭，只顾着自己吃。桌子就摆在床的前面，正好挡住了她老伴的脸。他们俩趴在窗外看不清，但是只觉得间屋里的异香更浓了，像金属一样从窗户缝隙里向他们砸过来。两个人一时都有些眩晕，又不敢发出任何声音，便悄悄退了回去。

两个人已经饿得有些发晕了，张楚河便说，我先给你试试啊，我要是被毒死了，你要记得我包里有身份证，赶快报警，麻烦你转告我的家人。要不咱们每天都不敢吃饭那也得饿死。横竖是个死，我就先英雄救美一下吧。说完自顾自夹起菜开始吃。

卫瑜说，你就拉倒吧，我才不领你的情，你是觉得这一家三口压根儿不像是图财害命的料，一个老太太瘦骨嶙峋，一个老头瘫着起不了床，一个儿子是个聋哑人，就是毒死我们也怕处理不动我们的尸体。张楚河大笑，连忙用米饭堵住自己的嘴。卫瑜嘴上这样说着，手里却也连忙拿起筷子夹菜吃饭，似乎两个人谁也不让谁，倒要争着抢着赴死。

吃完饭两个人还都有些恍惚，不知道接下来会发生什么，只是看着对方，呆呆地看了一会，似乎是等着看对方会不会倒地身亡。过了一刻都没什么反应，两个人同时神经质地掩嘴大笑起来。一路上都没有这样笑过，直笑得浑身乱颤，止也止不住。笑着笑着，卫瑜突然就流泪了，脸上仍是笑着，泪水却纷纷扬扬地披了一脸，看上去也像是笑。她使劲地掩着嘴，又是哭又是笑。这时候，张楚河走过来，揽住她的肩膀，把她往他的肩上按，她抵抗着，侧过脸不看他。张楚河又一用力，她便伏在了他的肩上。她的泪便更汹涌地往出涌，却一句话都说不出来。张楚河也不说话，只无声地揽着她的肩膀，偶尔轻轻拍她一下，像哄一个梦魇中的孩子。

这一顿饭吃完，两个人都有了些从一条壕沟里爬出来的感觉，似乎是顶着众多的尸体爬出来的，爬出来一看，对方竟还活着。于是，在这与世隔绝的深山老林里，竟觉得一瞬间里对方就有了些亲人的感觉。那感觉仿佛是忽然从骨头里长出来的。晚上两个人躺在床上，床比睡袋宽敞多了，两个人却还是那个姿势抱着。仿佛已经抱熟了似的，一个嵌在另一个的臂弯里，就那么静静地躺着，谁也没有动。两个人都没有什么身体上的喧哗，只剩下了一种苍凉的安宁，像月光一样很深很静地从两个人的身体上流淌了过去。

这是在山上度过的第二个晚上，仍是睡不踏实。睡得薄而脆，两个人在睡梦中还潜意识地提防着什么，挡着什么，不让它靠过来。一晚上睡得支离破碎，直到天快亮了，两个人都撑不住了，才匆匆掉进了一种巨大而结实的睡眠中，像应付差事一样囫囵吞枣地睡了一会。

老女人起得很早，早早给他们做好了早饭。他们在这个早上吃饭已经有些驾轻就熟了，拿起白粥就往嘴里倒，不似昨天晚上那样心惊胆战了。他们吃饭的时候，老女人拉着一个看不大出年龄的男人走了过来，那男人只管低着头，不看他们。动作像是孩子们才有的，一张脸上却已经有不少皱纹。就仿佛是一个嫁接起来的人站在他们面前。老女人说，我要下山去了，你们在这山上玩的时候让我儿子给你们带路，这山太大了，很容易就迷路了，没有个人带路是不行的。他听不见人说话，你们要干什么就和他打手势比画，他就晓得了。他从小就在这山上转悠，对周围熟得不得了。

卫瑜看了看男人，确定昨天看到的半张脸就是他的，突然问了一句，阿姨，他一生下来就听不见吗？老女人说，三岁的时候得了急性感冒，山上没有医生，等送到山下的医院已经烧坏了耳朵。听不见人说话，他自己就慢慢不开口了，也就不太会说话了。不过你和他打手势，他都能明白。卫瑜喝完最后一口粥，说，那老伯呢，不是下不了床吗，你下山去了，谁照料他？他要是想喝水了怎么办？老女人说，不怕的，不怕的，你们好好玩吧。说着就下山去了。

这一天，他们就跟在哑巴后面在这原始森林里转悠。哑巴背着一只竹篓，边走边采一些植物，也不知道是草药还是野菜。他们和他不管说什么，他都只会瞪着一双眼睛看着他们却一声不吭，一副水火不入的样子。两个人想起老女人早上说的话，说是他什么都听得懂？都有些大呼上当的感觉。他在他们面前简直就像一棵会行走的植物。但是他们发现，一路上遇到什么动物都不躲他，也不攻击他。他们跟着他沾光，动物们似乎对他们都表示了一定的友好。就像是他们是它们的族人一样，回到它们部落里了。

卫瑜在后面悄悄地说，我说他可能有特异功能吧，我觉得他会和动物们说话，用类似于超声波的东西。动物们肯定能听懂他的话，你看它们看他那眼神，简直和人差不多。张楚河频频点头，就是，就是，我快嫉妒死了，我恨不得拜他为师，长住这山里不走了。这山里大大小小的动物好像都认识他，我估计现在就是一只老虎出来了也不过如此，最多像猫一样蹭着他。毒蛇也不会咬他。看看人家。

哑巴身上带着比他母亲身上更浓烈的异香，但他们俩对这异香已经迟钝下来了，因为从上了山，这香味几乎无时无刻不缠着他们，缠久了也就钝下去了，所有的器官都会逼着自己适应环境，谁还能一直有力气把自己磨得像把刀子一样寒光闪闪？但一个男人身上带着这么浓的异香终究是一件怪异的事情，卫瑜悄悄问张楚河，你说，他们家是不是专门做什么香料去卖？要不怎么他们家的人身上都有这种香味？三个人走着走着，哑巴忽然从路边捡起一只鸟的尸体，小心地放进了背篓。两个人在后面看着，然后面面相觑，卫瑜说，会不会是要晚上炒给我们吃。两个人在后面叽咕着，也不怕他听见，反正他也听不见。

吃晚饭的时候，两个人特意把那盘荤菜仔细研究了一下，不可能是鸟肉，看着也就是腊肉，那只鸟的尸体也不可能一下午就变成腊肉。两个人吃完饭出来乘凉，说是乘凉，眼睛却是不由自主地向主人那间屋子里瞟去。从门缝里看到他们一家三口还在灯下吃饭，仍然是两个坐着，一个躺着。这次不像上次那样不知水深水浅了，两个人都镇定得很，一直悄悄看着这一家三口把饭吃完。他们同时奇怪地发现，那躺着的老头一晚上始终没有吃一口饭。他就只是很安静地躺着，他面前摆着一碗米饭始终没有动。而另外两个人一晚上也始终没有想起来要喂病人一口，他们只管自己吃，只是偶尔向他那边看一眼。隔得远了些，灯光又很昏暗，他们还是无法看清那躺在床上的病人的表情。屋子里很浓的异香似乎被发酵了一样，分外肥大，直向他们扑头盖脸地砸过来。两个人都有些头昏脑涨了，连忙蹴回了自己屋子。

卫瑜问张楚河，你说那两间屋子一直关着，里面是什么呢。她家就他们三个人，那两间屋子怎么一直关着。是不是……他们在里面秘密地做些什么东西，比如香料还是……这话问完，两个人才同时感到了紧张，似乎是他们硬是把那个悬在空中的鬼给临摹下来了，本来不知道它是什么样子，他们却硬是要塞给它一张脸，让那鬼自己从空中走了下来。走到了他们对面。卫瑜瑟缩地靠在张楚河怀里,问了一句,我们什么时候走啊,还要在这儿待几天?张楚河犹豫了一下,估计心里也是毛茸茸的,就说了一句,这山里景色确实是好,我是真舍不得走,可是待在这家人里总觉得哪里不对劲。也不是人不好,我看他们人挺好的,厚道纯朴,可是我就是觉得哪里不对劲。咱们再待一天,后天能走就走吧。

连电视都没有,两个人无事可做,只好上床睡觉,像突然跌进了原始社会的简单秩序里。两个人在黑暗中安静了一会,都疑心对方已经睡着了,张楚河突然说了一句,你真不打算和我做点什么,小心下了山就没机会了,可不要后悔。卫瑜咀嚼着这句话,下了山就没机会了?什么意思?下了山,两个人就分道扬镳,装作根本不认识,从此以后再不会见面?权当根本就不曾认识过这个人?

她在黑暗中冷笑,自己都觉得脸上的肌肉是酸的、疼的,他反反复复地提前把预防针给她打好,好像料定下了山她一定会纠缠他一样。这么几个夜晚,两个人一直睡在一张床上,孤男寡女却真的什么也没做。他一路上只在嘴上占着便宜,实际行动上却避之不及。只怕她就是蓄意勾引,他也能按捺得住。现在想来,也不过因为他怕惹下麻烦,一旦有了什么关系被讹上了,脱不了身,可怎么办。她以为几天下来两个人之间总该冰雪融释一点了,总该有些什么东西要生长出来了,可是他还是这样牢牢地看守着自己,生怕被女人抢了骗了企图了。

一起睡过一起吃过,就是一起出生入死过,也不够,还是不够。她默默地转过身去,闭上眼睛,装作睡着了。张楚河也不再说话,只从身后很轻地抱住了她,她没有动也没有睁开眼睛,只是把身体蜷曲起来,蜷得像远古时代海底的一种软体动物。张楚河抱着她也不动,像一只附在她身体上的壳,附在她身上,却也单单只是附着。没有血液，也没有神经。

第二天一大早，老女人照例是早早下山，找活干，她得挣钱养这一老一小两个男人。哑巴仍是背着背篓带他们在山里乱转。因为张楚河昨天晚上说的话还没有被消化掉，卫瑜便刻意和他疏远点，以给他一种暗示，你放心，下了山咱俩就当不认识，现在就当不认识都可以，别说下山以后了。张楚河自觉心虚，也不敢多言语，加上另一个人根本就不会说话，三个人一路上都闷着，简直像三尊石像在山里移过来移过去。

到中午的时候，天气忽然变了，远处有雷声，似乎有场雷雨要来了。哑巴看看天，和他们急急地打着手势，是要回家的样子。想想这山里的雨还不知有多吓人，俩人便跟着哑巴回了家。果然不一会就下起了大雨。卫瑜坐在门口看雨，就是不和屋里的男人说话。男人只好躺在床上发着呆，听着雨声。下午的时候，雨停了，哑巴却也不见了。屋子里散发着的异香像蛾子的翅膀被打湿了，沉甸甸地往下坠。

张楚河百无聊赖地躺在床上，想和卫瑜搭讪，看看卫瑜的脸色又不敢了。只好就在那儿躺着，卫瑜明明和他赌着一口气，却连自己都觉得自己无聊，但和他说话吧，又实在气不过，这气不过更像是对自己的。因为，她心里清楚，张楚河的那点担心都是事实，自己对人家不就是有点想法吗？有倒罢了，还被人家给看穿了，就像是不穿衣服被人看到了一样。可是她又想，自己就那么贱吗，就得贴着和你说话，好像真的对你就稀罕得不得了？想到这里，那点试图求和的心又变得僵硬了，像石块一样坠在她心里消化不掉。

她继续沉默，看都不看他，想，对他惩罚的时间应该再长点，不然真被他捏扁在手里了。哼，天下男人多的是，不见得你就长了三条腿。她越想越浑身长满了力气，便丢下张楚河一个人向屋外走去。

4

屋子外面看不到一个人,也听不到一点人声,房东家的三口人似乎都凭空消失了。像是这里与人间压根就是没有关系的,单单独立出来自成了一个世界。因为太安静了,似乎都能听见菜地里那些青菜的身体里有血液的流动声。她呆呆地立在那儿看了一会青菜,又百无聊赖地转过身看着这几间木屋。她走到主人那间屋子跟前才发现,他们住的那间屋子没有上锁。这时候,她突然想起来,屋里还睡着一个生病的老头。她想,这家人也真是,屋里躺着个连床都下不了的病人,居然终日不见有人端茶倒水地伺候着。女人要顾着养家糊口,这儿子也太不孝顺了,一天到晚都想不起要照看父亲,反倒和林子里的动物们打成一片。看来这人要是少了某一样器官,真是会和动物靠得更近。少了一样器官,倒开了另外一扇门?她想着便推开门走了进去。

这种木屋采光几乎都靠着门,窗户很小,还关着,白天又不开灯,乍一进去,只觉得眼前一片黑暗,什么也看不清。带进来的门外的光亮此刻像萤火虫一样围绕着她,都是星星点点的微弱的光,像这一屋子黑暗中戳出的窟窿。她像截树桩戳在那里动弹不得,等眼前的萤火虫渐渐飞散了,她才看清这屋子里竟然有三张床,各自摆在一个方位,其中两张床是空着的,一张床上躺着那个老人。屋子中间一张木桌,桌上有一把粗陶的水壶和一只水杯,却只有两把椅子。角落里有一只木箱估计是放衣服的,地上还有两口很高的瓮,不知道里面放着什么,站在那里像两口井一样深。她想,这人家真是寒素啊,张楚河竟然还怀疑人家是装的,真是没有人性。她愤愤地想着,边向躺着病人的那张床走去。

她看不清他的脸,他也没有扭头和她说话,她想,莫不是睡着了?这老人怪可怜的,一天到晚都喝不上一口热水。便先走到桌前倒了一杯水,然后轻手轻脚地走到了病人床前。她看了病人一眼,是个很瘦弱的老人,全身上下干干的,露在外面的手和脚也是干的,干得简直不像人的皮肤。老人周身散发出来的异香简直让她不能靠近,简直像火浪一样炙烤着她。她奇怪地想,一个病人身上怎么也有这么浓的异香,虽然他们家每个人身上都有这香味,可是这病人身上怎么反倒最重?总不会是家族遗传,传说中的香骨吧?要那样的话真该被国家保护起来研究了。

老人似乎睡得很死,连她走过来都一点没感觉到。她想,他总不会一天到晚就这样睡着吧,不吃不喝不动,那还了得?莫非,是植物人?想到这儿,她有些轻微的恐惧,便试着摇了摇老人的胳膊,大伯,大伯,你要喝点水吗?她和他说话,可是,老人还是睡得很死,一动都没有动。

这时候,借着窗外的一点光线,她突然发现,现在明明是夏天,老人身上穿着极整齐的衣服却是冬天的衣服,是早已过时的很厚的中山装,衣服一直扣到脖领,每一粒扣子都扣得严丝合缝。而且他一直躺在那儿,却是不盖被子的。一个病人怎么可能不盖被子?这时候,她的那只手还放在他的那只胳膊上,没有来得及拿开。她的指尖触着的是他的衣服,可是,她觉得不对。这种感觉像是从很深很深的地方突然浮出来的,她辨认不清这是什么,也分不清方向。好像有很多只手在抓她,她却不知道这手是从哪个方向伸过来的。像是从背后,如果她一扭头会看到一张什么样的脸?她不敢。

她的手僵住了，僵在了老人的那层衣服外面。身后的那只手好像在更紧地拉住她，拽住她，使她动弹不得。突然，她的那只手指自己神经质地向下弹去，自己弹到了老人衣服下面的那层皮肤。像敲碎了一层玻璃后，直直地不顾一切地向最底下敲去。刹不住，她刹不住。

猝然就见底了。她再动不了了。

她摸到的不是皮肤，起码，不是人的皮肤。摸到的是岩石或铁器。是硬的、冷的、钝的，直直地钉进了她那只手指。就在那一瞬间，她突然看到了老人的眼睛，是睁着的一双眼睛，一动不动地睁着，但是，整只眼珠都是黑色的，明亮的完整的黑，没有一丝白色的缝隙。这双黑色的眼珠直直地看着她，趁着窗户里一星半点的光亮，那眼珠竟闪着釉质的寒光。

啪一声，水杯掉到地上摔碎了。一声尖叫响彻木屋。她向门口冲去正好一头扎在一个人怀里，她吓得神经质地乱叫，一边躲着那人，只想冲出去。来人一把拉住她，让她动弹不得，一边大声和她说话。不知过了多久，她的意识才回来了一点，她渐渐分辨出，那是张楚河的声音，便一下跌倒在了他怀里。等他把她从木屋里拖出来的时候，门外站着一个人正看着他们。是哑巴。哑巴狠狠地瞪了他们一眼，进了屋，顺手咣地把门也关上了。

张楚河扶着卫瑜跌跌撞撞地往回走，卫瑜却是死也不肯进屋。雨一停阳光就出来了，她挣扎着，只愿意蹲在屋外有阳光的地方。她喃喃自语着，这地方住不得，住不得，今晚我就走，我现在就下山。嘴里说着，身体却还是软的，滞的，像一堆开始腐烂的肉，收拾都收拾不起来。他只好抱着她，哄她。

张楚河根本没看清楚床上究竟躺着一个什么样的病人，单单只是从卫瑜的表情里猜测着。这世上最怕的就是没有凭据的猜测，费事不说，更容易猜得没边没沿的，硬生生地要把一种恐惧一笔一笔地画出来。他光是猜着猜着就已经有点走不动路了，心想着，这地方确实诡异了一点，可是今晚就下山是完全不现实的，天已经快黑了。住别处吧，这方圆百里又似乎只有这一家。这可怎么办。张楚河不安地看着四周。

这一看正好看到那最后一间一直紧闭着的木屋这时候竟开着。原来，哑巴一下午就在这间屋子里了。他一定是感觉到外面有什么动静了，忙跑出去看个究竟，忘了关门了。张楚河并没有刻意地想去看个究竟，可是，越是想避开就越是避不开。更重要的是，有一种很神秘的东西在把他的目光往里扯。他根本没有力量挣脱。

第一眼看过去他就看到屋子里有一只猴子，呆呆地坐在那里看着他。接着他又看到一只鹿，也是一动不动看着他，然后又是一只鸟，也不动。他顿时有一种中了蛊的感觉，扔下卫瑜，直直向那扇门走去。

站在那扇门前的一瞬间，他看到满满一屋子的动物。只是所有的动物都不动，所有的动物身上都散发出那种他已经熟悉的凛冽的异香，所有的动物都长着一双千篇一律的眼睛，那就是一种闪着寒光的黑色眼睛。是琉璃的眼睛。他明白了，这一屋子的动物其实都是死的。它们是不会再活过来也不会再腐烂的标本。

不知道什么时候，卫瑜已经站到他身后了，她突然指着一只动物的眼睛，尖叫起来，就是那样的，就是那样的眼睛，那边，那边。她语无伦次，恐惧地环顾着四周。张楚河死命抱住她，心里却也恐惧到了极点，一样的眼睛？就是这样的黑眼睛？那个躺在床上的病人？就是这样的眼睛？

天刚刚黑下来的时候，老女人背着一只竹篓回来了。她一爬上山坡就看到，那一对年轻人都在屋外，正抱在一起，像是冬天里相互取暖一般，坐在房前的一块石头上。后面，房檐下站着一声不吭的哑巴儿子。

老女人说，这山里的事情就是说给人听，都可能没有人相信，所以我都不和别人讲的。你们可能不相信，我的儿子从生下来到现在都没有下过山。我不让他下去，他不会说话，也听不见人说话，连问路都不会，下去了就回不来了。我丈夫没有死之前，我也没有下过山。一直是他下山挣钱养家，那时候这山还没有被开发出来，都没有这种石头台阶的，下一次山很费事。他每次下山就要把一两个月的粮食背回来，因为他一走就是一两个月。每次估计他快回来的时候，我就拉着我儿子站在这山坡上等他回来。

我儿子从小就是和山上的动物们在一起长大的，他从来没有见过别的小孩。有时候他把一些受伤的、快死的小动物带回家，那些动物有些被救活了，好了就回山里去了，隔段时间还会回来看看我们。真的，万物都是有灵的，你不知道那些野兽有多通人性，人千万不能杀它们啊，它们其实什么都知道，也会哭会笑，只是说不出来。有的没有被救过来就死了。那些动物死了，我儿子还是舍不得埋掉，就一直留着，一直到动物的尸体腐烂掉，引来很多苍蝇。后来我丈夫就想出了一个办法，他下山问别人学会了怎么做标本，然后回家又教会了我儿子。他每次从山外回来都要给他带很多玻璃珠子，黑色的，我今天也给他带回来了，就是这种玻璃珠子，可以做标本的眼睛。因为动物死后，眼睛是留不住的。

有一次，他带回来一只三条腿的狼，被猎人的夹子夹住了后腿，最后它自己咬断逃走了。可是因为失血过多，它就躺在了路上。我儿子发现它时，它已经奄奄一息了，抱回家的当天晚上它就死了。直到现在，它的标本还摆在那儿，仍然是少一条腿的。我们叫它阿三。那两间屋里全是我儿子的标本。有一次我丈夫从山下回来,带回一只被人丢掉的小狗,被人拴在一棵树上等着饿死,没有人救它,还有些淘气的小孩子在它身上涂了一层绿油漆,包括鼻子和嘴巴上。我丈夫把狗抱上来之后,我儿子就开始洗刷狗身上的油漆,可是,洗不掉,怎么也洗不掉。它的皮毛不能出汗,几天后,它就在我儿子怀里死了。它死之前用很温柔的目光看着我们三个人,表示对我们感谢,它不会说话,但我知道它一定是在感谢我们。动物对人的感谢只能那么多了,真的,就那一眼就足够了。我看了这么多年的动物,我能看懂它们眼睛里的话。它们说什么我都懂。它死后,我儿子也把它做成了一只标本,你们看到的那只皮毛上有绿油漆的狗就是它,我们叫它小绿。

还有一只小熊,它妈妈死了三天了,它一直围着它妈妈不肯走,一直就守在它妈妈身边,舔它妈妈的伤口,给它衔来食物等着它醒来。那是夏天,母熊开始腐烂了,引来了其他动物要吃它的尸体,小熊就和那些动物厮打,最后也死在了母熊身边。我儿子把小熊的尸体抱回家,把它做成了标本。我们叫它笨笨。这山里的动物们有多少故事你们连想都想不出来,所以我们一直不想搬走,后来这山被开发了,山里的人家都搬下去了,只有我们不想搬。所以这山里就住着我们一家人了。

后来,直到后来有一天,我和我儿子一直没有等到我丈夫回家。几天后才在山沟里找到我丈夫的尸体,他急着回家赶了夜路,又刚下过雨,路滑,他不小心掉下沟去摔死了。我儿子哭着抱着他父亲,怎么都不肯让他下葬。后来,他就这样把他的父亲也做成了标本,先在药水里泡,然后,开膛,放干血,取出所有的内脏,把这山上长出的一种可以防腐的经过熏制的草药填满他的身体,这种草真香啊,我没有一天不是闻着它的香味睡着的。然后我们把他一针一线地缝起来,然后，把他的眼珠取出，像所有的动物一样，换上了玻璃眼珠。然后，再风干日晒，直到他一点一点变硬，再不会腐烂再不会变质。就这样，我们又在一起了。

他死了已经十年，十年里，我们一家三口都在一起。一起吃饭，一起睡觉，我定期给他换衣服，每顿饭都给他盛满满一碗米饭。我和儿子从来没有觉得他已经不在了，从来没有过。真的，只要你当他还没有死，他就真的不会死。我只是觉得他病了，起不了床了，不能再养家了，那就让他在床上躺着吧。我接过担子来养家，来养我儿子。我每次从山下回来的时候就想起他，想到他就在屋里等着我，我就觉得我活得很有精神。我儿子是个残疾人，已经快四十岁了，我知道这辈子都没有一个姑娘会嫁给他了，那就让我们俩陪着他，能陪多久算多久，能陪几年算几年。如果有一天我也必须要离开他了，我就让他把我也做成标本，让我就睡在他父亲身边，就当我们只是老得动不了了，日日夜夜在屋里等着他，守着他，等他晚上和我们一起吃饭，一起睡觉。我们怎样都不会离开他。

如果有一天，他也死了，那我们一家三口就真的在一起团聚了。就再没有什么怕的了。我们再不用担心谁先丢下谁了。你在床上看到的就是我丈夫，你真的不用害怕，我们从来就没觉得他是个死人，从来没有。他是我们的一家之主，有他在屋里等着我回去，我就是赶夜路回家也不觉得害怕，有月亮没月亮的晚上我都不害怕。这十年里我几乎天天要赶夜路，我觉得他就在前面带着我走，他不回头，我也知道是他。真的，我走得那么快，简直不像我自己在走路。是他在保佑着我，我知道。

5

卫瑜一直哭到半夜，断断续续地哭，像陷进了一个很深的梦里，怎么也出不来。

后来像是终于哭累了，她一点一点地停了下来。夜已经很深了，哭声渐止的同时，一种巨大的安静劈头盖脸地向两个人砸了下来。窗外的月光筛了进来，斑斑驳驳地从他们身上掠过去，两个人像是沉在了清凉的水底，都是没有重量的，都是空的，水从他们身体里穿过去了。两个人都不知道该说什么。似乎突然之间，所有的源头被掐断了。这个夜晚之前的那点腾空堆起来的架子本来就是空的，脆的，现在，它像雪崩一样默默地从两个人之间坍塌下去了。似乎无论再做什么，颜色都已经像枯叶一样摇落了，只剩下满枝干瘦的黑白。有一些新的、陌生的东西正残酷地想从什么地方长出来，从皮肤下面、从血液深处往出探，可是，太疼了，两个人似乎都没有那么多力气。

两个人默默地躺在黑暗中，缩在一团清森的夜里，两个人似乎都踩在一只透明的玻璃球上，球心里的图案看得清清楚楚，可是他们却无法爬进去。因为没有入口。明天早上，他们就要从这里离开了。他们都知道，这一去其实就是永别了。窗外是无边无际的夜色，看不出离天亮还有多远，但他们已经感觉到自己站在了这个夜晚的尽头，只需轻轻一跳，就要跳进明天了。他们都听到了时间唰唰的脚步声，都觉得应该从时间的手中抢出一分一秒来，说点什么，可是，他们该说什么？

他们都知道，眼前的这个人对自己来说没有过去也没有未来，深山中的七天便是眼前这个人的全部。他们看到的这个人其实只是从他身体上截下来的一小段，他们现在拥抱着的其实就是这一小截对方，就像是从鳝鱼身上斩下来的一段，仍然有温度，仍然活着，却只是那一小段。可是，如果纯粹把这七天当作旅途中的一段无根的艳遇，那他们为什么还是觉得有些疼痛？她突然想，如果在天亮之前她对他说，你带我走吧，那会怎么样？话一说出口，是不是就连眼前这一点点离别的伤感都留不下了？如果她对他这样说了，他却惶惑甚至恐惧地看着她，那该是多么滑稽的事情。因为，他不够爱她。其实，她就够吗？她知道，说到底，无论她怎样挣扎，其实也不过就是心甘情愿地被哪怕一点点机会诱惑着，诱惑着去走一条看似容易的捷径。

　　虽然这近似于屈辱的探险本质上也不过是一种对生存的渴望，可是，这探险本身是多么令人心酸啊。

　　她知道从一开始他就一眼看穿了她那点心思，这种耻辱感逼着她在这几天里不敢有丝毫的懈怠，逼着她一边无耻地留给自己幻想，一边如履薄冰地和他较量，她想让他在这短短几天里爱上她，却不想让他看轻了她。于是，她一边观察着他，一边悄悄自卫，随时准备着先发制人地扔给他一个出乎意料的结尾，就扬长而去。现在，是时候了，她知道，是时候了。可是，他为什么这么紧地抱着她？就像是这拥抱是真的。他不说一句话，就这样紧紧地抱着她。他分明在告诉她，他对她也是有一点留恋之心的，哪怕就一点。

　　也许是因为在这大山的深夜里，睡在这样一对隔着生死的老夫妻旁边，两个人都恍惚有了一种错觉，那就是，他们在这个夜里真的很近很近。从没有过的近。

　　卫瑜觉得自己刚哭过的脸是涩的，凉的，就像一个秋天踩着过去了。这时候,张楚河忽然在黑暗中探寻着,把她抱在了怀里。仿佛这拥抱是一种仪式。因为这时,窗户外面的天色已经开始泛白了。

窗外一道苍青色的天光像人的目光一样射进了窗户里,卫瑜突然明白,天真的亮了,这一夜已经百转千回地过去了,他们就要分别了。他们像两个见不了天光的魂魄,当阳光照下来的时候,他们就要被打回原形了。没有时间了,她必须得对他说点什么,这就算是,告别吧。她的声音冷而脆,像是刚刚才凝固好的,她说,我到现在不知道你是从哪个城市来的,不知道你真实的姓名是什么,我也不想知道,这都不重要。你连我的名字都不问的时候,我就知道你是怎么想的了。现在还有点时间,我告诉你,我叫卫瑜,我是从北京过来的,但我不是北京人。我是个在北京打工的外地人。

你一定没有住过那种地下室,地下三层的地下室你见过吗?地下一层是停车场,往下一层,再往下一层,就像要走到地心里去了。很小的房间,不开灯就像真的进了地狱,屋里只有一张床,墙上潮湿得长着苔藓,就差长蘑菇了。枕头和被子一拧就能拧出水来,出去走在阳光下的时候,周身的衣服都散发着霉味。就像是刚从地底下钻出来的。八年前,大学刚毕业的我到北京找工作时就住在这样的地下室里,住了三个月。我每天晚上宁可在大街上、公园里乱转,一直转到实在太晚了,实在该睡觉了,才回到那样的洞穴,倒头就睡,第二天一大早就出去。住在那里,你永远不知道天什么时候会亮,永远没有白天。直到后来住得浑身起满了一种红色的疙瘩,奇痒无比,我才从那里搬出来。

市里的房子我根本租不起,只好搬到了郊区的一间农民房里。北京的夏天热得让人没法在没空调的地方待,我后来租的那间农民房的屋顶是铁皮做的,没有空调也没有风扇,天黑了回去还是热得没法待,好像里面有很厚的蒸汽，会把人烤熟。我只好坐在院子里的树下，和房东的老太太坐在一起聊天等着夜里的温度一点点降下来，屋子里的温度也降下来。有一次突然下起了暴雨，我跑回屋，缩在床上，雨滴打在铁皮屋顶上，发出咚咚的声音，我就像在一面鼓里一样，我觉得自己的心也像那面鼓一样被擂击着，我感到全身在被敲打着。我一动不动，在床上紧紧抱着双膝，我不敢松劲，我怕自己一松劲就会全身崩溃，然后前功尽弃。后来我听到一种无法压抑的哭声，那是我自己发出的。那一白天我都没吃一口饭，但是我一点没觉得饿。趁着雨声，我第一次在来到北京之后放纵自己号啕大哭。我想起了父母，我好久没这么想过他们了。平时是强迫自己不去想，他们遥远而尖锐，一想到他们，他们就会像箭一样射到我身上。那个雨夜，我周身裹着的那层薄薄的壳终于裂开了缝隙，他们立刻像水一样涌了进来，把我淹没。

　　我在北京已经待了八年，至今仍是在公司里给老板打工，八年里搬了无数次家，相了无数次亲，到三十岁的时候我还是一个人。我告诉你这么多不是因为别的，我其实只想让你知道，如果你能感觉到我对你是有一点点企图的话，那是有原因的，我是身不由己的。我告诉你我的过去就是为了让你明白我的现在。我，只是条件反射，明白吗？是对过去的一种最本能的反射。

　　我承认，我对你是有一点想法的。准确地说，我对有钱的男人都会本能地有点想法吧，我知道那是因为我这八年里受苦受怕了，我潜意识里可能一直挣扎着……想让自己少受一点苦。你就是因此看不起我那也是我应得的。可是，就在今晚，我忽然明白过来了，为什么这么多年里我无论受多少苦却一直坚持着没把自己随便嫁掉？真想嫁个人也没那么难吧。原来这么多年里我骨子里向往的，其实就是这点东西，就是这对老夫妻之间的这点东西。你看，就这点东西就够他们生死不离了。你就真的不羡慕他们吗?

她越说越轻松越说越酣畅淋漓,她没有时间了,她必须赶在天亮之前把该说的都说完才能不留遗憾。

张楚河终于开口了,在此之前,他一直是无声无息地听着。他的声音忽远忽近,飘在她的周围,你一定要相信,就算我们没有了任何一点联系的时候,我仍然会时常想起你的。其实你就是什么都不说,我也全知道,可是你还是说了,你敢把自己最深处的那个角落亮给我看,就这一点我就会一直记得你的。记得你的勇敢和真诚。其实我们想要的东西一样,就是想避开孤独。你知道你为什么想结婚,那是因为你孤独。我也一样孤独。可是,结婚只是一种习俗,它本身并没有力量,它也不能减少孤独。当你和一个人结合成一体的时候,你就要开始为别人失去自己,然后也失去了别人,也失去了以后和其他人的可能性。这不是滥情,我这么多年在旅途中不止遇到一个两个女人,也有自己喜欢的,最后却都要分别。

就因为我知道,两个人投靠在一起其实什么都不能解决,你要是真的在心里爱着什么,他就是已经死了十年,你仍然觉得他就在你身边。你就不会有一点点的孤单和恐惧。我早已经想明白了,如果你真的在心里爱着什么人,在空虚中伸出双手一直去拥抱她,那她就永远不会离开你。真正的思念就是这样,在假想中去拥抱,它就有了生命。你以后想谁的时候,就这样,伸出双手在假想中去拥抱,他就有了生命。那他就不论生死,都一直在你身边。

这就是不孤独。

卫瑜果断地把他的话掐灭了,我知道,这些我都知道。天都快亮了,天一亮我们就该下山了。没多少时间了,毕竟是认识了,从此以后,我知道在这个世界上有你,你也知道在这个世界上有我,即使我们这辈子再不见面，这也够了。

他们不再说话，只是在半透明的晨光里再一次紧紧地、真心实意地拥抱着。

第二天早晨，两个人收拾好行李走出屋子的时候，老女人已经在外面等着他们了。她手上落着一只很小的鸟，白色的羽毛上有一朵一朵黑色的花朵，嘴唇是红色的，头上一撮棕色的翎毛，它站在她的手上，一动不动，它的眼睛是黑色的。琉璃的黑眼睛。老女人把这只鸟递到她手里说，送给你们小两口的，这是一只梅花雀。我儿子从树下捡到它时，它已经死了。你们都是善良的人，它会给你们带来好运的。把它带回去吧。

卫瑜把那只梅花雀捧在手里的刹那，它身上的异香像血液一样静静地流进了她的身体。

在山脚下的那个镇子里有个小小的车站，张楚河要从那里上车离开，卫瑜要接着往镇子前面走。他们就在镇子的车站前分手了，卫瑜挥着手目送着张楚河坐的汽车渐渐走远了，然后她背起背包穿过了镇子，向前走去。这天，镇子上的很多人都看见一个奇怪的女人满脸是泪地从镇子里走过。

他们发现，她走过的地方，空气里留下了一缕诡谲的异香。